中华译学倡立传字与

以中华为根 译与学并重

弘扬优秀文化 促进中外交流

拓展精神疆域 驱动思想创新

丁酉年冬月许钧撰 罗卫东书

中华译学馆·外国文学论丛

许钧 聂珍钊 主编

吴笛 著

# 外国文学经典散论

南京大学出版社

# 总 序

许 钧 聂珍钊

　　《中华译学馆·外国文学论丛》第一辑由《法国文学散论》（许钧著）、《当代英美文学散论》（郭国良著）、《德国文学散论》（范捷平著）、《欧美现代主义文学散论》（高奋著）、《早期英国文学与比较文学散论》（郝田虎著）、《外国文学研究散论》（聂珍钊著）、《外国文学经典散论》（吴笛著）共七部著作构成，由南京大学出版社出版。中华译学馆既要借助翻译把外国的文学作品和学术著作介绍给中国的读者，也要借助翻译把中国的文学作品和学术著作介绍到外国去，还要借助翻译促进中外文学和文化的交流与互鉴，在做好翻译工作的同时开展学术研究，力图把翻译、评介和研究结合在一起，建构译学界的学术共同体。

　　《中华译学馆·外国文学论丛》第一辑的七部散论中收入的文章大多是各位作者以前发表的作品。为了突出散论的特点，这套丛书不追求完备的学术体系，也不强调内容的系统完整，而是追求学术观点的新颖，强调文章的个性特点。作者们在选取文章时都有意排除了那些经常被人引用和流传较广的论文，而那些通常不易搜索到的论文、讲话、书评、序言等，都因为一得之见而保留下来，收入书中。除了过去已经发表的作品，书中也收入了作者未曾发表过的重要讲话和沉睡多年的珍贵旧稿。因此，读者翻阅丛书，既有似曾相识的阅读体验，也有初识新论的惊喜。相信这套丛书不会让读者感到失望。

这套丛书名为"散论"，实则是为了打破思想的束缚，疏通不同研究领域的连接通道，把种种学术观点汇集在一起，带领读者另辟蹊径，领略别样的学术风景。丛书尽管以"散论"为特点，但"散论"并非散乱，而是以"散"拓展文学研究的思维，以"论"揭示学术研究内在的特点，"散"与"论"结合在一起，为读者提供探索学术真理的广阔空间。开卷有益，希望这些文章能给读者带来启示，引发思考。

既是散论，重点并非在于理论体系和话语体系的建构，也不在于对某一学术问题的深入探究，而在于从时下受到追捧的宏大叙事中解脱出来，从某一视角展开对某个问题的深度思考，阐发所思所想的一己之见。文学研究是一项巨大的工程，尤其是学科体系和理论体系的建构，不但宏大，而且异常艰巨，要想完成文学研究的重任，并非一朝一夕之功，只能从基础做起，厚积薄发，方能有所作为、有所建树。就文学研究这项工程而言，散论属于基础性的探索，意在为文学研究铺垫一砖一石，是重大工程不可或缺的基本建构。

就其特点而言，这套关于外国文学研究散论的丛书是作者们进行创造性文学研究活动的结果。实际上，散论不仅是一种研究模式，也是一种思维模式。作者以不同国家、不同时期的文学为研究对象，借助各自的学术经验和研究方法，打破某种固化的思维框架，在某种研究理论的观照下进行创意思维，克服某些束缚自由思想的羁绊，按照某种新的方向来思索问题，寻求答案，锐意创新，不落窠臼。因此，散论体现的是从单向思考到多维思辨，追求的是以小观大，从个别看整体，从传统中求创新。正因为如此，这七部散论才体现出不同的风格、不同的视角、不同的思考。尽管他们关注和讨论的问题各不相同，但是体现的精神是一致的，即通过对各种不同问题的研究，阐述自己与众不同的观点。由于散论不拘一格，从不同的角度看问题，因而思维视野更为广阔，发散性思维沿着多学科、多方向扩散，表现出散论的多样性和多面性，推动对文学的深度思考。

　　散论打破传统，追求思想解放，实际上是以新的方法探索文学研究发展的新道路。21 世纪以来，随着科学技术的飞速发展，同传统的文学研究相比，科技与文学研究高度融合，认知神经科学、人工智能、生物芯片、人机接口等科学技术已经逐渐呈现出主导文学研究的总体趋势。可以说，文学研究不但无法脱离科学技术，而且正在快速同科技融合并改变其性质，转变为科技人文跨学科研究。观念的更新使得科学方法在文学研究中被广泛运用。随着信息技术的大量运用，文学研究越来越科学化，表现出跨学科研究的特点。文学研究已经不可能把自己局限在文学领域中了，其趋势是要打通文理两大学科的通道，在不同学科之间交叉、融合、渗透，形成新的研究理论与方法。在科学高度发展的今天，文学研究需要借助其他学科尤其是理工科的经验、优势和资源推动文学研究。早在 20 世纪中叶，法国符号学家巴特说"作者死了"。半个世纪过去了，美国耶鲁大学文学教授米勒（Hillis Miller）又说"文学死了"。实际上，这两种说法反映的是 21 世纪文学面临的危机，以及科学技术对传统文学研究的挑战。因此，更新文学观念，打破固化传统，在科技人文观念中重构文学基本理论，才能破除文学面临的危机，推动文学研究向前发展。从科技发展的角度看，这套散论打破了文学的传统研究，引发了读者对文学的深刻思考。

七部散论还体现了一种作者们对学术价值及学术理想的追求。从散论平凡的选题和平实的语言以及细腻的讨论中，可以发现其中承载的学术责任和学术担当。散论的作者们多年来都在各自的研究领域辛勤耕耘、锲而不舍，为了一个共同的学术梦想砥砺前行，做出了重要贡献。他们都能够以谦逊的精神细心研究平凡的问题，用朴实的文字同读者交流，追逐共同的学术梦想。他们不是在功利主义的驱动下而从事学术研究，而是中国学人的精神品格促使他们承担一份自己的责任。因此，散论的淳朴文风值得称道，学术价值值得肯定。当然，散论的研究只是文学研究的基础性建构，这对于建设文学这座艺术大厦是远远不够的，但是它们作为建造这座大厦的一砖一石又是不可缺少的。只要每一位学人都贡献一块砖石，建成这座我们期盼已久的大厦也就不会太久了。

2021 年 12 月 31 日

外国文学经典散论 |

# 自 序

掐指一算，我在大学讲台上已经站了 40 多个春秋了。这 40 多个年头又可分为两个阶段，一开始，教了若干年外语，其后 30 多年来，一直在同一个校园里讲授外国文学。20 世纪 80 年代，课时特别多，有时我一周讲了近 20 节课，也就再也没有力气写什么文章了，但总归当时年纪轻，精力还算旺盛，课后的余暇也就不愿闲着。在恩师的影响下，我逐渐养成了翻译文学作品的习惯，自最早在杂志上和合集中发表单篇文学译作，至今已有 40 个年头了；自 1983 年第一部文学经典译著出版，至今也有 38 年了。如果说，上课的过程主要是与初涉文坛、富有开拓精神的学生进行交流和对话，那么从事文学翻译的时候则是与文学大师进行交流和对话了。而后一种交流过程中的文字记载，除了译著本身，一个重要的方面就是译序、后记了。

去年在整理自己过去所写的一些零星文章的时候，我发现，在 20 世纪 80 年代，我所写的东西，大多是"译者序"或"译后记"之类。涉及翻译诗集的译序和评论多半收在去年整理、今年即将面世的《欧美诗歌论集》一书中，而涉及小说作品的译序和散论，则要收在这本《外国文学经典散论》中了。

能够有机会将相应的作为译者的感言和体现我学术经历的部

分文章合集出版，是一大幸事，在此要特别感谢老友许钧教授，是在他的引领和督促之下，本书才得以完成。

这本《外国文学经典散论》，分为三个部分，紧扣外国文学经典，上编为"欧美文学经典散论"，主要是有关《神曲》《红字》《苔丝》等欧美文学经典作品方面的内容，也有稍宏观一些的文章。中编为"俄罗斯小说经典散论"，主要聚焦于俄罗斯小说，这部分时间跨度大，涉及内容广，有论及 13—15 世纪的古罗斯小说，也有 18 世纪拉吉舍夫的纪实小说和卡拉姆津的感伤主义小说，以及普希金、莱蒙托夫的 19 世纪小说，还有布尔加科夫的 20 世纪小说，甚至是 21 世纪的俄罗斯后现代主义小说。下编为"序跋书评"，主要收集了自 20 世纪 80 年代起陆续所写的外国小说译序、后记，以及相关的评论文章。

通过这本书稿的整理，我深深地体会到，外国文学经典，是人生的"教科书"，学习、译介、研究外国文学经典的过程，是非常愉快的过程。外国文学经典，是人类智慧的结晶，所以阅读、翻译、研究的过程，是与圣者进行对话的过程，是认知的过程，也是陶冶情操、净化心灵、获得精神享受的过程。此时，我想起我在《"想经典"书系》的总序中所说过的话：阅读经典时，我们在获得审美"享"受的同时，还应汲取可资借鉴的"想"象和智慧，服务于自身的思"想"的形成和文化的需求，同样，这更是外国文学译者精心翻译、以"飨"读者的初衷。

与外国文学相遇后的数十年来，经典研读丰富了我的人生，这次又与老友们以及同行们在《中华译学馆·外国文学论丛》中相聚，更是感到格外荣幸，感谢论丛主编一年多来精心的组织策划，感谢南京大学出版社张静和黄睿编辑的辛勤付出。

2021 年 1 月 25 日于钱塘江畔

# 目录

## 下编　序跋书评

上编

# 欧美文学经典散论

# 论《红字》中神性因子与人性因子的伦理冲突

　　《红字》的作者霍桑被亨利·詹姆斯认为是"美国天才中最有价值的典范"[1]，《红字》是第一部以美国社会历史条件为基础，带有浓郁的美国乡土气息的小说杰作，也是美国第一部赢得世界声誉的作品。如同霍桑的其他作品一样，长篇小说《红字》取材于新英格兰的殖民时期的历史以及现实生活。尽管是以新英格兰的现实生活为背景，但是他在这部作品中，所表现出的是对人类命运和发展历程的关注，以及对于改善人类社会道德的理想。正因表现了这一具有"人类命运共同体"性质的命题，所以西方学者珀森(Leland S. Person)认为："《红字》是美国 19 世纪最著名的两三部长篇小说之一。"[2]本文拟从文学伦理学批评视角，探索历史的、道德的以及心理的主题是如何在这部小说中呈现的，以及霍桑以"红字"的象征对人类发展历程所作的独特审视。

---

① Sarah Bird Wright, *Critical Companion to Nathaniel Hawthorne: A Literary Reference to His Life and Work*, New York: Facts On File, Inc., 2007, p. 3.

② Leland S. Person, *The Cambridge Introduction to Nathaniel Hawthorne*, Cambridge: Cambridge University Press, 2007, p. 66.

## 一、"红字":人类发展历程的隐喻

《红字》是一部具有多重主题的作品,因此,对于这部作品的解读,同样存在着多视角的可能。从文学伦理学批评的视野进行介入,我们认为,尽管霍桑的《红字》有着复杂的内容和多层次的意义,并且是高度抽象化的,但是,无论如何,作者的意图不是描写具体的"虚伪"与"诚实",不是对人们进行"要诚实"的说教,而是反映了人类发展历程中人性因子与神性因子的冲突,以及最终向人性价值的转向。

正是因为这是一部多重主题的作品,所以,"也存有一些比较偏颇的倾向,常有学者以诸如'爱情的颂歌''社会的悲剧''道德的探索'之类的'单一主题论'来概括整部作品,容易得出较为片面的结论。譬如,持'道德探索'主题论的人,常常简单地将作品主人公的活动过程归结为在所谓的'道德'标准上的升浮与下降的过程,用简单的'道德'标准来衡量主人公的形象意义"①。在《红字》面世之初,热衷于超验主义的奥雷斯蒂斯·布朗森就批评霍桑不该寻求原谅赫斯特和她的情人,认为两位主人公"既没有为犯罪行为真正忏悔过,甚至从未认为那是有罪的"②。同时代的神学家亚瑟·考克斯不仅反感于霍桑对主人公所犯罪恶的同情,甚至认为这部

---

① 吴笛:《阴暗土地上的辉煌的罪恶》,霍桑:《红字——霍桑作品集》,周晓贤、邓延远译,杭州:浙江文艺出版社,1991年,第452页。
② Orestes Brownson, *Brownson's Quarterly Review*, Ⅳ, October, 1850. See *Nathaniel Hawthorne*, ed. by Harold Bloom, New York: Infobase Publishing, 2008, p. 177.

小说是"雅致地不道德"①。于是,有学者将赫斯特形象的发展也归结于从犯罪到认错的过程,并且就此争论她的认错态度是否诚恳,导致有人提出:女主人公只是"装扮出俯首帖耳、勇于认错的样子……""事实上,作品中最虚伪的人莫过于赫丝特·白兰"②。也正是基于这样的道德概念,所以有人提出这部作品是"一部揭示犯罪和隐瞒犯罪的悲剧作品"③。英国《简明不列颠百科全书》的编者也正是以这样的观点,来给《红字》这一条目下了定义:这部小说"详细描述了隐瞒罪行所招致的悲剧性后果"④。

我们认为,对于这部以 1642—1649 年北美殖民地新英格兰为语境的小说,如果仅是围绕主人公是否道德,是否隐瞒了罪行来对作品主题进行评说,不仅有失公允,还难以把握作品的实质。在某种意义上,就人类的发展历程来说,这是一部史诗性作品,尽管其主人公中并没有一个历史人物,正因如此,有学者认为,霍桑是"新英格兰殖民历史的最为杰出的编年史家"⑤。

这部小说中的主要人物,虽然各自经历了心理层面的艰难的搏斗,但是这些搏斗恰恰是一种隐喻,霍桑正是借助主人公的心理历程,来展现更为重要的历史的进程。正如西方学者所说:"尽管霍桑迷恋于描写道德负罪感给人物带来的漫长的痛苦,但他的正

---

① Arthur Cleveland Coxe, "The Writings of Hawthorne," *Church Review*, January 1851. See *Nathaniel Hawthorne*, ed. by Harold Bloom, New York: Infobase Publishing, 2008, pp. 181 - 182.

② 曹精华:《赫丝特·白兰的虚伪》,《外国文学》1991 年第 3 期,第 74—75 页。

③ Joel Myerson ed., *The American Renaissance in New England*, Detroit: Gale Research Co.,1978, p. 93.

④ 《简明不列颠百科全书》第 3 卷,北京:中国大百科全书出版社,1985 年,第 804 页。

⑤ Leland S. Person, *The Cambridge Introduction to Nathaniel Hawthorne*, Cambridge: Cambridge University Press,2007, p. 1.

面观点与爱德蒙德·伯克没有不同,这种观点对 19 世纪中期美国文化的意义越来越重要:'人类正常的本能'是可贵的。"①

其实,这部作品所展现的不仅仅是新英格兰殖民地的思想发展历程,更是整个人类思想发展历程的一个隐喻,尤其是反映了人类发展进程中的伦理选择。中国学者聂珍钊认为,在人类文明发展进程中,已经经历了两次重要的选择,即生物性选择和伦理选择,但是,"人类的生物性选择并没有把人完全同其他动物即与人相对的兽区别开来"②。只有经历过伦理选择,才能真正成为人。在生物性选择之后,"人类同其他生物没有本质的区别,这就意味着人类实际上并无可能实现上帝的意志。只是人类最后选择了吃掉伊甸园中善恶树上的果实,人类才有了智慧,因知道善恶才把自己同其他生物区别开来,变成真正的人"③。由此可见,伦理选择体现了兽性因子、神性因子与人性因子之间的较量。从霍桑的这部《红字》中,我们可以明晰地看出,在人类最初的伦理选择中,除了兽性因子与人性因子的较量,还有人性因子与神性因子的冲突。

亚当和夏娃偷食禁果,就是人类祖先违背上帝意志的抉择,就是人类神性因子与人性因子的最初的搏斗。可以设想,如果神性依然占据统治地位,智慧果没有遭到采摘,人类也就没有了自己的祖先,正是因为在伦理选择中人性因子获胜,亚当和夏娃偷食了禁果,犯下了原罪,所以人类才有了伦理意识,开始自身的成长历程。

在《红字》中,神性因子与人性因子的较量和冲突贯穿着整部

---

① 伯科维奇主编:《剑桥美国文学史》第二卷,史志康等译,北京:中央编译出版社,2008 年,第 685 页。
② 聂珍钊:《文学伦理学批评:伦理选择与斯芬克斯因子》,《外国文学研究》2011年第 6 期,第 3 页。
③ 聂珍钊:《文学伦理学批评:伦理选择与斯芬克斯因子》,《外国文学研究》2011年第 6 期,第 4 页。

作品,也渗透在《红字》四个主人公的心理活动中。对于女主人公赫斯特,神性因子与人性因子经过强烈的冲突,最终在她身上达到了一种理想的和谐。对于她的女儿珀尔而言,由于两种因子的冲突,使得她游移在"天使"与"人类的孩子"之间。对于狄梅斯代尔而言,则主要是神性因子占据上风,赫斯特是他身上人性因子得以体现和作用的唯一机遇。而对于奇林沃思,在他身上发生冲突的,则主要是兽性因子和神性因子。因此,哈罗德·布鲁姆就认为:"奇林沃思既是魔鬼,也是复仇的天使。"①

如果按上述说法,这部作品共有四个主人公,其实还是不够全面的。可以说,《红字》中,还有一个主人公,甚至是一位至关重要的主人公,这就是"红字"本身,它最能代表这部小说的思想内核。这位主人公所具有的特性和内涵在作品中不断发生变换,从最初的代表神性惩罚的耻辱标志,到最后成为代表人性力量的理想象征,从而成为人类历史发展进程的一个隐喻。

在《红字》中,为了表示对赫斯特的惩罚,让她佩戴耻辱的红字A。红字A是"Adultery",是她与狄梅斯代尔偷食禁果的符号,是对她的一种严厉的惩罚。实际上,即使红字A所体现的是"通奸"这一罪孽,那么,这也是一种与生俱来的"原罪",是神性意志的体现。于是,"Apple"具有神性因子的内涵。这样,《红字》中所犯的"罪孽"也就成了原罪的象征。而佩戴A字的赫斯特的"罪孽"性质也就变得十分明了:这种代表原罪的"A"并不是不道德的;更不是体现堕落的罪孽。如果说赫斯特和狄梅斯代尔所犯的不过是与亚当、夏娃一样的"错误",那么打破神性的枷锁,回归人性的本质,是

① Harold Bloom ed., *Bloom's Guides: The Scarlet Letter*, New York: Infobase Publishing, 2011, p. 7.

人类经过生物性选择之后的又一重要的伦理选择，正是经过了这一选择，人性因子才得以焕发光彩，促使人类逐步趋于成熟，拥有自身的能力（Ability），从而走向独立。

于是，亚当与夏娃所犯的原罪以及他们被驱逐出伊甸园的故事，是人类发展历程从"Apple"到"Able"转向，是象征着人类由天真向经验的转化，从神性向人性的转化，而没有这种转化，人类的进步和发展简直是难以想象的。《红字》所表现的是人类从童年的"罪孽"（"Adultery"）转向"成熟"（"Adult"），进而使得这部描写这一艰难历程的作品也成为人类的一种"艺术"（"Art"）。

在这个意义上，我们可以说，《红字》的作者所要着重描写的，并不是具体的"奸情"，并不是具体的"罪孽"，而是以"红字"这一大写的 A 为象征的抽象的"罪孽"，这样，A 所能代表的，也已不是清教主义范畴的"通奸"之罪，而是表达了从体现神性因子的原罪意识的"Apple"（禁果）到体现人性因子的创造意识的"Able"（能干）这样一个艰苦的人类历史的进步历程。

## 二、珀尔："红字"的生命形态

有学者把珀尔的形象意义纯粹地看成"将赫斯特的通奸始终呈现在她的面前，使她怎么也无法逃脱她自己行为所招致的后果"①。

联想到人类历史发展的进程，从某种意义上来说，赫斯特和狄梅斯代尔就是亚当和夏娃的化身，他们违反了人类道德与法律的

---

① Richard Harter Fogle, *Hawthorne's Fiction: The Light & the Dark*, Norman: University of Oklahoma Press, 1952, p. 114.

外国文学经典散论 |

禁令,偷食了禁果,从而使得珀尔得以诞生。不过,珀尔的诞生依然属于"自然选择"的范畴。"人类的自然选择是一种生物性选择","在现代文明社会里,人类仍然还在不断地重复着自然选择和伦理选择的过程"。① 人性因子与神性因子的冲突是人类在经过自然选择之后所进行的伦理选择这一过程的一种体现。在《红字》中,霍桑在珀尔这一形象上所关注的问题,是"人类"身上人性因子与神性因子是否具有达到和谐境界的可能。

其实,《红字》中的人物,大多具有双重性。无论是赫斯特·普林、狄梅斯代尔,还是奇林沃思,或是珀尔,都有着鲜明的双重性,尤其是体现了人性因子与神性因子的伦理冲突。

从清教的观点来看,珀尔是一个在社会上没有立足之地的不合法的孩子,是赫斯特·普林罪孽的直接结果。然而,在霍桑的笔下,珀尔的形象被塑造成一个极为复杂的充满矛盾的形象。对珀尔形象的态度,直接关系到作者对待原罪的态度。最为重要的是,珀尔的身份是红字的具体化,珀尔是另一种形态的红字,是一种赋予了生命形态,既对赫斯特进行惩罚又对赫斯特不断激励的生命形态。在这部作品中,作者借助于赫斯特之口,强调珀尔"就是红字"②。而且,对于珀尔的认知,也是伴随着赫斯特观念的转变而逐渐转变,开始的时候,珀尔对于赫斯特而言,是一种罪行的惩罚,赫斯特认为上苍通过这一形象,将她的罪孽的"惩罚力度"加大了"百万倍"③。然而,随着时间的推移,赫斯特逐渐意识到,珀尔是"红字"的生命形态的一种体现。

于是,具有神性因子的抽象的罪孽逐渐转变为人类具体的"生

---

① 聂珍钊:《文学伦理学批评导论》,北京:中国社会科学出版社,2014年,第6页。
② 霍桑:《红字》,吴笛译,西安:西安交通大学出版社,2017年,第51页。
③ 霍桑:《红字》,吴笛译,西安:西安交通大学出版社,2017年,第51页。

① 聂珍钊:《文学伦理学批评导论》,北京:中国社会科学出版社,2014年,第6页。
② 霍桑:《红字》,吴笛译,西安:西安交通大学出版社,2017年,第51页。
③ 霍桑:《红字》,吴笛译,西安:西安交通大学出版社,2017年,第51页。

① 聂珍钊:《文学伦理学批评导论》,北京:中国社会科学出版社,2014年,第6页。

① 聂珍钊:《文学伦理学批评导论》,北京:中国社会科学出版社,2014年,第6页。
② 霍桑:《红字》,吴笛译,西安:西安交通大学出版社,2017年,第51页。
③ 霍桑:《红字》,吴笛译,西安:西安交通大学出版社,2017年,第51页。

命的形态"。这其中集中概括了神性因子与人性因子之间的冲突与搏击，以及最终朝人性价值的伦理转向。

在霍桑的笔下，珀尔被塑造成一个人性因子与神性因子集聚一体并且在两者之间不断游移的形象，以至于人们感到困惑，不得不发出疑问："你是淘气的小精灵还是小仙女中的一个？"①

其实，关于这一问题，答案是很清楚的，霍桑在塑造这一形象时，是在一定程度上体现了他对自己女儿乌纳的情感和认知。尽管珀尔似乎被塑造成一个现实层面的清教小孩，如霍桑所称的"精灵小孩"，但是，她的形象基于作者自己的女儿乌纳。霍桑存有他的孩子成长的完整的日记，并直接将其中的一些描写乌纳的段落移植到《红字》中。他在描写自己女儿时写道："这个小孩的有些事情几乎让我震惊，我不知道她是小精灵还是小天使，但是，在一切方面，她都是超自然的……她的形象不时地对我产生这样一种印象，使得我不能相信她是我的人类的女儿，而是一个混杂着善与恶的一种精神，出没在我所居住的屋子里。"②

从以上引文中，我们可以看出，霍桑本人对自己的女儿乌纳也同样发出"我不知道她是小精灵还是小天使"的疑问，甚至怀疑她究竟是不是"人类的女儿"。对于这一疑问，同样体现在对珀尔的描述上。在《红字》中，霍桑指出，珀尔拥有"一种极其聪颖而又令人费解的神色，极其偏强而有时又怀着恶意的神色，但一般来说，这种表情都伴有灵魂的骚动，以至于赫斯特在这一特定时刻情不自禁地发出疑问：珀尔到底是不是人类的孩子？她看起来倒更像

---

① 霍桑：《红字》，吴笛译，西安：西安交通大学出版社，2017 年，第 48 页。

② Nathaniel Hawthorne, *The American Notebooks*, Columbus: Ohio State University Press, 1972, pp. 430 – 431.

一个虚幻的精灵"①。

正是因为在珀尔的身上同时存在着体现神性因子的"精灵"，以及体现人性因子的"人类的孩子"，所以霍桑为此而困惑。

对于这样一个在人性因子与神性因子之间游移不定的人物，最应该启迪人们的是如何对她进行教育，使得两种因子在经过一段时间的冲突之后，能够达到和谐的境界。而作为小说中心主人公的赫斯特，便是这样的一个经过两种因子的冲突最终归于融合的理想的形象。

### 三、赫斯特：神性因子与人性因子的理想融合

如果说，在珀尔的身上，由于神性因子与人性因子的冲突，使得她游移在"天使"与"人类的孩子"之间，那么，在赫斯特身上，神性因子与人性因子经过激烈的冲突，两种因子在她身上终于达到了一种和谐的境界。"最终，感情与原则完美的结合在理想的赫斯特身上体现了。"②

赫斯特是霍桑竭力歌颂的形象，也是他的笔下所塑造的一个将神性因子与人性因子融汇于一体的理想形象。她曾经因为两者的失衡而遭难。

必须强调的是，赫斯特的"失衡"，是"神性因子"与"人性因子"的失衡，而不是"兽性因子"与"人性因子"的失衡，更不是很多学者所认为的"堕落"。赫斯特与奇林沃思的婚姻，本身就是一种社会礼教的枷锁，更多的是神性因子的体现，它直接导致神性因子与人

---

① 霍桑：《红字》，吴笛译，西安：西安交通大学出版社，2017年，第35页。
② 伯科维奇主编：《剑桥美国文学史》第二卷，史志康等译，北京：中央编译出版社，2008年，第697页。

性因子的对立。因为她的"堕落"是发生在自己的丈夫奇林沃思下落不明,被认为因海难而"葬身海底"两年之后。人们都认为她的丈夫奇林沃思因海难而身亡了,所以她的"堕落"不是"兽性因子"获胜的一般意义上的出轨,甚至在法律意义上,也是属于原配失踪两年之后、在法律层面上原来的夫妻关系不复存在的前提下所发生的并不违法的行为。而且,她的行为是对清教道德原则的反抗,她身上的神性因子与人性因子经过激烈的搏斗,人性因子一时获胜,于是为了获取生命意义的实现,她对纯洁真诚的爱情进行了勇敢的追求,她大胆地打破了神性的精神的枷锁,让人性进行了一次自由的翱翔。结果,她却违反了宗教戒律,犯下了"罪孽"。

可见,她是曾经因为在并不违法的前提下追求人间真挚的恋情而触怒了清教的波士顿,遭遇了严厉惩罚,不但让她示众,而且让她永久地戴着刻有所犯罪孽的耻辱的标记——红色的 A 字。在她戴上这一耻辱标志的起始,她所承受的痛苦我们难以想象。在《红字》中,赫斯特第一次出场时,已经经受了一段时间的牢狱之灾,但那还是在七年之前,当她怀抱三个月的婴儿被拉出监狱示众的时候,她依然是一个披着长发的美女:"这位年轻女子身材修长,体态优美。她满头乌黑的秀发在阳光下熠熠生辉。她那张脸上不仅五官端庄、肤色红润,而且眉毛秀丽出众、眼睛乌黑深邃,给人以深刻印象。"①

然而,经过长达七年的艰难的孤独抗争,虽然她的外貌逐渐失去了原先的光彩,但是她的内心变得异常坚强。而且,经过长期的内心搏斗,人们对她产生了好感,甚至对红字产生了新的理解,人

---

① 霍桑:《红字》,吴笛译,西安:西安交通大学出版社,2017 年,第 6 页。

们"开始重新审视红字,不是把它当作她为此遭受长期的凄惨惩罚的罪孽的标志,而是把它看成从那以后她的许多善行的象征"①。

神性因子与人性因子的对立与冲突,同样也是作者霍桑世界观矛盾的一个反映。在霍桑创作《红字》的时候,"与霍桑自己的矛盾一样,他的党派也面临着进退两难的困境"②。所以,他笔下的人物才如此充满了矛盾的双重性。

赫斯特形象的最重要的意义在于,当人性因子被神性因子击败的时候,她通过自身不懈的努力,最终恢复了人性的尊严,达到了理想的平衡。就连她所佩戴的红字,也不再是针对人性堕落的罪孽的标记,而是被赋予了神性因子的成分。甚至给波士顿的居民带来意想不到的慰藉:

> 刺绣的红字闪烁着,圣洁的光辉中蕴涵着慰藉。在别的地方,红字是罪孽的标志,然而在病房里,它却是一片烛光。在受难者艰难的临终时分,它甚至放射出超越时光界限的光芒。当尘世之光迅速变暗、来世之光尚未来临之时,它向受难者指引该走的道路。③

从上述引文中我们可以发现,"红字"的内涵之所以变化,是因为它逐渐具有了"圣洁的光辉",从而能够在黑暗的土地上"闪烁"。这就是霍桑笔下女主人公身上所体现的神性因子与人性因子理想融合的意义所在。

---

① 霍桑:《红字》,吴笛译,西安:西安交通大学出版社,2017年,第88页。
② 伯科维奇主编:《剑桥美国文学史》第二卷,史志康等译,北京:中央编译出版社,2008年,第696页。
③ 霍桑:《红字》,吴笛译,西安:西安交通大学出版社,2017年,第88页。

《红字》的象征和寓意是极其深邃的，对霍桑的《红字》做过专门论述的英国著名作家劳伦斯认为："这是一篇精彩的寓言。我认为这是所有文学中最伟大的寓言之一。"[①]劳伦斯关于《红字》是寓言的观点十分中肯。霍桑在长篇小说《红字》中，通过对赫斯特·普林等形象的刻画，将罪孽的标志——红色的 A 字，转变成美国的现实象征，红字从原有的内涵"Adultery"朝"Arthur"和"Adult"转换，从"Apple"朝"Able"的转变，在极大的程度上象征着人类发展历程中的伦理选择，代表了人类从神性因子朝人性因子的伦理价值的转向。

（原载于郭继德主编《美国文学研究（2018）》，济南：山东大学出版社，2018 年）

---

① 劳伦斯：《劳伦斯文艺随笔》，黑马译，桂林：漓江出版社，2004 年，第 96 页。

# 哈代"埃格敦荒原"生态批评视野中的思考

　　随着生态环境问题越来越严峻,文学的生态学研究也必将受到更为广泛的关注,成为文学和文化研究领域的一种最新、最具活力的跨学科研究与批评方法。"生态批评是涌现在文学和文化研究领域的最前沿的跨学科研究之一。"[①]而且,随着后现代主义哲学与文化的深入和渗透,以及人们对以人类为中心的人道主义思想的深刻反思,生态批评的意义也就显得尤为突出,必将在人类文化中扮演愈来愈重要的角色。

　　"生态批评虽然于20世纪90年代开始出现,但是它的源头远远扎根于历史的土壤中。"[②]生态批评的广泛定义是"研究文学与生态环境之间的相互关系"[③],包括重新解读经典的或非经典的文学作品,以便在历代的文本中发现有助于解释我们今天与自然关系的情感和道德规范。

　　正是基于这一批评思想,本文拟对英国19世纪末20世纪初的

---

① Ursula K. Heise, "Science and Ecocriticism," *The American Book Review*, Volume 18, Issue 5 (July-August 1997):4.

② Simon C. Estok, "A Report Card on Ecocriticism," *The Journal of the Australasian Universities Language and Literature Association*, Nov. 2001:220.

③ Glotfelty and Flomm eds., *The Ecocriticism Reader*, *Landmarks in Literary Ecology*, Athens and London: The University of Georgia Press, 1996, p. xviii.

著名作家哈代创作中的"埃格敦荒原"做一生态批评意义上的探索。

## 一、荒原形象的原始性及其独立的生命意蕴

其实,过去的传统批评中对哈代的"埃格敦荒原"中所具有的诸如"地方色彩"(regionalism)、"牧歌风格"(pastoralism)、"回归自然"(return to nature)等因素的表述,本身就包含着一定的生态批评成分。但是,易被忽略的是,在传统的文学批评中,哈代是一个杰出的批判现实主义作家,在"典型环境中的典型性格"的框架影响下,所强调的环境,是人物活动的场景和性格发展的背景,似乎缺乏独立的价值和意义。

而频繁出现在哈代的小说、诗歌以及史诗剧的创作中的"埃格敦荒原",不是一般意义上的人物活动的场景,而是具有自身的独立的意蕴。通过对于"埃格敦荒原"的研读,我们可以看出哈代对自然的真挚的关爱,以及他对于人与自然之间的相互关系所做出的有意义的探索。

哈代酷爱荒原的一个最基本的原因,就在于荒原所具有的未被人类文明践踏的"原始性"。如在《苔丝》中,"黄褐色古老的"埃格敦荒原不仅广漠无垠,而且"每一块高低不平的土地都是史前的残迹,每一道溪沟都是没人动过的不列颠人的遗径,自恺撒大帝时代以后,那儿的一根草、一寸土也没人翻动过"。[①] 而在《还乡》中,埃格敦荒原简直就是一个小宇宙,它是时空的体现者,这"一片苍茫万古如斯"的荒原,"从有史以前一直到现在,就丝毫没有发生变

---

① 哈代:《苔丝》,吴笛译,杭州:浙江文艺出版社,1991年,第218页。

化"，荒原有着一副"丝毫不受扰乱的面目"，这副面目"把好几千年掀天动地的进攻都看得如同无物，所以一个人最狂乱的激动，在它那满是皱纹的古老面庞跟前，更显得无足轻重了"。① 荒原"仿佛是属于古代石炭时期的世界"②。

哈代还善于描述自然所具有的人性特征，来表现对大自然的特别关注。哈代在 1897 年的书信中曾明确写道："我情不自禁地注意到，自然风景中的景物，例如树木、山冈和房屋，都有表情和脾性。"③

我们阅读哈代的《还乡》《苔丝》《卡斯特桥市长》等"性格与环境小说"以及他的部分诗歌作品，不难发现，"埃格敦荒原"具有鲜明的人性的特征和生命的实体。

在《还乡》等作品中，不但全部情节的展开限定在埃格敦荒原，而且人物性格和意识的形成以及人物的命运等都受到荒原的制约，这荒原不再纯粹是人物活动的场景和故事情节的背景，荒原本身就是一个极为重要的"人物形象"。

与哈代同时代的英国作家劳伦斯甚至认为《还乡》中的"控制因子"不是人的行为，而是"埃格敦荒原"。他说："这本书中的真实要素是什么？ 是荒原。这是本能的生命得以出现的原生的、最初的土地。……这儿是所有这些渺小的生命形式得以引发的深沉的黑色的源泉。"④

埃格敦荒原这一形象自始至终出现在《还乡》中，并且在书中

---

① 哈代：《还乡》，张谷若译，北京：人民文学出版社，1980 年，第 414 页。
② 转引自吴笛：《哈代新论》，杭州：浙江大学出版社，2009 年，第 27 页。
③ Thomas Hardy, *Letters of Thomas Hardy*, ed by Carl Jefferson Weber, Waterville: Colby College Press, 1954, p. 285.
④ D. H. Lawrence, *Study of Thomas Hardy*, See *Phoenix: The Posthumous Papers of D.H. Lawrence*, London: Heinemann, 1936, p. 415.

活动着,"使这本杰作通篇笼罩着埃格敦荒原不断变化的力度和光彩"①。在小说的开头一章,作者就用很长的篇幅介绍了埃格敦荒原的形象,其中第一段写道:

> 十一月里一个星期六的后半天,越来越靠近暮色昏黄的时候了;那一片没有垣篱界断的广大旷野,提起来都管它叫埃格敦荒原的,也一阵比一阵地凄迷苍茫。抬头看来,弥漫长空的灰白浮云,遮断了青天,好像一座帐篷,把整个荒原当作了它的地席。②

这开头一段的描写,就是让作品的重要人物——"荒原巨人"——登场,并清楚地展现出荒原的特性,说明了荒原是一个实在的有知觉的物体,具有积极的生命形态。

哈代对于这一生命形态空灵而细腻的描绘,达到了令人惊叹不已的地步,这一形态与人融为一体,有着人一般的面貌,也有社会关系和亲朋好友:"暴雨就是它的情人,狂风就是它的朋友。"荒原不仅有人一般的外貌,也有人一般的情绪和心境,而且呈现出一种内在的和流动的美感。作者在书中多次描写了荒原的性情:

> 这块地方,和人的性情十二分融洽——既不可怕,又不可恨,也不可厌;既不凡庸,又不呆滞,也不平板;只和人一样,受了轻蔑而努力容忍;并且它那一味郁苍的面貌,更叫它显得特别神秘、特别伟大。它和有些长久独处的人一样,脸上露出寂

---

① R. G. Cox ed., *Thomas Hardy: The Critical Heritage*, London: Routledge and Keegan Paul, 1970, p. 413.

② 哈代:《还乡》,张谷若译,北京:人民文学出版社,1980 年,第 3 页。

寥的神情来。①

荒原还有自己特有的声音，有着"由声表意"的特色。荒原上有着特别的风的音调，由"低音、中音和最高音"所组成的特别的声音，比任何声音都特别具有力量，都更容易叫人想到声音的来源。而且作者认为这是"一个有单纯浑元人格的东西"所发出的声音。

可见，"埃格敦荒原"具有人的性格特征和人的话语能力，与此同时，荒原又以其原始性表现了与人类文明的隔阂，以及"没有垣篱界断"所表明的不受社会形态的制约。

## 二、回归与逃避——人与自然关系的"隐喻"

埃格敦荒原基本的自然属性和生命特征得以确立之后，对于人物与荒原之间关系的探讨，或者人类与自然之间相互关系的探讨，便成了哈代关注的焦点。我们知道，在自然观方面，哈代只是部分地接受了浪漫主义诗人华兹华斯的"原始主义"，对大自然有一种独特的双重的感受力。既在自然界寻找美的源泉，又让自然充满悲剧色泽。因此，回归自然还是逃避自然成了他困惑的探索。例如，在题为《在林中》的一首抒情诗中，抒情主人公由于在人类文明的场所——城市里所感受到的"沉闷压抑"，落得个"跛足的灵魂"，因此来到自然中，走进一片森林，以便寻找"温和的慰藉"，可是得到的是"黑色的失望"，他在林中发现，大大小小的植物都与人类相似，在进行着生死存亡的斗争，常春藤把榆树掐得几乎死掉，冬青被蒺藜闷得浑身抽搐，他因而难以追寻理想的境界，只得逃离

---

① 哈代:《还乡》,张谷若译,北京:人民文学出版社,1980年,第6—7页。

树林,返回人类。

对于回归与逃避这一问题的探索,在《还乡》中展开得最为深刻。我们现在以《还乡》为例,来看哈代对这两者之间的尚不和谐的关系的担忧和困惑。

在《还乡》中,人与自然的关系非常具体化地体现在对荒原的回归与逃避这一关键性的问题上。从作品中我们可以看到:回归荒原和逃避荒原之间的矛盾构成了作品情节的基础和主人公性格与命运的基调。不同的人物对荒原的不同的认识也必将导致不同的命运和结局。然而,"就埃格敦荒原对人类的有条件的影响而言,它的特性是被动的,不固定的。它变得因人而异:对于游苔莎是可恶的地狱,而对于克林却是一种解放"①。

作者刻画了两个方面的典型。一是荒原的"归客"克林,一是荒原的逃避者游苔莎。

荒原的"归客"克林是一个力图理解荒原意义的人物。他生于荒原地区,从小就热爱荒原,长大后去了伦敦等地读书,后来又到了巴黎,担任珠宝店经理的职务。但是,由于他受到了空想社会主义思潮的影响,他觉得自己在巴黎的职位是虚荣和华而不实的,所以,他回到他的故乡所在地埃格敦荒原,希望在荒原上找到新的力量和真正生活的意义,决心在荒原地区做出一番合理的事业。但是,"回归"的功利性与"埃格敦荒原"自然状态之间的矛盾,必然使克林无法实现自己的理想。像克林这样一位具有"理想光彩"的人,对荒原格外迷恋的人,并没有得到荒原的厚爱。随着情节的展开,他的热情渐渐衰退,幻想渐渐破灭,并且陷入重重矛盾之中。

① Richard Benvenuto, "The Return of the Native as a Tragedy in Six Books," *Nineteen-Century Fiction*, Volume 26, Issue 1(Jan., 1971):86.

后来他母亲的无端死亡,更使他的身心遭受了重大打击,使他从空想的幻境回到残忍的现实,高尚的热情也被自怨自艾的悲观情绪所取代。他在理想的教育事业上遭受了挫折,在个人爱情生活中也遇到了灾难,就连自己也险些丧命。他原先之所以爱上了游苔莎,也是与荒原有关,其"深沉的动机是为了与母亲以及埃格敦荒原的强大的母性力量相融合"[①]。可是,这种典型的"俄狄浦斯情结",也导致了俄狄浦斯式的悲剧。他坚定地认为,是他害死了母亲和游苔莎,认为"命运待他不好",认为命运叫人出世,"就是把人放到进退维谷的地位里——我们不能打算怎样在人生里光荣前进,而只能打算怎样能不丢脸地退出人生"[②]。

可见,《还乡》的悲剧产生于主人公克林对故乡荒原的眷恋,尽管他有着回归荒原的冲动,荒原却给了他一系列的打击,使得他理想破灭,最后当了荒原上的传教士。这充分表明了人类重新"回归自然"的艰难,重新构造人类文明与自然的和谐关系的艰辛。

作品中的逃避荒原的典型代表是主人公游苔莎。游苔莎之所以竭力逃避荒原,是因为她不能理解荒原的意义,无法忍受她所认为的寂寥而平淡无味的荒原生活。她出身于远离荒原的城市,受过人类文明意义上的良好的教育,所以不甘蛰居荒原,不愿在凄凉之地过着沉闷、单调的生活,她认为在苍凉的埃格敦荒原,她找不到能与她相配的"双唇",同时她向往繁华和城市文明,期盼能去巴黎享受城市生活的快乐,过一种"文明的"浪漫生涯。然而,她所生活的环境是这"一片苍茫万古如斯"的埃格敦荒原,因而终日想入非非,不理解荒原的意义,与荒原格格不入。"对游苔莎来说,埃格

---

①　Peter Casagrande, *Unity in Thomas Hardy's Novels*, London: Macmillan, 1982, p. 126.

②　哈代:《还乡》,张谷若译,北京:人民文学出版社,1980年,第483页。

敦荒原就是与之抗争的命运的象征。"①哈代精妙地描述了她与荒原的这种疏远和隔阂：

> 在荒原上居住却不研究荒原的意义，就仿佛嫁给一个外国人却不学他的语言一样。荒原的微妙的美丽，并不能被游苔莎领略，她所得到的，仅仅是荒原的凄凉苍郁。本来埃格敦荒原的景物，能叫一个乐天知足的女人咏歌吟啸，能叫一个受苦受罪的女人虔心礼拜，能叫一个笃诚贞洁的女人祝颂神明，甚至于能叫一个急躁浮嚣的女人沉思深念，现在却叫一个激愤不平的女人忧郁沉闷。②

正是因为她未能研究荒原的意义，与荒原格格不入，所以她老是模模糊糊地认为是以荒原为象征的命运的干涉，才使她难以寻到自己的所需。她越想越觉得命运残酷，因此她就产生了一种"一意孤行、不随流俗的趋向"。因为她尽管在竭力逃避荒原，但由于一直受到荒原的影响和熏陶，她也拥有了荒原般的野性和自然狂暴的激情。

为了跳出她所憎恨的荒原，她抛开了韦狄，把感情移向了新近归来的克林，并同他结婚。她为何这样做？她到底需要什么？劳伦斯曾肯定地说："她显然是为了获得某种形式的自我实现；她需要成为她自己，得到她自己。"③她选择克林，是想把他作为逃离荒

---

① F. B. Pinion, *A Thomas Hardy Companion*, London: Macmillan, 1984, p. 315.

② 哈代：《还乡》，张谷若译，北京：人民文学出版社，1980 年，第 97 页。

③ Harold Bloom ed., *Thomas Hardy's Return of the Native*, New York: Chelsea House Publishers, 1987, p. 13.

原的手段,因为克林来自巴黎,身上带有那个繁华世界的光彩和梦幻。她在同克林相恋的短暂的日子里,曾一再表露,要他带她离开荒原。

可是由于荒原的阴沉情调侵袭到她的心灵深处,使她苦闷、忧愁,始终与幸福无缘,直至把她推到绝望的深渊。让这个曾经顽强要求生命权利和个性自由的游苔莎,受到了极度的摧残!"荒原巨人"对于企图逃避荒原的游苔莎给予了沉重的打击,最终让游苔莎在与韦狄深夜私奔出逃时落得个溺水身亡的下场。游苔莎对荒原的逃避以失败而告终。

可见,在这部出色地表现人与自然环境冲突的小说里,自然环境是以埃格敦荒原来具体体现的。来自荒原、有着荒原原始性的游苔莎由于难以与荒原和谐相处,其逃避荒原的努力必然遭受荒原的惩罚。"任何一个希望在地球上生存的生命必须与生态圈相适应,否则,就会毁灭。"①因此,不难看出,游苔莎与荒原的关系,便是人类与自然关系的一个"隐喻"。

### 三、"荒原意识"与悲观主义思想

由于富有人性特征的"埃格敦荒原"又富有原始性和野性,因而也具有让人类难以捉摸的神性。正如哈代在《还乡》中的描述:它有一副郁郁寡欢的面容,含有悲剧的种种可能。

在《苔丝》中,作者也多次涉及埃格敦荒原的阴森和魔力。如在第二十一章中,当黄油制不出来的时候,牛奶场老板克里克首先

---

① Barry Commoner, *The Closing Circle*, See Glotfelty and Flomm eds., *The Ecocriticism Reader*, *Landmarks in Literary Ecology*, Athens and London: The University of Georgia Press, 1996, p. 105.

想到的是埃格敦荒原上的魔术师,在第三十章中,哈代把埃格敦荒原比作"面部黝黑的妖魔"。

在《卡斯特桥市长》中,哈代描述了这片荒原所具有的威严的神秘气氛和不可知的魔力:

> 这块地面,自从最早的种族践踏过以后,除了野兔的爬搔以外,从来没人动过一指深。遗留下来的坟丘,是暗褐色的,盖着一层石南草的茸毛,从高地上圆凸凸地突向天空,仿佛是多乳房的黛安娜的整个胸部仰卧伸展在那里。①

不仅在小说中,哈代也在自己的一些抒情诗中,把埃格敦荒原看成悲剧的源泉和神秘魔力的象征。如在《与失望相遇》一诗中,他把这片荒原比喻为"痛苦的通道",并且"居留着无数的忧伤",而《在荒原上》一诗,则把失去的恋情与荒原上的阴森黑暗联系在一起,认为荒原上的幻象在埋葬"全部美好与欢欣"。

而且,与埃格敦荒原有关的事件也多半含有悲惨的成分,或是埃格敦荒原也时常与悲惨的事件发生联系。如在《卡斯特桥市长》中,亨察德最后离开了卡斯特桥,他送给伊丽莎白和伐尔伏雷的结婚礼物——金丝雀——被发现之后,伊丽莎白派人搜寻到了埃格敦荒原。原来,亨察德离开了大道,便拐进了埃格敦荒原,并且凄惨地死在荒原上了。在《苔丝》中,苔丝的父亲死后,一家人不得不搬迁到王陴。周围是埃格敦荒原外围那大片旷野,附近是德伯维尔祖宗的坟墓,苔丝一家人却落到了无处安身的地步。在短篇小说《枯臂》中,女主人公罗达·布鲁克就住在埃格敦荒原的南部边

---

① 哈代:《卡斯特桥市长》,侍桁译,上海:上海译文出版社,1981 年,第 411 页。

缘。悲伤的事情就是发生在荒原上,尽管那还是 1825 年的事,荒原刚刚被人涉足,还是完整的一体,未被割裂成许多零散的小荒原。在短篇小说《苏格兰舞曲的小提琴手》中,女主人公凯瑟琳路过"静女旅店"时,不得不在小提琴手奥拉莫尔的乐曲声中跳起舞来,一支太长的舞曲使凯瑟琳累得晕倒在地,她的女儿"小凯丽"被小提琴手趁机带走,溜进了埃格敦荒原。

哈代为何如此浓墨重彩地刻意渲染"埃格敦荒原"的神秘魔力? 这无疑具有多方面的原因,但有两点尤为重要。

一是哈代以荒原的原始性、粗犷性、神秘性来烘托故事的气氛,暗示自然环境的威慑力量,并把这种力量看成与作者思想一向有关的神秘的意志力的体现,这种自然界的超自然的运动力量,尽管不为渺小的人的躯壳所感知,但是的确存在着。同时,荒原也是生活在这里的人们的思想感情、风俗习惯、社会结构以及心理活动等综合形态的象征和反映。就"原始性"意义来说,这埃格敦荒原(Egdon)简直就是伊甸园(Eden)的一种变体。

二是对人类过分关注精神领域中人与上帝的关系而忽略人与自然的关系所表现出的困惑和担忧。哈代审视这一现象时尖锐地指出:"人类总想大大方方地尽力不做有辱创世者的假设,所以总不肯想象一个比他们自己的道德还低的宰治力。"[①]可以说,对埃格敦荒原神秘魔力的渲染,也是对人类漠视自然的一种警示。所以,"埃格敦荒原"作为一种巨大的本原的力量,是体现哈代悲观主义思想的"内在意志力"的象征。对人类社会和自然界的双重困惑,形成了他的具有"现代主义创痛"的独特的"荒原意识"。

---

① 哈代:《还乡》,张谷若译,北京:人民文学出版社,1980 年,第 483 页。

# 结　语

　　评论家布兰奇(Michael P. Branch)解释说:"生态批评不只是作为一种文学中的自然进行分析的方法;更蕴含着朝以生物为中心的世界观的转变以及道德规范的一种延伸,也表明了包括非人类的生命形式和物质环境在内的国际社会中的人类概念的拓展。"①文学家哈代对"埃格敦荒原"为象征的自然的多重的矛盾的感受力,以及对非人类的生命形式的关注,对于我们重新反思人与自然的关系是具有一定的借鉴意义的。他所表现出的探讨人与自然关系的命题,是具有极其重要的现实意义的。将哈代的"埃格敦荒原"与同时代的传统现实主义文学所强调的人物活动的环境相比较,我们可以发现,现实主义所强调的环境是以人的生存活动为中心的,而哈代的"埃格敦荒原"所强调的则是人与自然的一种互相依存的关系,是从强调人本主义朝关注生存环境的转换,是"包括非人类的生命形式和物质环境在内"的"人类概念的拓展",这无疑具有了现实的生态学的价值和意义。

　　(原载于毛信德、蒋承勇主编《多元文化与外国文学》,杭州:浙江大学出版社,2005 年)

---

　　① Michael Branch et al eds., *Reading the Earth*, *New Directions in the Study of Literature and the Environment*, Moscow: University of Idaho Press, 1998, p. xiii.

外国文学经典散论 |

# 西方文学中人与自然关系的嬗变及其
# 生态意识的形成

随着生态环境问题的严峻和人类生存状态的变更，人与自然之间的关系显得越来越重要。早在 1972 年，在瑞典首都斯德哥尔摩召开的联合国人类环境会议上，就发表了一个关注生态问题的重要的宣言——《斯德哥尔摩人类宣言》。这一宣言庄严宣告："人类既是地球环境的创造物，又是它的塑造者，……人类环境的两个方面，即天然和人为的两个方面，对于人类的幸福和享受基本人权都是必不可少的，……为了在自然界里取得自由，人类必须利用知识在同自然合作的情况下，建立良好的环境。"[①]

这一宣言的发表，具有划时代的意义，使得人们认识到人类不是自然的主宰，而是生态环境中的一员。这一宣言，对于人类生态意识的产生同样具有极其重要的意义。

正如生态学可定义为"研究植物、动物、微生物等与环境之间相互关系的学科"[②]，那么我们所说的生态意识，其核心内涵就是人与自然的关系问题，强调在人类的活动中尊重生态规律，认识到人

---

① 郑师章、吴千红等编著：《普通生态学——原理、方法和应用》，上海：复旦大学出版社，1994 年，第 384 页。
② 周鸿：《生态学的归宿——人类生态学》，合肥：安徽科学技术出版社，1989 年，第 1 页。

与自然息息相关、生死与共,从而建立一种和谐合作的关系,而不是一种主宰和反抗的关系。

## 一、生态意识得以形成的背景

无论是与文艺复兴之后相当长的时间内的以人文主义思想为主导的传统文学相比较,还是与产生于 19 世纪末 20 世纪初的现代主义文学思潮相比较,20 世纪 90 年代以来的人类生存的外部条件发生了根本的变化。正是这些变化,成为人类生态意识得以形成的基本背景。概括起来,这些背景包括环境的恶化、人口的膨胀、资源的消耗和战争的危机等四个方面。

### (一)环境的恶化

19 世纪的一些主张"返回自然"的浪漫主义作家认为,人类的文明导致了人类的罪恶。这一说法在 20 世纪以来的人类发展中得到了充分的论证。我们现在以古希腊自然哲学中所强调的水、土、气、火四大自然元素为例,来分类说明自然环境的恶化。

首先,水体的恶化。水是一种无法替代又极易受污染的人类最宝贵的资源之一。尽管在地球上水的面积远远大于陆地的面积,但是,在全球浩渺的水域中,有 98% 的水是咸水(海水),不适于人类和农业使用,而仅剩下的为数不多的淡水大部分被封在南极和北极的冰山上或埋在地下。人类能够利用留在江河、湖泊、溪流中的淡水只占 0.014%,可是,这其中还有 65% 至 70% 又因蒸发、流失及其他的浪费而损失掉。

然而,这仅有的稀缺的淡水资源,又正在遭受极其严重的污染。被称为母亲河的黄河,水体污染已使闻名于世的"黄河鲤鱼"难以寻觅。而在 20 世纪 70 年代还广为百姓喜爱的鲜美的"长江鲥鱼",今日在长江里也踪迹难寻。江河两岸的排放物以及过往船只的油污、废水的侵害,使得水质污化日益严重,不但使得鱼类品种越发减少,而且让人类的饮水问题令人担忧。

对淡水资源的保护尚且不加重视,对咸水资源的保护更是无从谈起了。人们所津津乐道的"一江春水向东流",却是把陆地上的不管是有毒还是无毒的废水、废渣,向着曾是空气调节器和各种资源的丰富宝藏的大海无情地倾泻,从而导致某些海域极有可能成为名副其实的"死海"。

有人初步计算得出:"全世界一年流入大海的有石油 1000 万吨、氯联苯 2.5 万吨、锌 390 多万吨、铅 30 多万吨、铜 25 万吨,此外,留存在海洋中的放射物质有 2000 万居里。上述污染物已占全部海洋污染物的 80%。"①

其次,土壤的良性循环也发生了很大的变化。过去人们常说,人来自土,归之于土,说明人类与土壤之间的密切关联。然而,进入 20 世纪以后,来自工业和城市中的废水、固体垃圾,以及农田中所使用的化肥、农药等,使土壤造成了严重的污染,从而影响了土壤的生产性能和利用价值。据有关介绍:"联合国组织 250 多名土壤科学工作者用 3 年时间对全球规模的土壤状况做了调查和评估,发现第二次世界大战结束后,人类的活动毁坏了 10.5% 的最肥沃的土地。遭受严重侵蚀的土地大约占总面积的 2/3。而根本不可能恢复和利用的耕地大约有 3 亿公顷。"②

而且,人和动物赖以生存的被称为"生命之被"的覆盖大地的绿色植被,自 20 世纪 50 年代以后,遭遇着严重的破坏,处于正在衰

---

① 马翼:《人类生存环境蓝皮书》,北京:蓝天出版社,1999 年,第 11 页。
② 马翼:《人类生存环境蓝皮书》,北京:蓝天出版社,1999 年,第 15 页。

竭的危险之中。正如有的学者所说:"地球的绿色外罩在开发的狂潮中正受到迅速增长的人群和推土机的蹂躏与掠夺。陆地进化的5亿年中我们称为生物圈的这种外罩从未遭受过这样野蛮的进攻。"①

此外,现代采矿业和石油业的发展也对地球上的森林、山脉、水资源等造成了一定程度的破坏,也对生态系统形成了威胁。

由于人类不适当的垦殖活动,使得水土流失,各种灾害频繁发生。譬如印度河流域四五十年前是个瓜果飘香、五谷丰登之地,现在已有65万平方公里成为茫茫大漠。

再次,空气的质量也在发生变更。大气中的重要成分有氧气和氮气。但是,进入20世纪以来,工业的污染、汽车尾气的排放、天然气的井喷和煤炭的自燃等,使得大气的污染到了令人震惊的地步。

由于石油和煤等燃料的燃烧,越来越多的二氧化碳气体已进入太空,还有氯氟化碳(氟利昂)制剂的使用,使得地球气温上升,臭氧层变薄,甚至在南极上空出现空洞,根据卫星所传送的资料,"一个巨大的臭氧'空洞'的确存在——这一'空洞'的面积约有整个美国的大陆的面积那么大"②。

臭氧层变薄的后果是人类失去"保护伞",从而造成地球表面太阳紫外线辐射量的增加,给人类和其他生物的生命带来极大的危害。

而气温的上升将会导致海水热膨胀和极地冰川的融化,使海

---

① M.E.索莱、B.A.威尔考克斯主编:《自然保护生物学——进化生态学展望》,萧前柱等译,北京:中国林业出版社,1991年,第10页。

② 弗伦奇(H.French):《消失的边界——全球化时代如何保护我们的地球》,李丹译,上海:上海译文出版社,2002年,第114页。

洋水位上升。其灾难性的后果是，将会使一些沿海城市和低洼之国变成一片汪洋，又可使局部地区因干旱和飓风而化为沙漠。

最后，我们要提及的是普罗米修斯为人类造福而窃取的火。人类自从发明了火之后，已开始了自己的"文明"时代。火确实为人类的进步发挥了巨大的作用。然而，当人们为了火而向自然肆无忌惮地索取，从地下狂挖"黑色血液"和"乌金"之后，火对人类的摧残似乎就难以避免了。无论是石油还是煤炭，它们在燃烧的同时，都以有害于人类的气体来对人类的索取行为进行报复。更不用说人类生活的一大宿敌火灾以及一系列燃烧弹之类的用于战争的对人类进行残杀的武器了。

### （二）人口的膨胀

马尔萨斯最早提出，可利用的自然资源不能满足日益增长的人口的需要，进而提出对人口的控制："人口必然总是被压低至生活资料的水平，这是一条显而易见的真理。""不论在人口未受抑制的情况下其增长率有多高，人口实际增长在任何国家都不可能超过养活人口所必需的食物的增长。"①然而，他的观点在相当长的历史时期未能引起人们的注意。

就人口而言，在人文主义作为主要思潮的文艺复兴时期，世界人口为 5 亿左右；当西方浪漫主义作家热衷于"返回自然"的时候（被誉为英国浪漫主义文学开始标志的华兹华斯和柯尔律治合著的《抒情歌谣集》出版于 1798 年），以及当马尔萨斯提出他著名的人口原理的时候（他的著作《人口原理》也于 1798 年出版），世界人口也不足 10 亿（世界人口于 1804 年达到 10 亿）；在各种现代主义

---

① 马尔萨斯：《人口原理》，朱泱等译，北京：商务印书馆，1992 年，第 1 页、第 171—172 页。

文学思潮盛行的世纪之交,人类也是以 16 亿人口进入了 20 世纪;而如今,人类以 60 亿人口告别了经历过两次世界大战的 20 世纪。①

20 世纪世界人口的这种增长速度被有关学者称为"人口爆炸",而且根据预测,在未来的数十年内,世界人口还将持续快速增长,这种增长对自然的冲击是十分严重的。人口的爆炸和地球资源的有限性已经成为一个日益尖锐的矛盾。因此,1992 年,由世界 1575 名科学家联名起草的一份长达 4 页的《世界科学家对人类的警告》一文中指出:"地球是有限的,不加限制的人口增长构成的压力,对自然界的要求,可以压倒为实现持续发展的未来所做出的任何努力。"这一警告,充分说明了人口增长即人口大爆炸的严重性。②

### (三) 资源的消耗

不仅是人口的增长,还有人类对自然资源的无节制的消耗和浪费,尤其是发达国家的生活在富裕条件之下的人们,更是在严重地浪费自然资源。如在美国,根据有关学者估计,"一个人从出生到 82 岁,总计要耗费 5600 万加仑水、2.1 万吨汽油、10 万磅钢和 1000 棵树的木材"。因此,人们担忧:"如果把这种资源消耗水平推广到地球上比较贫困的国家和地区上去,就会在一代人之间耗尽地球上的资源,并造成过度污染。"③在今天的地球上,人类生存所需的资源正在可怕地逐渐消耗,其中:"雨林正以每年 17 万平方公

---

① 根据有关人口资料,1500 年的世界人口为 5 亿,而在 20 世纪,世界人口于 1927 年达到 20 亿,1960 年达到 30 亿,1974 年达到 40 亿,1987 年达到 50 亿,1999 年 10 月达到 60 亿。此处人口资料数据引自联合国的相关网站。

② 马翼:《人类生存环境蓝皮书》,北京:蓝天出版社,1999 年,第 34 页。

③ 钟克钊、季凤文、黄常伦等:《人与自然的对话 彼岸观此岸》宗教与自然卷,成都:四川人民出版社,1999 年,第 4 页。

里的速度减少,每年有 2100 万公顷农田荒漠化,土壤每年流失量高达 200 亿吨,每天超过 70 个生物物种从地球上永远消失,预计未来 25 年内地球上 1/4 的生物物种都有灭绝的危险。40 多种鱼类因捕捞过度而濒临灭绝,每年约有 2.8 亿人沦为环境难民,12 亿人生活在缺水的社区里,1.25 亿人生活在空气混浊的城市。"①这些数据是触目惊心的。因此,当人们甚至像 19 世纪浪漫主义诗人那样为逃避社会现实而回归自然的宁静之中的时候,其思想上的震撼也是极为强烈的。

### (四)战争的危机

尽管科学取得了巨大的进步,但是人类的每一项重大发明和科技成就无不首先用于战争。炸药如此,核技术更是如此。自 1946 年美国第一颗原子弹爆炸成功,一些核大国首先利用核能制造并且直接使用原子弹、氢弹等大规模杀伤性武器,还使用核裂变提供的动力发电来驱动用于战争的各种舰船。尤其是在 20 世纪 90 年代冷战结束之前,美苏两个超级大国轮番在大气层以及地面和水下进行核试验,造成了对环境的严重污染。而且,"军备竞赛以及其他有关战备方面的行动消耗了巨大的物质资源,其中包括大量的自然财富以及一些在整个地球上都非常稀缺的自然资源"②。根据有关学者的推算:"当今世界庞大的核武库,可以使地球毁灭多次。"③由此可见,战争对人类的生存环境以及人类生命的威胁同样是极其可怕的。

---

① 马翼:《人类生存环境蓝皮书》,北京:蓝天出版社,1999 年,第 278 页。
② E.费道洛夫:《人与自然——生态危机和社会进步》,王炎庠、赵瑞全译,北京:中国环境科学出版社,1986 年,73 页。
③ 马翼:《人类生存环境蓝皮书》,北京:蓝天出版社,1999 年,第 32 页。

## 二、生态意识与人文精神之间的相互关系

生态意识与人文精神并非相悖，而是一种相辅相成的辩证的关系，在人类进一步的发展过程中，强调生态意识并不意味着否定人文精神，而是对人文精神的补充和发展，也是给人文精神注入新的内涵。

然而，相当长的时间里，在人类的意识观念中，我们常常从唯物主义的实践观念出发，过于强调认识自然和改造自然，而认识自然的目的是为了改造自然，正是在这一观念的引导下，在被誉为"自文艺复兴之后三百年间西方知识界精神探索历史之总结"的歌德的《浮士德》中，最后一个探索阶段便是一直为人们所称道的对大自然的改造——移山填海。可见，人们总是把对自然的改造看成一个重要目的和人类探索的最高境界，从而在根本上忽略了人的行为方式必须服从自然规律制约的道理，这样，最终必然产生受自然规律所制约的严重后果。

以改造自然为目的的对自然的认识和探索，以及由此而产生的哲学观和自然观，所缺乏的正是我们在此所要强调的生态意识。缺乏这一意识，必然会使人类产生生存危机。

同样，缺乏这一意识，即使为走出生态危机而对所制定的法典进行阐释时，其思维方式也难以适应时代的需要，所做的阐释更无益于人类的发展和人类思想的进步。譬如，在阐释有关的"环境保护法"时，有学者写道："人类能通过劳动、社会性生产活动、使用日新月异的科学技术手段，有目的、有计划地改造自然环境，使其更适合人类的生存和发展。人类改造自然界的能力和水平，随着物质文明、科学技术的每一次进步而提高。尤其在科学

技术突飞猛进的今天,人类正在以史无前例的速度、空前的深度和广度对大自然进行改造。这就使自然环境进入了在人类干预、改造下发展的新阶段。"①如果不从根本上改变以改造自然为前提和目的的人类活动,人与自然的和谐关系就无从谈起。环境保护方面的学者固然如此,其他方面的现象可想而知了。如流行的汉语词典曾对"熊掌"的解释是:"熊的脚掌,脂肪多,味美,是极珍贵的食品……"对"虎"解释是:"毛皮可以制成毯子和椅垫,肉可以吃,骨、血和内脏都可以入药……"当然,以上这些内容在近年的新版中已经进行了改写,从中可以看出人的生态意识在逐渐增强。但是,哪怕是最新的版本中,对"象牙"的解释仍是:"象的门牙……质地坚硬、洁白、细致,可制工艺品。现国际上已禁止象牙贸易。"可见这其中仍是突出"以人为本"的思想,而保护自然的意识仍然有待提高。

正是传统的"以人为本"的人文精神的根深蒂固的影响,才左右了有关学者对自然和人类生存环境的认识。

只有有了良好的自然环境,人类才会具有良好的自然状态,而一旦人类所赖以生存的自然环境遭到了破坏,人文精神也就失去了根基。

人类自身的发展,尤其是人类为改变物质条件所强调的经济发展,一定要以发展所依赖的自然界的良好状态为前提。特别是在刚刚过去的 20 世纪,人类因过分强调自身的发展,缺乏生态意识,致使所赖以生存的地球因承受了来自全球经济的巨大压力而不堪重负。因此,为了人类自身的发展需要,人们只有产生了成熟的生态意识,而且在这一生态意识的作用下确保全球经济的发

---

① 金瑞林:《环境法——大自然的护卫者》,北京:时事出版社,1985 年,第 47 页。

展是在不破坏支撑生命本身的体系——自然体系——的前提下完成的,才能满足人们对创造一个更美好未来的人文主义的愿望。

### 三、人与自然关系的嬗变与反思

人类对人与自然和谐关系的认识,或者说人类的生态意识的萌生、形成和发展,经历了一个漫长的历史时期。

追溯起来,人与自然之间的关系也经历了一个嬗变的过程,大致经历了对自然力的恐惧,认识自然与改造自然,以及尊重自然和生态规律等三个发展阶段。

在文艺复兴之前的古代社会,可以被视为人与自然关系发展的第一阶段。在这一阶段,由于人类的自然科学知识贫乏以及人们的思维方式的限制,人们只能被动地接受自然力的控制,继而产生对自然力的恐惧,以及听天由命的思想。而且出于对自然力的恐惧,人们会对自然力进行神化。如龙王爷的传说以及相关的各种祭祀活动等,正是出于对于自然力的恐惧以及对自然力的神化。而在语言中,人们甚至认定"天"与"上帝"是同一个概念,都是充当着最高力量的角色,无论是中文的"上苍"还是英文的"heaven",都是人类将自然力神化的典型例子。

随着人类的发展,到了近代社会,以文艺复兴时期的人文主义思想为主要代表,是人与自然关系发展的第二阶段。在这一阶段,人们对自然的认识有了极大的发展,尤其是 14 世纪的地理大发现,对人类思维模式产生了巨大的影响,对自然力的崇拜以及宗教神权的观念得以迅速瓦解,人类对自身有了充满自信的全新的认识,这种认识被知识界誉为"人的发现"。也正是在这一阶段,由于一些重大的自然科学成就的发现,以及人文主义思潮的影响,人们也在相当程度上开始从对自然力的恐惧发展成对自然的任意主宰,所强调的不再是人对自然的顺从,而是同自然的对峙与反抗。

而在当代社会,以后现代主义哲学思想为主要代表,是人与自然关系发展的第三阶段。在这一阶段,由于人类文明高度发展和经济全球化的不断深入,以及生态资源的不断消耗,使得人们重新反思人与自然的关系,认识到保护自然其实就是保护人类的家园,就是保护自己。因此,对人与自然和谐关系的重新关注以及对生态意识的呼唤不仅成了人文科学也成了环境科学的重要课题。譬如,在文学界,生态环境问题已经成为文学所关注的时代主题,文学生态学(Literary Ecology)与生态批评(Ecocriticism)也就应运而生,并且已经成为文学和文化研究领域的一种最新也最具活力的跨学科研究和批评方法。文学生态学将研究范畴限定为研究"文学与生态环境之间的相互关系"[1]。生态批评则被视为"涌现在文学和文化研究领域的最前沿的跨学科研究之一"[2]。如今,只有尊重自然才能真正珍重人类并且使人类得以健康发展的思想正在人类之间逐渐达成共识。

综上所述,人类生存条件的改变以及现代社会自然环境的恶化这一背景,促使人们进行反思,从而引发人与自然关系的嬗变,以及对自然环境和人类生存状态的关注。而把人与社会作为研究

---

[1] Cheryll Glotfelty and Harold Flomm eds., *The Ecocriticism Reader*, *Landmarks in Literary Ecology*, Athens and London: The University of Georgia Press, 1996, p. xviii.

[2] Ursula K. Heise, "Science and Ecocriticism," *The American Book Review* 18.5 (July-August 1997):4.

对象的包括文学在内的人文社会科学,理应在自己的研究领域以特有的形式来关注这一问题,并以参与的热情来研究人与自然的新型关系,呼唤和激发生态意识的萌生与发展。

（原载于冉东平主编《对话与反思——现代化进程中的外国文学研究》,合肥:安徽文艺出版社,2006 年）

# 论哈代《卡斯特桥市长》中的三重"被弃"

对于英国作家哈代的创作，人们总是纠结于他是悲观主义作家还是乐观主义作家的争论。对于这一问题，不禁令人想起纳博科夫的论断。纳博科夫曾经说："我们可以从三个方面来看待一个作家：他是讲故事的人，教育家和魔法师。一个大作家集三者于一身，但魔法师是其中最重要的因素，他之所以成为大作家，得力于此。"①哈代作为一个"大作家"，也是这样的一名魔法师，他的情绪同样变幻无常，他既不是一个乐观主义者，也不是一个纯粹的悲观主义作家，他时常在两者之间游移，一如他在《黑暗中的鸫鸟》中体现的，在极度悲观的氛围中，他会感悟到乐观的色调，又像《卡斯特桥市长》，主人公发奋努力，顽强抗争，终于当上了市长的时候，不但没有欢乐，而且遭遇接踵而至的灾难。他以他变幻的情绪和反复无常的认知，表现了 19 世纪末 20 世纪初转折时期的复杂的人类世界。他以"事业""爱情""亲情"三个方面"被弃"的书写，表现了在那特定时代"拯救"的艰难。

---

① 纳博科夫：《文学讲稿》，申慧辉等译，北京：生活·读书·新知三联书店，1991年，第 25 页。

## 一、市长"事业"的被弃

哈代曾经对悲剧的概念有一个定义,他认为:"简单地说,悲剧表现人生中这样一个处境,即这种处境不可避免地要使他的某个目标或欲望——在即将付诸实施时——以毁灭性的灾难而告终。"①

《卡斯特桥市长》(*The Mayor of Casterbridge*)是以哈代曾经与埃玛共同生活过的多切斯特这座城市为背景的,于1884年夏天开始动笔,一年后完稿,1886年出版。"这部长篇小说所描写的事件发生在19世纪20年代后期,一直持续到40年代。"②我们分析一下作品的大致结构,可以看出,在《卡斯特桥市长》中,哈代的悲观主义命运观主要是通过主人公亨察德与命运徒劳的抗争以及不断重复的"被弃"这一"毁灭性的灾难"来具体体现的。这些"被弃"不仅体现在事业上,也体现在爱情和亲情上,从萌生希望到"被弃"的过程。

首先是事业"被弃"。亨察德卖了妻女之后,悔恨万分,开始了寻找妻女的行程,经过多番寻找,一无所获。其后,在得知水手已经带她们奔赴异国,寻回妻女的希望几乎破灭之后,他经过奋斗,不仅致富成功,还当上了卡斯特桥的市长,获得了事业上的空前成功。然而,命运总是对人盲目捉弄。命运残酷地剥夺了亨察德所拥有的一切,最后从财富到市长的职位,全都准确无误地转移到了他

---

① F. E. Hardy, *The Early Life of Thomas Hardy*, London: Macmillan, 1928, p. 230.

② Томас Гарди. *Избранные произведения*. В 3-х т. Т. 1, М.: Художественная литература, 1989, Комментарии.

的雇工伐尔伏雷的手里。在引以为自豪的事业上,他彻底"被弃"。

《卡斯特桥市长》(1886)这部作品,像《无名的裘德》一样显得悲壮,表现了索福克勒斯式的希腊悲剧中的人与命运之冲突的主题,正如西方评论家所说,在这部作品中,"有着希腊悲剧和李尔王的清晰回声"①。在情节结构上,这部作品的意义,不仅在哈代的创作中开创了以主人公的死亡作为情节结局的后期长篇小说的结构模式,还以主人公亨察德的命运悲剧作为作品的主要线索和悲剧基调。这样,以个人悲剧命运所构成的基调的这部小说在"性格与环境小说"中无疑就具有了一定的典型性。俄罗斯评论家乌尔诺夫(М.В.Урнов)认为:"(哈代)将自己一组最出色的小说称为'性格与环境小说',似乎是在暗示着被他所选择的解释事件的艺术原则。哈代的'环境'——这是广义上的生命的特性和生存的条件,同样也是作用于个人悲剧命运的具体的状态。"②在《卡斯特桥市长》中,这一具体的状况就是"偶然"和"内在意志力"的盲目作用。

所以,哈代这部作品的一个重要意义在于通过亨察德的悲剧表现了哈代独特的悲观主义命运观,表现了类似于希腊悲剧或莎士比亚悲剧的基本主题——人对命运的抗争以及人与命运的悲剧冲突。

哈代非常熟悉他所生活过的多切斯特(即卡斯特桥)的生活,"善于把来自生活中的有趣的题材,有特殊风采的人物和各种偶然事件精心地编织在一起"③。

---

① 聂珍钊:《悲戚而刚毅的艺术家——托马斯·哈代小说研究》,武汉:华中师范大学出版社,1992年,第144页。

② Ин-т мировой лит. им. А. М. Горького, АН СССР: *История всемирной литературы*, В 9 томах, М.: Наука, Т. 7. 1991. с. 352.

③ 张中载:《托马斯·哈代——思想和创作》,北京:外语教学与研究出版社,1987年,第57页。

哈代的悲观主义命运观体现在《卡斯特桥市长》中对命运力量的"偶然"的表述。这部小说描写的是亨察德悲惨的一生。作者力图将亨察德的个人的悲剧命运看成人类悲剧命运的一个缩影,把亨察德与周围环境的冲突看成人性与资本、个人与社会的抗争,以及与宇宙不可知的敌对力量的冲突。

## 二、亨察德爱情的"被弃"

在事业遭遇"被弃"的时候,有不少人企图依靠爱情获得拯救。而爱情方面的"被弃",无疑会更剧烈地作用于事业的"被弃"。在《卡斯特桥市长》中,极为可悲的是,爱情"被弃"是以两个女性——苏珊和露赛妲——的先后死亡来集中体现的。

苏珊本是亨察德的妻子。然而,在作品起始的时候,亨察德犯下了一个奠定他一生悲剧的错误:卖掉了自己的妻子。表面上看,亨察德的悲剧命运与他在小说开始时所犯下的这一荒诞的罪恶的行为有关,但是我们稍微做一分析就可以看出,他的这一行为是由命运的"偶然"所造成的,是命运对人类进行盲目捉弄的一个结果。亨察德本是一个优秀的人物,但是命运的"偶然"对他进行了毁灭性的打击。

在亨察德的悲剧中,哈代突出了人与命运的冲突。在小说的开头,亨察德是一个善良、憨厚、耿直的割草工,作者在描述亨察德开头寻找活计过程中的步态时写道:"他的整齐的、没有弹性的步伐是熟练的乡下人的那种步伐,与一般劳动者的散漫、拖拉的脚步是截然不同的。此外,在他每个脚步的旋转和落步中,有一种顽固的、愤世嫉俗的、为他所特有的冷漠,甚至在那有规则地变换着的粗斜条棉布的皱褶中,也呈现出这种冷漠,当他朝前行进的时候,一会儿呈现在左腿中，一会儿又呈现在右腿中。"①他的步态中的这一冷漠一开始就预示着他在人生道路上的无力抗争和必然的凄凉。

在"偶然"的驱使下失去了妻女之后，他追悔莫及，发誓二十年内再不沾酒。从此，他将发奋努力，致富成功，并且当上了卡斯特桥市的市长。在自己的事业达到成功的顶峰之后，他由于行为乖戾，刚愎自用又保守狭隘，使得各种打击接踵而至，最后被新兴资产阶级的代表人物伐尔伏雷击败，在事业和情感方面遭到双重的"被弃"，在孤独和绝望中走向了死亡。

与同时代的一些作家一样，哈代由于缺乏对社会发展规律的深刻认识和分析，所以他在所发生的一系列反常的社会事件面前感到不知所措，加上他深深受到现代哲学思潮，尤其是叔本华悲观主义哲学的影响，因此相信宇宙间超自然的"内在意志力"无所不在，盲目作用，控制着宇宙间的一切，导致了一系列的偶然。譬如在长篇小说《远离尘嚣》中，主人公奥克破产沦为雇工，女主人公芭思谢芭被卷入痛苦的爱情旋涡，芳妮失身后被人遗弃，特洛伊被枪杀，而博尔伍德遭到终身监禁。哈代看不到在这些接连发生的偶然现象背后所存在着的某种"操纵"势力，实际上就是普遍存在欺诈和争夺的现代社会的生活方式，使得人们无法逃脱它的魔爪而任其宰割，陷入一种永远无法解脱的无可奈何的悲哀。哈代无法理解造成种种罪恶的真正原因，所以只能用抽象的命运的盲目作用来进行解释。

于是，在长篇小说《卡斯特桥市长》中，如同对待其他作品一

---

① Thomas Hardy, *The Mayor of Casterbridge*, Las Vegas: ICON Group University Press International, Inc., 2006, p. 2.

样,哈代用命运的"偶然"以及命运的盲目捉弄这样的观点来解释主人公的悲剧命运,从而流露出一种人类永远无法逃脱悲剧命运摆布的无可奈何的困惑和悲哀。尤其是小说的结局,作者以亨察德的"遗嘱"(Will)来对应"内在意志力"(Immanent Will),突出体现命运的作用。正如西方评论家赛西尔所指出的那样:"在哈代的全部小说中,偶然是盲目力量的一种化身,控制着人类的命运。"①

正是出于命运的"偶然",作品中的主人公亨察德在带着妻女长途跋涉、寻找生存机会的时候,却意外地在饭店里喝了掺了罗姆酒的八宝粥,出于乖张的个性本能和酒精的作用,继而在集市上以拍卖的形式把自己的妻子苏珊卖给了一个水手;多年之后,在亨察德以为与苏珊同来的伊丽莎白·杰恩就是他的亲生女儿时,伊丽莎白·杰恩的亲生父亲却死而复生;女主人公露赛妲在苦苦等待亨察德的时候却等来了伐尔伏雷,在她得知苏珊已经死亡,有机会嫁给自己相爱多年的恋人,从而来到卡斯特桥时,却突然对另一个男人一见钟情,从而导致了她自己和亨察德更加深沉的悲剧命运,直至她与亨察德最终都非常凄惨地离开了人世。

当然,具有讽刺意味的是,"偶然"的盲目力量似乎特别"关爱"某些特定的人物,如同《苔丝》中的苔丝一样,像苏珊这样的一些诚实、善良的人物,本来命运应该更好一些,但是遭遇了"偶然"的盲目力量极为残酷的打击;而露赛妲这样的形象,如同《远离尘嚣》中的特洛伊或者《苔丝》中的亚雷克一样,其遭遇的结局又蕴含着一些应当惩罚的意味。

苏珊尽管被亨察德酒后卖给了水手纽逊,但是亨察德怪罪苏珊不该信以为真,认为苏珊背弃了自己。苏珊在亨察德酒后被卖

---

① Lord David Cecil, *Hardy the Novelist*, Obscure Press, 2006, p. 24.

之后,安分守己地跟着水手生活,苏珊觉得所发生的一切都是由命运控制的,正如书中所展现的真实情形一样。"成千成万乡村的记录告诉我们,农家妇女常常是诚心诚意地跟从着她的买主去过活的,她(苏珊)既不是第一个人,也不是最后的一个。"[①]在得到水手海上失事死亡的消息以后,她便回到英国寻找亨察德,尽管她最终与亨察德具有的是正常的婚姻关系,但是她至死隐瞒着伊丽莎白·杰恩出身的秘密,只是在一封伊丽莎白·杰恩婚礼之日才允许被打开的信中进行了披露。

其实,就苏珊与亨察德的关系而言,尽管亨察德认为他自己是"被弃者",在某种意义上,苏珊也是被弃者。哈代在创作中,也是写过不少"被弃"女子的。尤其是在抒情诗中。在这一类抒情诗中,作者对含辛茹苦但终遭被弃的女子表现出了深切的同情。如《黑眼睛先生》《失去的恋爱》《苔丝的哀歌》《松树栽种者》《新婚之晨》等诗都以被弃女性的视角表现了极度的失望和悲哀的心境。《黑眼睛先生》共分三节,第一节陈述事实,在麦田里与黑眼睛先生相逢,得到他的赞美,同时得到他的帮助:"于是他过来替我系好了袜带。"第二节谴责他弃她而去。第三节笔锋一转,不再沉浸在悲哀之中,反而庆幸自己的身边有了一个好少年,感谢"他爹有一天替我系好了袜带"。在《苔丝的哀歌》中,抒情主人公哀叹新婚之后的亲人弃她而去,留下她处境艰难、痛不欲生。在《新婚之晨》中,作者以独白和对白等手段来表现已有身孕的被弃的女子在情人新婚时的无尽的悲哀和无望的处境。而在共有四首的十四行组诗《她致他》中,第一首是被情人所弃的女人感叹岁月无情,夺走了她那美丽的容颜,同时也暗含着对昔日情人的指责。第二首只是祈

---

① 哈代:《卡斯特桥市长》,侍桁译,上海:上海译文出版社,1981年,第26页。

求那位昔日的情人在她死后能够偶然对她进行回忆,追回爱情衰落的某些记忆,并且对一位全身心地屈从于他的这位姑娘呼出一声哪怕是"可怜的妇人"之类的叹息,作为对她爱情的回报。第三首虽然悲叹她的执着的爱遭到世人鄙薄,悲叹世人抛旧情于脑后,但她将"忠贞不渝,直至永远"。第四首则对另一位女子表示出妒忌,并且对男方诉说:

> 你怎能因我妒忌而生恶意,
> 对我百般珍爱之物不理不睬?
> 相信我吧,昔日情人,爱之怄气
> 越是自私狡黠便越加可爱。①

如果说,亨察德与苏珊之间的关系难以断定究竟是谁"被弃",那么,在亨察德与另一名女子露赛妲之间的恋情中,他所遭遇到的确是实实在在的爱情"被弃"了。

露赛妲与亨察德有过刻骨铭心的恋情,本愿嫁给亨察德,却得知亨察德妻子归来的消息。苏珊死后,她到了卡斯特桥,想与亨察德成亲,然而露赛妲在苦苦等待自己所热恋的亨察德的时候,当她有机会嫁给自己相爱多年的恋人的时候,却对新出现的另一个男人——亨察德的敌手伐尔伏雷一见钟情,并且嫁给了伐尔伏雷。但是,她与亨察德的过去的恋情被人大做文章,致使她无法承受意外的打击而发病死亡。可见,露赛妲并非因此得到幸福,亨察德所遭遇的露赛妲的"被弃",却导致了包括露赛妲在内的多人的悲剧命运。

---

① 哈代:《哈代文集 8·诗选》,刘新民译,北京:人民文学出版社,2004 年,第 11 页。

## 三、女儿亲情的"被弃"

市长亨察德所遭遇的最后的"被弃"是亲情"被弃"。小说的最后五章(第 41 章至第 45 章)所描述的,正是这种"被弃",主要是以伊丽莎白·杰恩来体现的。如果说亨察德艰难地承受了事业和爱情上的"被弃",但他最终因亲情方面的"被弃"而被彻底击毁。亨察德本以为伊丽莎白·杰恩是他当年失去的亲生女儿,所以把她当作自己生活中唯一的安慰。在看到苏姗留下的信中得知伊丽莎白·杰恩是水手纽逊的女儿后,他便竭力隐瞒真相,恭恭敬敬、小心翼翼地讨好伊丽莎白·杰恩。但是,命运并不因此而对他稍加怜悯。水手纽逊死而复生,找到卡斯特桥来了,亨察德苦心掩饰的一切终于败露。最后,有一次,在他看望伊丽莎白·杰恩的时候,发现水手纽逊已经取代了他这个亨察德的位置,他因而遭到了致命的打击:

> 亨察德冲到门口边,有几秒钟一动也不动,随后他直起身子站立着,像一个无可救药的落魄者,掩罩在"从自己灵魂升起来的阴影"里①。

他从而乞求女儿伊丽莎白·杰恩不要对他如此冷酷,哪怕给他留下一丝爱恋。但是,他不仅没有得到伊丽莎白·杰恩的热情,反而遭到了她的一番指责。

亲情"被弃"后的亨察德"抛弃了自我辩解的权利",表明以后不再前来打搅女儿伊丽莎白·杰恩,至此,遭到了事业、爱情、亲情

---

① 哈代:《卡斯特桥市长》,侍桁译,上海:上海译文出版社,1981 年,第 406 页。

的三重"被弃",彻底失望,最后凄惨地离开了人世,并留下一份极为悲惨的遗嘱(Will):

不要告诉伊丽莎白·杰恩·伐尔伏雷说我死了,也不要让她为我悲伤。

不要把我葬进神圣的墓地。

不要请教堂执事为我敲丧钟。

不要任何人来为我送殡。

不要在我的坟墓上栽花。

不要任何人想着我。

为此,我签上自己的名字。①

可见,《卡斯特桥市长》的主人公亨察德经历了一次又一次"拯救"和"被弃"的过程。最早的一次是从遭遇"偶然"打击到事业成功的过程,但成功也只是"一个偶然的小插曲"。数个轮回,从萌生希望到失望地"被弃",经历苏珊的死亡、露赛妲的死亡、杰恩的疏远,直至自己凄凉地离开了人世。

亨察德最终在埃格敦荒原凄惨地离开了人世,如同李尔王在荒野上的凄凉的呐喊一样,都是由于在亲情等方面"被弃"所造成的。这一从萌生希望到"被弃"的过程,在小说的书名和事件发生的地名"卡斯特桥"中,都得到了象征和暗示。一如哈代惯于使用人名、地名的寓意性象征一样,"卡斯特桥"(Casterbridge)中包含了"被弃"(Cast)和"桥梁"(bridge),桥梁是人类进行交往的一种重要交通设施,也是人与人之间关系和精神纽带的一种象征。这种"桥梁"的"被弃",所蕴含的寓意是极为深刻的。

---

① 哈代:《卡斯特桥市长》,侍桁译,上海:上海译文出版社,1981年,第414页。

# 结　语

哈代创作长篇小说《卡斯特桥市长》时,在艺术上,已经达到炉火纯青的地步了,就很多方面来说,这都是一部极为奇特的作品,它既不是"性格与环境小说"的开端,也不是它的终结,却是他自7年前的《还乡》之后的又一部杰出的小说。那么,在思想意义方面,《卡斯特桥市长》的意义何在? 我们认为,在思想方面,《卡斯特桥市长》也极其具有代表性,同样代表了哈代小说的一个重要方面,为后来《苔丝》《无名的裘德》等小说中同样体现的人与命运的悲剧冲突的基本主题拉开了序幕。所以,我们谈到哈代的悲观主义命运观时,不能不考察这部作品,因为这是一部颇具典型性的表现人与命运悲剧冲突的小说,以主人公亨察德的悲剧命运为基本线索,表明命运的邪恶和盲目捉弄。

托马斯·哈代的小说中的悲剧人物总是在一种不能承受的压力之下努力而又绝望地挣扎,即使是出于一时的愚蠢或者错误的选择而导致悲剧的发生,哈代也一定会以偶然和巧合以及"天意"等因素来进行解释。《卡斯特桥市长》中主人公亨察德的三重"被弃",也体现了一定程度的巧合和偶然,但是这种"被弃"意识更多是在表明悲剧的普遍性。而且,就作品结构而言,首尾相贯的也是"被弃"。开局是亨察德妻子"被弃",结局是亨察德自己"被弃"。这些"被弃"都是命运的偶然,是"意志力"的盲目作用,从而独特地体现了哈代悲观主义的命运观,也体现了哈代以"进化向善"对世界进行拯救的艰难性。

（原载于《人文新视野》2020 年第 2 期）

# 但丁《神曲》的美术传播

　　文学与美术之间,有着千丝万缕的联系,尤其是诗歌与美术,无论是文艺复兴时期的米开朗琪罗,或是 18 世纪英国的布莱克,都是集美术与诗歌于一身的大师;无论是 19 世纪英国的拉斐尔前派,还是 20 世纪欧美的达达主义、立体主义、未来主义或超现实主义,都是诗歌与美术合而为一的文学—美术运动。

　　在美术领域,不仅绘画与文学关系密切,就连人们很少关注的雕塑,与文学也有着难舍难分的血缘关系。"文学与雕塑之间存在着一种平行关系,对此研究可以加深(enhance)我们理解作家和雕塑家在共同的创意过程中怎样结合词语与雕塑意象来创造意义。"①譬如在 19 世纪的法国,深深影响雕塑家创作的作家主要有雨果、拉封丹、维吉尔、奥维德、但丁、歌德、莎士比亚等人。

　　就但丁的作品而言,其《神曲》的美术传播主要体现在插图作品、绘画作品、雕塑作品等三个方面。

---

① 　Keith Aspley,Elizabeth Cowling,Peter Ssharratt eds., *From Rodin to Giacometti: Sculpture and Literature in France*, 1880 – 1950, New York: Rodopi, 2000, p. 1.

## 一、插图作品

　　早在 14 世纪,当但丁的《神曲》以手抄本形式得以流传时,就有艺术家或出于自身喜爱或受命权贵为《神曲》插图。其后,每个世纪几乎都有为《神曲》插图的艺术家。其中包括 15 世纪的意大利画家古列尔莫·吉拉尔迪、博蒂切利、米开朗琪罗,18 世纪的意大利著名画家萨巴泰利、皮内利,19 世纪瑞士画家富利斯、德国画家科赫、法国画家多雷,20 世纪西班牙画家达利、英国画家巴滕等。在为但丁《神曲》插图的画家中,最为著名的无疑是 19 世纪法国著名版画家、雕刻家和插图作家古斯塔夫·多雷(Gustave Doré, 1832—1883)。他被出版商邀请为多部世界名著作画,成为欧洲闻名的插图画家。

　　时至今日,在最初插图出版 150 年之后,多雷的插图与但丁的《神曲》也依然紧密相连,常常被评论界相提并论。艺术家对但丁文本的透视依然激发着我们的视觉美感。多雷的但丁《神曲》插图完成于 1855 年,是他最早的文学经典插图。其后,他也为荷马、拜伦、歌德、莱辛等许多作家的经典作品插图。他为《神曲》的插图在其所有的插图作品中最为著名。他的《神曲》插图作品多由黑白两色构成,层次分明,对照鲜明,质感强烈。无论是宏大的场面还是西部的个体描绘,他都善于使用极细的线条来编织物象的表面和体块,并且善于以线条的疏密来表现物体的明暗色调,从而显得光感强烈,并且具有极强的立体感。他的《神曲》插图作品同时引发了法国文坛对但丁的浓厚兴趣,直接导致其后出现多种版本的《神曲》的法文译本、批评著作、专题杂志,以及这一题材的绘画等也迅猛增长。

由于多雷为《神曲》的插图版画数量多，而且对开本制作成本昂贵，大多出版商不愿意出版多雷的插图版《神曲》，多雷不得不在1861年自费出版了插图版《神曲·地狱篇》。这一版本获得了艺术成就与经济效益方面空前的成功。由于这一成功，出版商在1868年又单独出版了《炼狱篇》和《天堂篇》。其后，多雷的插图作品广为流传，出现在200多种的版本中，从意大利源语到各种语种的译本。

　　多雷的《神曲》插图作品，部分汲取了米开朗琪罗的裸色技法，并且结合了宏伟风景画的北方传统和通俗文化的元素，成为他艺术创作中的最高成就。他的插图作品，以画家的技艺娴熟地体现了诗人生动的视觉想象。

达利《自杀者之林》

如果说 19 世纪插图作品的代表是法国的多雷,那么 20 世纪《神曲》插图作品中,就是长年生活在美国的西班牙画家达利(Salvador Dali,1904—1989)的创作了。这位天才的艺术家在 1951 至 1960 年间,创作了 101 幅水彩画,阐释但丁的《神曲》。他的这些作品后来又以木刻术进行了重新处理,构成 100 幅版画。

　　达利的《神曲》插图线条明快,色彩和谐,既有非现实的细节真实,又有着立体的美感和超现实主义的风格。他的一丝不苟的写实手法与超现实的形象融为一体,给人带来一种强烈的视觉冲击,恰如其分地体现了但丁《神曲》独特的表现手法和梦魇般的地狱场景。《地狱篇》第 13 章的《自杀者之林》的插图,典型地体现了这一特征。

　　它不但有着绘画的立体的美感,而且借助了诗歌中的许多技巧,尤其是画中的超现实主义意象,是借助于诗歌的"双关语"来具体体现的,从而构成树枝与肢体的结合,达到了独特的艺术效果,也体现了诗中关于阴魂与灌木合为一体的叙述。

## 二、绘画作品

　　在绘画领域,但丁的《神曲》影响了许多艺术家的创作,如在壁画、木刻、水彩、油画等多个方面为艺术家提供了素材,包括布莱克的绘画以及拉斐尔前派画家亨利·霍利兑(Henry Holiday)、但丁·罗赛蒂(Dante Lossetti)等许多重要艺术家的创作都受其影响。如霍利兑的《但丁与贝阿特丽丝》(*Dante and Beatrice*)、但丁·罗赛蒂的《但丁之梦》(*Dante's Dream*)等,都是受其影响的重要作品。

　　拉斐尔前派力图恢复英国美术"忠实于自然"的传统,着力表

霍利兑《但丁与贝阿特丽丝》

现宗教和现实题材,喜欢从文学经典中汲取营养,善于精雕细凿,追求细节真实。英国著名拉斐尔前派画家亨利·霍利兑创作的油画《但丁与贝阿特丽丝》,作于 1884 年,被认为是他最重要的作品,藏于英国利物浦沃尔克艺术博物馆(Walker Art Gallery)。画中所描写的是但丁与贝阿特丽丝在佛罗伦萨圣三一桥边的一次偶然相逢。[①] 贝阿特丽丝身穿白色服装,娴雅端庄,与女友同行,而但丁站在一旁,竭力掩饰着内心的激情,还因为贝阿特丽丝故意的冷漠而显现出了一种淡淡的忧伤,整个情景正如但丁在《新生》中的描述:

> 她走过,在一片赞美的中央,
> 但她全身透着谦逊温和,
> 她似乎不是凡女,而来自天国,
> 只为显示神迹才降临世上。

① Walker Art Gallery ed., *The Walker Art Gallery*, London: Scala, 1994, p. 72.

她的可爱，使人眼睛一眨不眨，

一股甜蜜通过眼睛流进心里，

你绝不能体会，若不曾尝过它：

从她樱唇间，似乎在微微散发

一种饱含爱情的柔和的灵气，

它叩着你的心扉命令道："叹息吧！"①

（飞白　译）

联想到但丁生平中假装对其他女性的爱而掩饰自己对邻居姑娘贝阿特丽丝的爱恋，以及贝阿特丽丝对但丁的误解，画中但丁和贝阿特丽丝的表情也有一定程度的体现。

而但丁·罗赛蒂对意大利诗人但丁有着矢志不渝的浓烈兴趣，他创作了不少与但丁以及《神曲》有关的作品。他的《但丁之梦》中，基于《新生》或但丁的生平，其中的但丁、贝阿特丽丝、天使等主要意象突出了《神曲》的天堂境界，以及贝阿特丽丝引导但丁游历天堂的由来。在画中，但丁·罗赛蒂用复杂的象征创造了一个幻想的世界。画中贝阿特丽丝的两位女仆所穿的绿色衣裳在一定意义上象征着希望，而画面前方的一朵朵鲜花，以及画面中央的天使之吻，无疑具有圣洁的象征，画面右方出现的红色的鸽子则象征着爱情。

谈及《神曲》的绘画，英国诗人兼画家布莱克同样是一位不可忘却的人物。他的视觉艺术引发一位当代艺术批评家声称他是

---

① 吴笛主编：《外国诗歌鉴赏辞典》，上海：上海辞书出版社，2009 年，第 853 页。

但丁·罗赛蒂《但丁之梦》

"大不列颠曾经创造的绝无仅有的最伟大的画家"①。

## 三、雕塑作品

在雕塑领域,但丁的《神曲》深深地影响了罗丹的创作。

罗丹(Auguste Rodin)的许多重要雕塑受到《神曲》的启发。根据《神曲·地狱篇》而创作的雕塑群《地狱之门》(*The Gates of Hell*),在雕塑领域享有盛誉。

同样还有根据但丁《神曲·地狱篇》第五章而创作的雕塑群《保罗与弗兰采斯加》,以及根据文学作品这一情节创作的著名的雕塑作品《吻》(1884—1886)。

但丁《神曲·地狱篇》的相关诗歌描写了弗兰采斯加与保罗的爱情悲剧。诗的素材来源于现实生活。弗兰采斯加由父母做主嫁给了里米尼的贵族拉台斯太的残废儿子祈安启托。十年后,祈安启托发现妻子和他弟弟保罗有奸情,遂将二人杀死。在《神曲》中,

---

① Jonathan Jones, "Blake's heaven," *The Guardian* (25 April 2005).

这对情侣的灵魂和其他一些生前堕入情网者的灵魂同住在地狱第二圈——"色欲场"里,他们在长年不息的凄风苦雨中相互偎依,永不分离。但丁随维吉尔漫游地狱来到此处时,被此情景所感动,于是便引发了这段对话体诗行:

> 于是我又转过身去向他们,
>> 开始说道:"弗兰采斯加,你的痛苦
>> 使得我因悲伤和怜悯而流泪。
> 可是告诉我:在甜蜜地叹息的时候,
>> 爱凭着什么并且怎样地
>> 给你知道那些暧昧的欲望?"
> 她对我说:"在不幸中回忆
>> 幸福的时光,没有比这更大的痛苦了;
>> 这一点你的导师知道。
> 假使你一定要知道
>> 我们爱情的最初的根源,
>> 我就要像边流泪边诉说的人那样追述。
> 有一天,为了消遣,我们阅读
>> 兰塞罗特怎样为爱所掳获的故事;
>> 我们只有两人,没有什么猜疑。
> 有几次这阅读使我们眼光相遇,
>> 又使我们的脸孔变了颜色;
>> 但把我们征服的仅仅是一瞬间。
> 当我们读到那么样的一个情人
>> 怎样地和那亲切的微笑着的嘴接吻时,
>> 那从此再不会和我分开的他

全身发抖地亲了我的嘴:这本书

　　和它的作者都是一个'加里俄托';

　　那天我们就不再读下去。"

当这个精灵这样地说时,

　　另一个那样地哭泣,我竟因怜悯

　　而昏晕,似乎我将濒于死亡;

我倒下,如同一个尸首倒下一样。

（朱维基　译）①

　　但丁的这段诗篇,在艺术上独立成篇,所采用的是梦幻与真实相结合的手法。诗中的背景是虚无缥缈的幻境,但诗人以非常简练的文字,把一幕动人的爱情悲剧,包括人物、事件,甚至细节都有声有色地写了出来,给人以身临其境之感。其中男女主人公在读传奇时流露衷情这一情节写得尤为生动活泼。其中提及的兰塞罗特是圆桌骑士中最著名的一个。在亚塔尔王的朝廷里,他爱上了归内维尔皇后。他是古代法兰西传奇《湖上的兰塞罗特》中的主角。而其后的加里俄托是《湖上的兰塞罗特》传奇中的另一角色。兰塞罗特和归内维尔皇后的第一次相会,就是由他撺掇而成的。所以,弗兰采斯加说,书和书的作者都是起着引导作用的"加里俄托"。

　　罗丹的雕塑《吻》则取材于但丁的《神曲》里所描写的弗兰采斯加与保罗这一对情侣的爱情悲剧。《吻》是大理石雕像,高190厘米,创作于1884—1886年,现藏于巴黎罗丹美术馆。罗丹采用《神

---

　　① 但丁:《神曲·地狱篇》,朱维基译,上海:上海译文出版社,1984年,第41—42页。

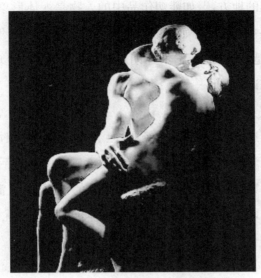

罗丹《吻》

曲》中的题材塑造了两个不顾世俗诽谤的情侣,使得在幽会中热烈接吻的瞬间成为永恒。

在罗丹的雕塑作品中,艺术家将但丁细腻的文字表述化为生动的形象。雕塑家突出所创造的人物优雅的肌体和姿态,尤其是女主人公细腻的肌肤,起伏不定,引发了生动的光影效果,而凭借这些光影的闪烁,其内在的青春、热情与生命的活力全都幸福地荡漾,给人们带来无限的美感和丰富的联想。

受但丁《神曲》而激发灵感的还有罗丹著名的雕塑作品《思想者》(Le Penseur)。《思想者》是青铜雕塑,原本名为《诗人》(Le Poète),自1880年开始创作,本来用于《地狱之门》的门口。罗丹的创作基于但丁的《神曲》,作品中的大多数其他人物也都代表着这部长诗中的一些主要人物。多数评论家认为,位于门口的中心人物便是描述进入地狱之门的但丁本人。然而,这一解释,也存有一些令人困惑的地方,譬如雕塑作品中的人物是裸体形象,而在原著的长诗作品中,但丁自始至终穿有服装。但是,这显然也无关紧要,重要的是,罗丹继承了米开朗琪罗的传统,突出表现了这一人物的智性和诗性。

综上所述,作为一部文学经典,但丁的《神曲》不仅深深地影响了后世的文学创作,也极大地影响了美术领域的创作活动,为许许多多的美术家提供了创作的源泉和智慧的灵感,并且激发了他们创作的想象,成为跨艺术传播或是跨媒体传播的一个优秀的范例。

(原载于《浙江艺术职业学院学报》2014 年第 4 期)

# 谁为浙江最早开启世界文学之窗？

　　究竟谁为浙江最早开启世界文学之窗？谁在中西文学之间最先搭建桥梁？这是一个需要浙江外国文学学者介入并且加以考据和论证的命题，也是浙江地域文化中值得骄傲的一个命题。对于这一命题，我们可以肯定的是：最早为浙江开启世界文学之窗者，也是最早为中国文化开启世界文学之窗的，使得中国文学通过积极介绍和借鉴，参与世界文学事业。换言之，是浙江的译家，最早为我国开启了真正意义上的世界文学之窗。被誉为我国第一部翻译文学作品的《昕夕闲谈》出自浙江译者的手笔，而且与林纾合作以"林译小说"而闻名的魏易、翻译英国文学史上第一部现实主义小说——笛福的代表作《绝岛漂流记》的杭州译者沈祖芬，对于我国的翻译文学，具有开拓性的意义。还有首次翻译俄罗斯文学中的莱蒙托夫、契诃夫、高尔基等重要作家作品的浙江译者吴梼、我国第一部译自德文的诗集《德诗汉译》的浙江译者应时——他们这一翻译群体，为浙江乃至中国最早开启了世界文学之窗，为我国现代文学的形成和发展，为我国的文化建设事业以及中外文化交流，都做出了卓越的贡献。本文拟从我国的英语文学翻译入手，探究浙江译者开创性的艺术贡献。

## 一、传教士的文学翻译及其属性

在中西文化交流史上，西方的一些文学经典在相当长的时间内不为我国学界和读者所知晓，唯有在少数传教士的著作中，偶有提及或者引用。如明清之际的意大利传教士利玛窦（Matteo Ricci，1552—1610）、西班牙传教士庞迪我（Didaeus de Pantoja，1571—1618）等，都在自己的著作里引用了伊索寓言中的故事，但这些少量的引用不但算不上文学翻译，而且所发挥的中西文学交流的效用也是相当有限的。而1840年前后在广州出版的《意拾喻言》（即《伊索寓言》），1852年在广州出版的《金屋型仪》，以及1853年在厦门出版的彭衍（即班扬）的《天路历程》，则是相对完整的外国文学译著了。

尽管有些学者对这些翻译作品大加赞赏，甚至有人认为《金屋型仪》是中国的"第一部翻译小说"[①]，但是，因为是外国传教士所译，所以根据学界对翻译文学约定俗成的定义，这些作品难以归于我国翻译文学之列。《意拾喻言》是古希腊的一部寓言集，该书的中文译者是英国人芒·穆伊（Mun Mooy）和其学生罗伯特·汤姆（Robert Thom）。《金屋型仪》是德国的一部书信体长篇小说，作者是德国作家赫曼·鲍尔（Hermann Ball），出版于1840年，原文题为《十字架的魅力》（*Thirza，order die Anziehungskraft des Kreuzes*），译者则是传教士叶纳清（Ferdinand Genahr），而且中文译本是从英译本转译的，英文译本的译者是伊丽莎白·劳埃德

---

① Patrick Hanan, "The Missionary Novels of Nineteenth-Century China," *Harvard Journal of Asiatic Studies*, Vol. 60, No. 2 (Dec., 2000):434.

(Elizabeth Maria Lloyd),英译本于 1842 年出版于伦敦,该译本书名仍遵循原著,名为《十字架的魅力》(*Thirza*,*or*,*the Attractive Power of the Cross*)。《天路历程》是英国文学史上的杰作之一,可是该中译本译者也是传教士,名为威廉·彭斯(William Burns,1815—1868)。

可见,这些译著出自传教士之手,而且除了《意拾喻言》之外,《金屋型仪》和《天路历程》都在译本中突出其中浓郁的宗教色彩,是传教士传教所用的,如《金屋型仪》讲述的是一个犹太女孩信奉基督教的故事,书写她改变信仰,带领家人信主归真的故事。而长篇小说《天路历程》尽管是一部严肃的文学经典,但是传教士们崇尚这部作品,主要是为了宣扬如何历经各种艰难险阻,最终获得灵魂拯救。

所以,这些被传教士翻译的作品,即使有些原著属于文学经典,但都不是严格意义上的翻译文学,难以归入我国翻译文学的范畴。因为中国翻译文学是指"中国人在国内或国外用中文译的外国文学作品"①。翻译文学是民族文学的一个有机组成部分,如王哲甫的《中国新文学运动史》、郭子展的《中国小说史》,以及新中国成立后王瑶的《中国新文学史稿》、唐弢的《中国现代文学史》等,书中都专门列有翻译文学专章,《中国近代文学大系》更是设有《翻译文学卷》。翻译文学是民族文学的拓展。"翻译文学直接参与时代文学主题的建构,与创作文学形成互动、互文关系。"②没有翻译文学,我国现代文学的发展甚至无从谈起,正如陈平原所指出的那样:"域外小说的输入,以及由此引起的中国文学结构内部的变

---

① 郭延礼:《中国近代翻译文学概论》,武汉:湖北教育出版社,1998 年,第 23 页。
② 谢天振、查明建主编:《中国现代翻译文学史》,上海:上海外语教育出版社,2004 年,第 4 页。

迁,是 20 世纪中国小说发展的原动力。可以这样说,没有从晚清开始的对域外小说的积极介绍和借鉴,中国小说不可能产生如此脱胎换骨的变化。对于一个文学上的'泱泱大国'来说,走出自我封闭的怪圈,面对域外小说日新月异的发展,并进而参加到世界文学事业中去,并不是一件轻而易举的事情,特别是在关键性的头几步。"①

按照学界的共识,我们论及的翻译文学,有别于宗教层面的翻译(包括佛教),是就中西文化交流而言的。于是,普遍认为,中国的翻译文学,始于 19 世纪 70 年代。翻译文学还在一定意义上有别于文学翻译,它是一种价值尺度,所强调的是与民族文学的关联,正如我国学者的论述:"中国翻译文学是研究中外文学关系的媒介,它实际上已经属于中国文学的一个特殊而又重要的组成部分,成为具有异域色彩的中国民族文学。"②而被誉为我国第一部翻译小说的,则是出自浙江学者,于 1873 年初开始刊载的英国长篇小说《昕夕闲谈》。


## 二、《昕夕闲谈》——中国最早的翻译小说


世界文学之窗开启的模式主要有两种:他人开启与自我开启,具体地说,开启者有外国传教士以及我国的翻译家。

外国传教士由于受到语言以及自身传教使命的限定,就文学传播而言,所能起到的作用是极其有限的,更何况,开窗者在窗外

---

① 陈平原:《二十世纪中国小说史》第一卷,北京:北京大学出版社,1989 年,第 28 页。

② 孟昭毅、李载道主编:《中国翻译文学史》,北京:北京大学出版社,2005 年,第 80 页。

也挡住了我们的视线。而我国译家从内部打开窗户朝外看,才更加具有主动性,才能真正看清外部的景色。

而《昕夕闲谈》就是由我国译者主动开启的第一扇世界文学之窗。就中西文化交流而言,这部长篇小说被誉为我国第一部翻译小说,是极为富有学理性的。原著作者爱德华·利顿(Edward Bulwer-Lytton,1803—1873)当时在英国文坛是与狄更斯齐名的作家,著有《庞贝的最后时日》等多部长篇小说,而且在政界担任过国会议员及殖民地事务大臣。利顿在世时,其作品就被翻译成德语、法语、西班牙语、俄语等多种语言,1879 年,他的作品被首次译成日语。这是利顿的政治小说《欧内斯特·马尔特拉夫斯》(*Ernest Maltravers*),由日本译者丹羽纯一郎译成《花柳春话》在日本出版。西方有学者撰文认为,利顿的"《欧内斯特·马尔特拉夫斯》是第一部从西方翻译成日文的完整的长篇小说"①。英国长篇小说《昕夕闲谈》(*Night and Morning*)英文原文于 1841 年出版,共五卷,第一卷共分 11 章,第二卷共分 12 章,第三卷共分 14 章,第四卷共分 8 章,第五卷共分 23 章。全书共 68 章。该小说通过一个贵族私生子的生活经历,描写了法国波旁王朝后期伦敦和巴黎上流社会的光怪陆离的生活场景和种种丑恶现象,具有成长小说的特性和现实批判的内涵。

《昕夕闲谈》的中文译本于 1873 年初开始刊载。当时,《昕夕闲谈》原著名称以及原作者名都没有体现,译者也是署的笔名"蠡勺居士"。

译者翻译这部小说的主要动机还是由于此书"务使富者不得

① Donald Keene, *Dawn to the West: Japanese Literature of the Modern Era*, New York: Holt, Rinehart and Winston, 1984, p. 62.

沽名,善者不必钓誉,真君子神采如生,伪君子神情毕露"①,用传统的观念来肯定其思想和艺术的价值。

《昕夕闲谈》分 26 期于 1873 到 1875 年发表在上海的月刊《瀛寰琐记》上,该刊物由申报馆刊行,发表在该月刊 1873 年 1 月的第 3 期至 1875 年 3 月的第 28 期上面。每一期上刊登两节,一共是 52 节。在 28 期之后,由于月刊更名,同时形式也做了调整,这部翻译小说的刊载也就终止了。1875 年的晚些时候,增补了三节,并以书的形式得以出版,编入"申报馆丛书"第七十三种。

由于这本小说译者名署的是笔名"蠡勺居士"。那么,"蠡勺居士"究竟是谁? 学界对此有过考证,也有过争议。有关《昕夕闲谈》译者考据的论文,数量多达十多篇,但经过研究和考证,学界倾向于认为《昕夕闲谈》的译者便是浙江钱塘人士蒋其章。美国哈佛大学教授帕特里克·韩南(Patrick Hanan),对这一问题进行了详尽考证。根据他的研究和考证,《昕夕闲谈》的译者便是浙江人士蒋其章。帕特里克·韩南是新西兰学者,在美国哈佛大学任教,他不仅认为《昕夕闲谈》的译者是浙江人士蒋其章,而且强调他是"《申报》的最初的主要编辑之一"②。一般认为,"蒋其章生于 1842 年,籍贯为浙江钱塘,1870 年乡试中举,1877 年在会试中金榜题名,之后曾被任命为敦煌县县令"③。这部翻译作品的意义是多方面的,更有历史学家认为,该书的出版,"在中国近代小说史、中西文化交

---

① 阿英编:《晚清文学丛钞·小说戏曲研究卷》,北京:中华书局,1960 年,第 195—196 页。

② Patrick Hanan, "A Study in Acculturation—The First Novels Translated into Chinese," *Chinese Literature: Essays, Articles, Reviews* (CLEAR), Vol. 23 (Dec., 2001):57.

③ 吴笛等:《浙江翻译文学史》,杭州:杭州出版社,2008 年,第 12 页。

流、翻译史上"具有"重要的历史价值与意义"①,中国最早的翻译小说出自浙江,这无疑是浙江学人的出色贡献和浙江学界的骄傲。

## 三、英美文学经典的浙江首译

除了作为中国首部翻译小说的《昕夕闲谈》,浙江译界在英美文学翻译方面为我国翻译文学做出贡献的还有与林纾合作的魏易以及翻译英国经典小说《绝岛漂流记》的杭州译者沈祖芬。如果说利顿的长篇小说《昕夕闲谈》还算不上文学经典的话,那么浙江译家魏易与林纾合译的长篇小说《黑奴吁天录》无疑是最早翻译成中文的美国文学经典了,浙江译家沈祖芬所翻译的笛福的长篇小说《绝岛漂流记》无疑也是我国最早翻译的英国文学经典了。

### (一)魏易与林译小说

在"蘅勺居士"蒋其章之后,为我国翻译文学事业的发展做出杰出贡献的便是林纾了。在我国近代翻译史中,林纾(1852—1924)的翻译独树一帜,他虽然译出的小说多达180多部,但他本人并不懂外文,全仗与他合作者的选材和口译。在多位合作者中,以浙人魏易的成就最为突出。魏易(1880—1932),字仲叔(一作聪叔),又字春叔,浙江仁和(今杭州市)人。他三岁丧母,九岁丧父,家境十分贫寒,由家乡的一位亲戚养大。在杭州期间,他刻苦学习,十七岁时,离开杭州,就读于上海圣约翰大学。毕业后回到杭州发展。在林译世界文学名著中,由魏易选定并担任口译的作品即达数十种,其中包括多部英美文学名著,如英国狄更斯的《块肉

---

① 邬国义:《昕夕闲谈——校注与资料汇辑·前言》,邬国义编注:《昕夕闲谈——校注与资料汇辑》,上海:上海古籍出版社,2018年,第5页。

余生述》(即《大卫·科波菲尔》)、《孝女耐儿传》(即《老古玩店》)、《滑稽外史》(即《尼古拉斯·尼克尔贝》)、《贼史》(即《奥利弗·特威斯特》)、《冰雪因缘》(即《董贝父子》);英国司各特的《撒克逊劫后英雄略》(即《艾凡赫》);英国斯威夫特的《海外轩渠录》(即《格列佛游记》);英国兰姆改编的《吟边燕语》(即《莎士比亚的故事》);美国斯托夫人的《黑奴吁天录》(即《汤姆叔叔的小屋》)等。林纾和魏易的合作,被誉为"中国翻译出版史上的黄金组合"①。关于魏易在"林译小说"中的作用,曾经有人评述说:"假如林纾少了他(魏易),那么决不会达到这样的成功,那是可以断言的。"②在"林译小说"的口译者之中,魏易不但具有扎实的外语功底,而且对西方文学有着敏锐的感受力和极高的文学鉴赏力。此外,魏易个人还独自翻译了不少文学作品,其中包括英国著名作家狄更斯的《双城故事》(即《双城记》)。20世纪80年代,魏易在台湾的女儿魏惟仪经多年的努力,搜集到魏易与林纾合译的作品36种,魏易独译4种,共40种,校订出版。

别说林纾的合作者——浙江学人魏易了,就连林纾本人的主要的翻译活动也与浙江翻译文学有着密切的关联。林纾虽然出生于福建,但是在19世纪90年代,他在母亲和妻子相继病逝之后,便告别故乡,转辗他乡。1898年4月,林纾到杭州居住,并且续娶杨姓女子为妻。③ 他在福州翻译的《巴黎茶花女遗事》于1899年初面

---

① 散木:《"西子湖畔"的"译友"——林纾和魏易》,《书屋》2018年第1期,第39页。
② 寒光:《林琴南》,转引自郭延礼:《中国近代翻译文学概论》,武汉:湖北教育出版社,2001年,第300—301页。
③ 参见张丽华:《林纾年谱简编》,《缀学集》,福州:海峡文艺出版社,2012年,第103页。

世,这时,他已经"从闽县移家至杭州,在杭州东城讲台教书"①。林纾在杭州居住了近3年之久。在杭州期间,他喜爱杭州的自然景色,自号"西湖补柳翁""六桥补柳翁",写有多篇记录杭州名山胜水的游记。其实,在定居杭州之前,林纾也常与杭州的一些知识分子进行交往,也偶访杭州。据有关学者考察:"1895—1901年间,林纾在杭州与杭州巡抚、清末教育家林启、政治活跃人物林长民,以及后来任职商务印书馆高层经理的高凤池和高凤谦(梦旦)等福建籍文人密切往来。林启和高氏兄弟合开了求是书院,将西学作为教学内容之一。林纾和魏易正是在求是书院相识,然后合作翻译《黑奴吁天录》。"②在杭州期间,林纾与魏易合译的这部《黑奴吁天录》(英文原文为 Uncle Tom's Cabin,现译《汤姆叔叔的小屋》),于1901年出版,这是林纾翻译的第二本西洋小说,译自美国女作家斯土活(Harriet Beecher Stowe,现译斯托夫人)的作品。这部译作进一步奠定了林纾翻译事业的基础。由此可见,林纾在浙江期间是他翻译生涯中的一个重要的起始阶段,林纾的翻译本身就是浙江翻译文学的一个有机组成部分。而且,林纾在杭州期间,不仅翻译作品,还在创办和主编刊载外国文学译文的杂志方面颇具贡献。

清末民初,一些刊载外国文学译文的杂志得以在杭州创刊,推动了浙江翻译文学的发展。包括《译林》(1901)、《环球丛报》(1906)、《杭州白话报》(1895、1901)、《英语学杂志》(1908)等报纸杂志。其中《杭州白话报》和《译林》杂志的创办与主编,都是与林纾有关的。尤其是于1901年3月5日在杭州创刊的《译林》,更是与林纾和魏易两人密切相关。他们两人先后担任过这本杂志的主

---

① 张丽华:《林纾年谱简编》,《缀学集》,福州:海峡文艺出版社,2012年,第103页。

② 王卫平:《林纾早期翻译活动(1898—1912)与晚清国族话语》,《复旦外国语言文学论丛》2016年春季号,第105页。

编。《译林》作为当时杭州的一个文化品牌，每月一期，当时共出版了13期，以翻译日本作家的作品为主，包括清浦奎吾（1850—1942）的《明治法制史》、织田一的《国债论》、镰田荣吉的《欧美漫游记》等重要著作，都是在这本杂志上译介的。林纾还为《译林》写过一篇《译林叙》，说该刊"广译东西之书，以饷士林"①。尽管《译林》还不是纯文学刊物，但是名人传、游记等栏目还是具有相当的文学性的。从当时的《译林》等杂志来看，更可以看出林纾对浙江翻译文学的贡献。

与此同时，魏易也是因为结识林纾从而走上文学翻译之路的。他与林纾在浙江大学前身求是书院相识之后，从求是书院借到英文版《黑奴吁天录》，两人如获至宝，立即着手翻译。由魏易口述，林纾执笔记录，两人合作，把《黑奴吁天录》翻译成书。《黑奴吁天录》于1901年重阳节前翻译完毕，当年即以"武林魏氏刻本"在杭州付梓刊行。

这部在杭州翻译和出版的美国文学经典，出版后即受到学界极大的关注。就美国文学汉译而言，这部译著无疑具有开创性的意义。而且，该译本的出版对于当时社会政治，亦具有强烈的现实意义。"《黑奴吁天录》之所以在中国引起震动，主要因为深受帝国主义侵略和压迫的中国人民的命运、处境与小说中所描写的'黑奴'有着类似的情况。"②在《黑奴吁天录》这部长篇小说翻译成中文以及出版的1900年和1901年，正是中国外患极为严重的一个时期，八国联军侵华战争爆发，《辛丑条约》签订，清政府卖国求荣，帝国主义列强加紧瓜分中国，民族危机日趋严重，甚至连旅美华人也受着与黑奴一样的虐待，中华民族四万万黄皮肤同胞同样面临沦

---

① 林纾：《译林叙》，转引自谢天振、查明建主编：《中国现代翻译文学史》，上海：上海外语教育出版社，2004年，第43页。

② 郭延礼：《中国近代文学发展史》第二卷，北京：高等教育出版社，2001年，第578页。

为白皮肤人侵者之奴隶的厄运。

这一点,林纾和魏易是深深感知的。林纾为此书写了一序一跋,把书中所描述的美国黑人遭受奴役之事,与当时美国歧视、虐待华工的浪潮联系起来,从而警示国人。林纾在《跋》中强调:"余与魏君同译是书,非巧于叙悲以博阅者无端之眼泪,特为奴之势逼及吾种,不能不为大众一号。……今当变政之始,而吾书适成,人人既蠲弃故纸,勤求新学,则吾书虽俚浅,亦足为振作志气,爱国保种之一助。"[①]可见,林纾和魏易将文学翻译事业当成了维新改良的一种政治追求,把两者有机地结合起来。作为我国翻译出版的第一部美国小说以及美国文学经典,《黑奴吁天录》对于中外文化交流是有着独特意义的,同样,对于当时所处的社会语境而言,也是具有深刻的现实意义的。

## (二)《绝岛漂流记》

在杭州,浙江译者不但翻译了第一部美国小说《黑奴吁天录》,而且英国文学史上第一部现实主义小说——丹尼尔·笛福的代表作《绝岛漂流记》(现通译《鲁滨孙漂流记》),也是第一次由浙江译者翻译的。这部文学经典是由浙江杭州的沈祖芬首次翻译成中文的。

该书是英国18世纪著名小说家丹尼尔·笛福(Daniel Defoe,1660—1731)的代表作,是笛福文学创作中的里程碑式的作品。丹尼尔·笛福的这部小说以及这部作品中所塑造的具有冒险精神的鲁滨孙的典型形象,同样也在中国引起了强烈的共鸣,1898年,浙江译者沈祖芬翻译了这部小说,书名被译为《绝岛漂流记》。1902年,该书得以出版,这是第一部中文译本,对于该部作品在我国的流传以及中英文学交流等方面起了重要的作用。

---

① 林琴南:《黑奴吁天录·跋》,斯土活:《黑奴吁天录》,林纾、魏易译,清光绪二十七年(1901),第1页。

《绝岛漂流记》的译者沈祖芬(1879—1910)，又名跛少年，杭州人。他出生于杭州一个著名的书香门第，他的父亲沈竹礽，是玄空风水的经典著作《沈氏玄空学》的作者，在该领域享有很高的地位。沈祖芬的哥哥沈瓞民是一位颇有建树的学者，著述甚丰，留学日本时，曾是鲁迅在弘文学院学习时的同学。

沈祖芬3岁的时候染上了足疾，从而行走不便，但是他具有顽强的意志，刻苦自学英语，并且克服种种困难，尝试翻译英文作品，到了22岁的时候，他已经发表了数本译著。其中最为主要的译著是《绝岛漂流记》(The Life and Adventures of Robinson Crusoe)，他特别喜爱这部作品，有志于将此书译成中文，"并希望借小说冒险进取的精神'以药吾国人'"①。该书于1898年翻译，经师长润饰与资助，1902年由杭州惠兰学堂印刷，上海开明书店发行，著者署名为"狄福"。商务印书馆编译所高梦旦为该书作序，并在序中认为"此书以觉醒吾四万万之众"②。在该书的《译者志》中，译者称这部小说"在西书中久已脍炙人口，莫不家置一编。……乃就英文译出，用以激励少年"③。

沈祖芬的译本不仅在进取精神等思想方面影响了后来的译本，也在包括作者"狄福"在内的具体译名方面对后来译本起了奠基的作用。仅以书名为例，英文原著书名为：The Life and Adventures of Robinson Crusoe，如果严格按照字面翻译，应该译为《鲁滨孙·克鲁索的生活与历险》，可是，沈祖芬将其意译为《绝岛漂流记》，这样翻译，远胜于稍后的《辜苏历程》等译名，其中的"漂流记"

---

① 孟昭毅、李载道主编：《中国翻译文学史》，北京：北京大学出版社，2005年，第80页。

② 高梦旦：《〈绝岛漂流记〉序》，转引自孟昭毅、李载道主编：《中国翻译文学史》，北京：北京大学出版社，2005年，第80页。

③ 葛桂录：《中英文学关系编年史》，上海：上海三联书店，2004年，第119页。

这一词语，一直被林纾以及后来几乎所有的译本所承袭。

## 结　语

浙江的翻译文学有着译家和作家同步互动、共同探索的传统。在浙江翻译文学发展史上，不仅出现了一大批优秀的文学翻译家，如魏易、吴梼、朱生豪、李俍民、梁实秋、茅盾、傅东华、曹未风、王佐良、叶水夫、草婴、宋兆霖、飞白等，也出现了许多集文学翻译和文学创作于一身的优秀作家，如鲁迅、周作人、茅盾、徐志摩、戴望舒、郁达夫、丰子恺、施蛰存、夏衍、徐迟、黄源、孙席珍等。

窗户还得自己开，被动开启只是第一阶段，自我开启才是真正的开启。联想到中国文化对外传播，中国学者为了文化影响而进行的文化对外传播，是为他人开启窗户。但更为重要的是，引导国外学界自我开启。尤其需要我国自身加强民族文化建设，只有国外学者出于学习和借鉴的目的而进行的自我开启，才是真正意义上的文化传播。

清末民初的浙江学人为浙江首先开启了世界文学之窗，也为中国翻译文学奠定了良好的开端，不仅为中国读者打开了世界文学的窗口，拓展了视野，也为英美文学以及俄罗斯文学在我国的流传起了相当重要的奠基作用。清末民初的浙江翻译文学成就是珍贵的文化遗产，整理、研究这一历史时期的浙江翻译艺术成就，发扬、承袭这一时期的优秀传统，无疑是浙江学人的历史使命。

（原载于《浙江社会科学》2019 年第 9 期）

# 古代外国文学经典:人类童年的悠远的回声

我们在此论及的古代外国文学经典,主要是指远古和中古的文学经典,其中包括古埃及等东方古代文学经典、古希腊罗马等西方古代文学经典,以及中世纪的外国文学经典。古代外国文学经典,经过漫长的时间的洗礼,不仅具有审美价值,还具有重要的认知价值,是人类起源以及人类童年时代生活的真实的展现和珍贵的记录。超越时空而流传下来的古代外国文学经典,无疑是人类一份珍贵的文化遗产,是人类童年时代穿越时间隧道而发出的悠远的回声。

一

外国古代文学经典生成的过程,在一定意义上是人类对自然和社会的认知过程。如"荷马史诗"具有重要的史料和文献价值,反映了氏族社会向奴隶制社会过渡时期的社会场景和风土人情,被称为"古代的百科全书"①。但丁《神曲》的"百科全书"性质同样

---

① 引自西方古典学者哈弗洛克(E. A. Havelock)的观点,参见陈中梅:《神圣的荷马——荷马史诗研究》,北京:北京大学出版社,2008年,第3页。

被人们所认知,老舍说:"《神曲》里什么都有,⋯⋯中世纪的宗教、伦理、政治、哲学、美术、科学都在这里。"①

尤其是"荷马史诗"中的战争,已经不完全是为了部落集体的利益,而是变成了奴隶主们掠夺财物、劫取奴隶的手段,反映了过渡时期的本质特征。而《奥德修纪》中所表述的家庭悲欢离合,突出体现了英雄人物的勇敢机智以及为维护私有财产和家内奴隶所展开的斗争。这一事件充分说明奴隶制生产关系已经形成,一夫一妻制的家庭关系已经确立,史诗中对佩涅罗佩忠贞夫君的赞扬,也是旨在确立新的家庭伦理道德规范。

而作为古希腊人民留给后世的口头文学遗产的希腊神话,则是人类认知自然和人类自身的典型体现,希腊神话人神同形同性,人性与神性相映成趣,神性的探索包含着人性的奥秘。因此,希腊神话洋溢着人类认知自然、寻求宇宙奥秘的辩证思想,譬如,有关司农女神得默忒耳及其女儿珀耳塞福涅的故事,就通过丰富的想象,解释了一年中的时序的更替和季节的变化。正如马克思所说:"任何神话都是用想象和借助想象以征服自然力,支配自然力,把自然力加以形象化;因而,随着这些自然力之实际上被支配,神话也就消失了。"②可见神话在人类认知自然的过程中所发挥的作用。尤其是其中的斯芬克斯、美杜莎、达那俄斯等相关传说,更是折射了人类最初的伦理选择、对自然力的恐惧,以及人类从群婚制朝血缘婚姻的过渡。而特洛伊战争的起因——金苹果的纠纷以及帕里斯的选择,更是反映了古代希腊人追求现实生活享受的朴实的现世主义思想。可见,希腊神话"反映了阶级社会前人类生活的广阔

---

① 老舍:《老舍文艺评论集》,合肥:安徽人民出版社,1982年,第37页。
② 马克思:《〈政治经济学批判〉导言》,《马克思恩格斯选集》第二卷,北京:人民出版社,1995年,第28页。

图景,也以数以千计的人物形象表现了当时的社会风貌和人类童年时代的自尊、公正、刚强、勇敢的精神"①。

古代外国文学经典是认知批评难得的珍贵文本。认知科学认为:"物质的本质、宇宙的起源、生命的本质和智能的呈现是人类关注的四个基本问题。认知科学、思维科学和人工智能等学科的研究都与四个基本问题之一的'智能的呈现'密切相关。"②外国古代文学经典的生成过程,是人类文明和人类发展及进步的宝贵的财富。原始时期文学的一个重要特征便是诗歌、音乐、舞蹈这三者的合一(三位一体)。这也从一个方面说明,诗歌是最初的艺术形式,在其诞生之后才有了其他的艺术形式。从劳动歌谣、巫术以及原始宗教等各个方面起源的人类文学艺术,记录了人类在童年时代成长的历程,尤其是在没有其他文献记载的远古时代,古代文学经典具有重要的文献价值,对于人类学、经济学、法学、军事学、民俗学等许多领域的研究,都具有重要的原始文献价值。而古代埃及的《亡灵书》,体现了古埃及人对生命与死亡的独特理解。古代埃及人相信,生命并不因为肉体的死亡而消逝,肉体死亡之后,灵魂依然延续着生命的存在,并且以独特的方式实现生命的意义:在下界经受各种磨炼,为了复归上界,获得复生。古代埃及人"相信人的肉体死去之后,他们以为死亡并不是人生的毁灭,不过是人的生命从一个世界转移到另一个世界,死仿佛意味着生活的另一阶段。埃及人认为死后的生活,是人间生活的一种特殊形式的延续。他们把死后的世界,描写为人间世界的变相"③。这种原始的宗教理

---

① 楚图南:《〈希腊的神话和传说〉后记》,《希腊的神话和传说》,楚图南译,北京:人民文学出版社,1958 年,第 869 页。

② 张淑华等:《认知科学基础》,北京:科学出版社,2007 年,第 1 页。

③ 刘汝醴:《古代埃及艺术》,上海:上海人民美术出版社,1985 年,第 6 页。

念，以及王权神化、神王合一等思想的发展，对于《亡灵书》等文学经典的生成无疑具有重要的作用。

## 二

如果说古代文学经典生成的过程是人类对自然和社会的认知过程，那么文学经典的传播，则是人类以维持生存发展的"种性机能"①而获得超越其他物种的飞速发展的典型体现。无论是口口相传的"脑文本"或是由文字而记录下来的实物文本，传播手段、方式或媒介的更新，都是伴随着人类的进步和发展的进程。传播速度的快慢直接关联着人类的发展与文明的进程。考古学的相关研究亦充分表明："一部文明演进史就是一部文化传播史。"②

就古代外国文学经典的传播媒介和传播途径而言，古代文学经典经历了多种传播途径，经历了象形文字、楔形文字等多种书写形式，以及到成熟的拼音文字的历程，而且历经了从纸草、泥板、竹木、陶器、青铜直到活字印刷术等多种传播媒介的变换和发展，为文学经典的传播奠定了基础。而且，传播媒介的形成和变异，与文学经典的生成与传播密切相关。纸草和象形文学促使了《亡灵书》的生成与传播，楔形文字与泥板的使用促使了《吉尔加美什》的流传，而印刷术的产生和发展，使得文学经典的传播不再依赖繁杂的人工抄写，在人类文明史上以及文学经典的生成和传播过程中发挥了革命性的作用。

在人类童年，人们有着对自然力的恐惧，以及对人的存在之谜

① 周月亮：《中国古代文化传播史》，北京：北京广播学院出版社，2000年，第1页。
② 周月亮：《中国古代文化传播史》，北京：北京广播学院出版社，2000年，第6页。

的探究,吠陀文学、圣经文学,以及希腊神话等文学经典,便是人类童年时代精神和生活状态的一种折射,也是现代文学发展的最初的源泉。吠陀文学中的《阿闼婆吠陀》和《梨俱吠陀》,具有强烈的巫术乞灵性质,其巫术咒语,涵盖了当时人们精神与物质生活的各个方面,尤其是祈祷疾病痊愈等诗作,与当下文学与医学研究中的文学医治功能或疗伤功能一脉相承。而圣经文学的独特性,主要也就在于其中所体现的文学与宗教、文学与历史的紧密缠绕,在一定程度上论证了"经典"一词与宗教的最为直接的关联。在外国文学经典生成渊源中,劳动歌谣、巫术、宗教活动等,都起了一定的作用,尤其是宗教,特别是《圣经》《佛经》《古兰经》等宗教经典,作为一种博大精深的文化现象,对外国文学经典所产生的影响,不仅体现在思想价值观念方面,还体现在文学作品艺术形式的构成方面。尤其是《圣经》,不但促使了文学与宗教的交融,以及为作家的创作带来了思想方面的深层思索,而且其本身作为文学文本,所具有的象征、隐喻、讽刺、比喻等技巧,以及丰富多样的文学样式,极大地拓展了文学的抒情和叙事方式,深深地影响了经典的生成与文学的进程。《圣经》因而成了西方文学创作的灵感的渊源。"因为《圣经》包含了大量的西方文学作品中的各种原型。诺思罗普·弗莱把《圣经》称作'文学象征渊源之一'。他还断言,由于《圣经》具有丰富的原型内容,熟读《圣经》便成为全面了解文学的必要前提。"①

希腊神话也与圣经文学一样,其惊人的艺术魅力和认知价值就在于以其丰富的想象力和凝练的语言探究宇宙的起源与人类的奥秘。

---

① 勒兰德·莱肯:《圣经文学》,徐钟等译,沈阳:春风文艺出版社,1988年,第13页。

如今，文学已经发展成为人类生活中必不可少的一个重要的组成部分，我们如果将如今的文学比作一棵枝繁叶茂的参天大树，那么这棵大树是植根于古代土壤之中的。最初叙事文学的代表作品《荷马史诗》、抒情文学的最初代表作品"古希腊抒情诗"，以及戏剧文学的最初代表"古希腊戏剧"，便是参天大树的坚实的根基。探究这三种文学类型的最初的生成和相应的传播，以及对现代文学所产生的深远的影响，是具有溯源意义的。《荷马史诗》无疑是西方叙事传统的一个重要源头，无论是浓缩在 51 天的宏大的战争场面还是长达 10 年的漂泊经历和家庭的悲欢离合，无论是铺陈还是倒叙，都在艺术结构方面为后世提供了卓越的典范。而古希腊抒情诗中所体现的思想层面的个性意识觉醒以及艺术层面诗与音乐的关联，都体现了抒情诗的本质特征，尤其是诗的音乐性，正是诗之所以为诗的灵魂所在。萨福、阿尔凯奥斯、阿那克里翁等琴歌诗人，无论在主题或是在技艺方面，都体现了现代意义上的抒情诗的基本概念，为抒情诗艺术的最终形成做出了突出的贡献。正是基于史诗和抒情诗，古希腊戏剧才得以生成。古希腊戏剧在语言和诗体形式上得益于史诗与抒情诗，在题材上无疑受惠于古希腊神话，而《俄狄浦斯王》等经典悲剧中的悖论特征则反映了当时平民阶层与氏族贵族之间的复杂的矛盾和政治冲突。正是所有这些因素的联合作用，促使了古希腊经典悲剧的生成。

　　作为古希腊文学的直接传承者，古罗马文学对古希腊文学的继承与创新，是同样不可忽略的。从我们所探讨的古罗马文学经典的生成与传播中，可以看到，古罗马文学的生成首先是一个希腊化过程，与广泛译介古希腊文学经典密切相关。正是对古罗马文学的翻译，才促使古罗马文学的生成与发展，很难想象，如果没有《荷马史诗》，又怎会生成《埃涅阿斯纪》呢？正是对古希腊文学的借鉴,古罗马文学的"黄金时期"才得以形成,这一点,对于我们学习和借鉴外来文化是极具启迪意义的。

中古时期的文学经典也是如此。中古波斯诗歌和日本的《源氏物语》便是中古时期东方文学的杰出代表。波斯诗歌的生成和发展与伊斯兰教中的神秘主义理论苏菲主义有着密切的关联,而波斯作为诗国的确立以及《鲁拜集》等波斯经典诗歌的国际影响,都离不开翻译的介入。正是菲茨杰拉德的不朽翻译使得波斯诗歌作品成为不朽的经典。而作为日本里程碑式的重要作品《源氏物语》,无论是作为写实小说,还是作为长篇小说,都在世界叙事文学的发展过程中,占据重要的地位。

在西方文学中,中世纪作为宗教神权统治一切的时代,文学一方面成了神学的奴仆,另一方面在一定的程度上展现了人文主义思想的先声。英雄史诗和骑士文学都体现了近代民族文学的特性。而但丁的《神曲》,不仅是宗教层面的"地狱—炼狱—天堂"这一宏大的结构,更是体现了中世纪人们从陷入迷惘,经过磨炼,达到至善至美的一个时代的精神诉求。

## 三

外国文学经典的生成与传播,离不开翻译的作用。翻译是应对语言的隔阂而产生的。根据神话传说,人类最初的语言是一致的,但是上帝害怕人类因语言一致而导致思想一致从而联合起来对付他,因此便将人类的语言变乱,使人类不能共享信息。所以,翻译从一开始就是一种反抗上帝、让人类共享信息的行为。翻译使受到时空限定的文学作品成为人类的共同财富。

古代文学经典的生成实例充分说明了这一点。如《一千零一夜》本身是由波斯（包括印度）、伊拉克、埃及三个地区的故事汇集而成的。最早来源是波斯故事集《一千个故事》，讲的是印度的奇闻逸事，由梵文译为古波斯文，后译成阿拉伯文得以传播。中古波斯的《鲁拜集》，正是因为有了菲茨杰拉德的英译，才引起关注，得以成为文学经典。文学翻译是世界各个民族和各个国家之间进行文化交流与沟通思想感情的重要途径。而文学经典的产生和发展，不仅体现了外国文学与本民族文学的融合，也与社会的发展和时代的进步发生着紧密的关联。实际上，正是有了文学翻译活动，世界文学才得以产生，一部世界文学史在一定意义上也是一部翻译文学史和文化交流史。

古代外国文学经典在我国的传播，同样离不开翻译，一个多世纪以来，经过我国翻译家和外国文学学者的不懈努力，许多优秀的古代外国文学经典都译成了中文，成为我国文化建设中的一个有机的组成部分。杨宪益翻译的《荷马史诗》、罗念生翻译的古希腊悲剧以及《诗学》等理论著作、杨周翰翻译的《埃涅阿斯纪》、朱维基翻译的《神曲》、方重翻译的《乔叟文集》、张鸿年和张晖等学者翻译的 18 卷《波斯经典文库》、季羡林翻译的《罗摩衍那》《沙恭达罗》、金克木等翻译的《摩诃婆罗多》、丰子恺翻译的《源氏物语》、杨烈翻译的《万叶集》、郭沫若翻译的《鲁拜集》等，都在我国文化发展中发挥了应有的作用，与我国的思想解放以及文化事业的发展同步进行。可以说，外国文学经典的传播是中华民族思想解放和文化发展历程的折射。

同时，我们也应看到，我国的翻译文学真正开始于 19 世纪与 20 世纪之交，大规模的外国文学译介则始于五四运动。于是，几千年的外国文学经典，无论是古代还是近代，或是当代，无论是史诗、诗剧、神话，还是小说、散文、抒情诗，无论是传统经典，还是现代主义作品,都是在差不多的时间段里被译介到中文世界。结果,各个时期的外国文学经典的渊源关系受到忽略。对古代外国文学经典的接受也混淆在其他时期的文学经典之中。跨越数千年的多种文学思潮的文学经典同时译介,对我国文坛所产生的影响也是颇为错综复杂的。

如同翻译,改编对于文学经典的生成与文化的传承同样具有重要的作用,许多文学经典的生命力是在改编的状态中得以实现和完善的。"电影和电视可以利用拍摄、剪接、特技、特写、电脑等技巧,将文学、美术、音乐、戏剧、摄影、光学、声学、电子科学等集合于一身,使电影和电视具备了巨大而又独特的表现能力,它们把文学名著中的语言描述,变成了直接可视可感的银幕形象或屏幕形象,就使得观赏者获得了更大的愉悦和多方面的艺术享受。"[1]这些银屏形象在展现复杂的事件和情节方面比语言文字更为直观,甚至更为生动。就拿神话故事来说,"甚至连复杂的神话事件如今也能完全被银屏形象陈述或转述"[2]。在新的历史条件下,古代外国文学经典也是新媒体改编和跨媒体流传的重要资源,这在一定意义上为外国文学研究拓展了新的领域和生存空间。由《荷马史诗》改编的电影《特洛伊》和《木马屠城》,由骑士传奇改编的电影《特里斯坦与伊索尔德》,由《神曲》改编的多种动画电影,由英雄史诗《贝奥武夫》改编的同名动画电影……所有这些,不但普及了外国文学经典,而且为新媒体传播和改编提供了创作的源泉和智慧的想象。优秀的外国文学经典可以成为我国新时期文化建设可资借鉴的重

---

① 赵凤翔、房莉:《名著的影视改编》,北京:北京广播学院出版社,1999 年,第 22 页。

② Roger D. Woodard ed., *The Cambridge Companion to Greek Mythology*, Cambridge: Cambridge University Press,2007, p. 454.

要文化财富;反之,新媒体改编和跨媒体流传对于文学经典的传承也同样具有独特的意义。

古代外国文学经典,时间跨度大,自公元前 3000 年到中世纪的漫长的历史进程中,出现了《亡灵书》《吉尔加美什》《埃涅阿斯纪》《神曲》《源氏物语》《鲁拜集》和"荷马史诗"以及英雄史诗等一系列外国文学经典。这些外国文学经典是人类文化珍贵的遗产。研究这些经典产生的语境以及在产生、译介和流传过程中的发展、变异与成熟,对于学习先进文化无疑具有重要的启迪意义。同样,研究中华民族对外国文学经典的借鉴和接受,在一定意义上是探究民族精神成长历程的一个重要途径。

(原载于《中文学术前沿》第十五辑,杭州:浙江大学出版社,2018 年)

# 外国文学经典的影视改编与影视"误译"
## ——以哈代的《苔丝》为例

　　随着科学技术的发展,外国文学经典的传播也发生了深刻的革命,已经从纸质文本的单一媒介流传转向音乐美术、影视动漫、网络电子的复合型跨媒体流传。因此,探究传统文学经典的现代传播以及不同媒介传播过程中的变异和误解,对于保护和正确传播世界优秀文化遗产无疑具有积极的导向作用。本文拟以哈代的代表作品为例,对这一问题进行探讨。

　　哈代如同其他重要作家一样,其作品被改编成许多影视作品,而且同他的纸质文本一样,取得了极为罕见的成功。自 1913 年他的长篇小说《苔丝》在美国被改编成无声黑白电影并成功上演起,到最近英国面世的由拉夫兰德(Nicholas Laughland)执导的《绿荫下》(2005)为止,哈代的一些重要的长篇小说和部分短篇小说已经被改编成影视作品达 30 多种,他的长篇小说《远离尘嚣》《卡斯特桥市长》《绿荫下》《无名的裘德》《还乡》《林地居民》等,也都被先后改编成电影和电视连续剧,尤其是他的代表作《苔丝》,先后 6 次被改编成影视作品。他的《维塞克斯故事》(*Wessex Tales*)、《萎缩的胳膊》(*The Withered Arm*)、《两种野心的悲剧》(*A Tragedy of Two Ambitions*)等中短篇小说多次被改编成影视作品,从而在普及哈代作品方面起了重要的作用。

## 一、视觉形象与影视改编

如上所述,哈代的小说作品被反复改编成影视作品,这与他在小说创作中对视觉形象的密切关注有关。

在视觉形象的传达方面,首先,哈代在小说中特别注重场景描绘,这与他早年从事的建筑工作密切相关,因此,他善于从建筑学以及绘画艺术中汲取营养。他的小说中,无论是文字表达还是场景描绘,都充满了形象性和可视性。以他的《苔丝》《还乡》等代表性的小说为例,其中就有很多绘画术语,如"前景""中景""轮廓""层次""平面""曲线"等绘画术语,出现了 30 多种,这充分表明了哈代对视觉形象的关注,他善于用一些绘画技巧来勾勒作品中所描述的画面线条与形体,从而极大地增强了文字表达的形象性和作品内容的可视性。他作品中所描绘的乡村图画,生动逼真,犹如一幅幅乡村生活的风景画和风俗画。

其次,哈代注重细节描绘,尤其是人物活动、性格发展以及日常生活的许多细节,哈代都成功地一一展现出来,呈现在读者面前。如苔丝从草坪舞会回家时,哈代对家中的景象是这样描写的:

> 苔丝的妈妈就像苔丝离家时那样,身边围着一大群孩子,正俯在自礼拜一就泡了的一盆衣服上……
>
> 像通常一样,德贝菲尔夫人一只脚站在洗衣盆旁边,另一只脚忙于方才所说的事情,也就是摇着最小的孩子。那只摇篮嘛,在石板地面上干了这么多年的苦差事,驮了这么多的孩子,现在连弯杆都几乎磨平了。因此,每晃动一下,都引起剧烈的震荡,使婴孩像织机的梭子似的,从这一边抛向另一边,

而且，德贝菲尔夫人由于被自己的歌声所激励，尽管在肥皂水里泡了老半天，仍然有的是力气狠劲地晃动摇篮。

摇篮哐当哐当地响着；蜡烛的火苗伸得很长，然后开始上下跳动；洗衣水从主妇的胳膊肘上向下直滴，小调也匆匆地收尾了，德贝菲尔夫人也不时地瞅一下女儿……①

我们知道，细节是影视剧情中的一个小的单位，虽然它还可以由若干镜头去构成。而且，"影视剧的主题，必须由细节所构成的剧情，或由人物和动作所构成的剧情去体现；而无论是细节，还是人物和动作，必须是视觉的，因而剧情也必定会以造型的形式出现"②。由于哈代注重细节，作品中的很多细节描写犹如电影的若干镜头，从而容易从文字转换成画面。这也是很多影视编导从哈代作品中汲取灵感，将其改编的一个原因。

再次，哈代小说作品中所表现的一些具体技巧也为影视改编提供了启示。这一点，西方评论家比奇（Joseph Warren Beach）在《托马斯·哈代的技巧》一书中做过中肯的评述，他在评价《卡斯特桥市长》时把这部作品的叙事风格比作电影的风格，认为小说中注重电影一般的巧合事件，有着生动的讲述、直接的对话以及外在的冲突，认为小说"所展现的与令人惊讶的剧烈动作有关的场景，直接呈现了视觉效果"③。

哈代的作品中，被改编得最多的是《苔丝》，共达 6 次之多。第一次是 1913 年，由道利（J. Searle Dawley）导演，费丝克（Minnie

①　哈代：《苔丝》，吴笛译，北京：中国书籍出版社，2005 年，第 18 页。
②　汪流：《电影编剧学》，北京：北京广播学院出版社，2000 年，第 119 页。
③　Joseph Warren Beach, *The Technique of Thomas Hardy*, New York: Russell and Russell, 1922, Ch. 2.

Maddern Fiske)出演苔丝,由于她的成功演出,曾被誉为当时"最伟大的女演员"。《苔丝》第二次被搬上银幕是 1924 年,也是在美国,由奈兰(Marshall Neilan)导演,出生于芝加哥的斯维特(Blanche Sweet)出演苔丝。

在由哈代的作品所改编的电影中,最为成功的无疑是波兰斯基导演、金斯基出演女主角的《苔丝》。这部于 1979 年上映的影片,在当时轰动了西方影坛。它先后获得了法国第五届凯撒电影奖的最佳影片、最佳导演、最佳摄影三项大奖(1980),"奥斯卡"最佳摄影、最佳艺术指导、最佳服装设计等三项金像奖(1981),好莱坞记者协会颁发的两项奖励,德国沙鲁影展最佳女主角奖及日本《银幕》杂志选出的最佳女演员等多项奖励,被西方影评家称作一部"最长、最美、最昂贵、最具雄心"的影片。①

哈代的长篇小说《苔丝》是波兰斯基当时已故的妻子——美国女影星莎朗·塔特(Sharon Tate)最喜爱的作品,波兰斯基是受到莎朗·塔特的启发而拍摄这部电影的。

小说的语言艺术与电影的视觉艺术各有侧重。这部长达 3 个小时的影片也难以呈现小说的全部情节和内容。但忠实于原著的思想内涵是重要的价值尺度。波兰斯基所导演的《苔丝》之所以获得空前的成功,就在于人们视它为"忠于原著精神的成功之作"②。当然,对复杂的情节加以浓缩以及删改是必不可少的。总体来说,对情节的处理是相当成功的,正如当时的评论所指出的那样:"对原著的删节做得很精明,尽管故事失去了一些引起共鸣的特质,但

---

① 章柏青:《忠于原著精神的成功之作——评英法合拍影片〈苔丝〉》,《电影研究》1982 年第 10 期,第 126 页。

② 章柏青:《忠于原著精神的成功之作——评英法合拍影片〈苔丝〉》,《电影研究》1982 年第 10 期,第 126 页。

是仍然保持了故事的构成要素。"①

　　我们仅从影片的开头和结尾就可以感知影片对原著情节删减方面的成功。

　　小说中,开头一章描写是苔丝的父亲约翰·德贝菲尔走在回家的路上时与本村牧师的相逢和对话,牧师告诉德贝菲尔,说他其实是名门世家德伯维尔的直系子孙。然后才是游行跳舞的队伍。而在影片中,波兰斯基把这两段描写的位置颠倒过来,让游行的队伍先出现,接着才是约翰·德贝菲尔走在路上。电影开头的镜头是在一个傍晚,暮色笼罩着"维塞克斯"辽阔的原野,一群少女身穿白色连衣裙,戴着白花编成的花冠,踏着明快的乡村舞节奏,在草坪上翩翩起舞。在这一乡村舞会中交织着苔丝父亲与牧师的对话,以及女主角苔丝与男主角克莱尔在草坪上的初次相逢。

　　而在小说的结尾,是在突出苔丝生命得以延续的基础上表现的苔丝生命的"终结",苔丝虽然被人类文明扼杀了,但是苔丝的生命在苔丝的妹妹身上得到了延续:

　　　　"明正"典刑了,埃斯库罗斯所说的众神的主宰,结束了对苔丝的戏弄。德伯维尔家族的那些武将和夫人却长眠墓中,对此一无所知。那两个默默注视的人,跪倒在地上,仿佛在祈祷似的,他们就这样一动也不动地跪了许久许久,同时,那面黑旗仍在风中无声地招展。到后来,他们刚刚有了一点儿气力,便站起身来,又手拉手地往前走去。②

　　同样,影片《苔丝》所表现的也是苔丝的"终结",但突出的是庄

---

① Janet Maslin, "Tess," *New York Time Review*(December 12, 1980).
② 哈代:《苔丝》,吴笛译,北京:中国书籍出版社,2005年,第425页。

严的"回归"。影片中删除了作品的最后一章,表现的是苔丝在"圆形石林"被捕及其庄严地"回归":在荒野的尽头之处,有座庞大的祭坛遗迹——建于新石器时代晚期和青铜时代早期的圆形巨石柱群,这时,苔丝疲惫至极,躺在石块上渐渐睡着了,周围的石柱闪烁着青灰的色泽,大平原却依然一片晦暝,忽然,马蹄声从四面八方朝他们包围了过来,随后出现的是前来追捕的警察。克莱尔眼看无法逃脱,便恳求警察让苔丝再躺一会儿。但苔丝醒了,她望了望警察,平静地说了声:"我们走吧。"随后,警察骑着马在荒野上慢慢地走着,中间是戴着手铐的苔丝。这时,镜头固定在祭坛遗迹上,从巨石柱群之间慢慢地升起了一轮血红的太阳。

影片结尾的这种处理,应该是极为成功的,恰如其分地表现了原著的精神。考虑到苔丝性格中的叛逆性,她最后在膜拜异教的圆形石柱(祭太阳神的祭坛)被捕,既体现了她成为传统道德和社会法律的牺牲品,也象征着对叛逆精神的一种回归,富有悲剧性的崇高气氛。

然而,我们在赞美这部影片"忠于原著精神"的同时,也应该看到影片中的一些与原著不和谐甚至冲撞的地方,即有一些我们在此所说的将处于纸张上的语言符号转换成银幕上的视觉符号这一艺术形式"翻译"过程中的"误译"。我们从对托马斯·哈代原著作品中苔丝被害的性质及亚雷克形象的把握、"老马之死"等象征与暗示,以及影片的整体风格等方面入手,来探究波兰斯基所执导的电影《苔丝》与原著精神的背离和得失。

## 二、影片《苔丝》与原著精神的审视

正是本着忠实于原著精神的观点,我们在审视影片《苔丝》中关于苔丝受害性质的处理,以及对亚雷克·德伯维尔形象的把握方面,觉得波兰斯基的影片在这一问题上基本上背离了作者的思想观点,甚至混淆了一些是非观念,容易给观众造成相反的印象,从而削弱了作品的批判力量和内在精神。

的确,哈代在《苔丝》的序言中强调"只写印象,不写主见"("a novel is an impression, not an argument."),波兰斯基执导的电影也遵循了这一原则,但是这一印象应该建立在客观真实的基础上。可是,影片中不仅没有表现苔丝受害时处于沉睡状态这一关键场景(因为按照当时英国的法律,在女性处于沉睡状态而与之发生性行为属于强奸的性质),还凭空增添了相互亲吻等细节,对苔丝受害的性质进行违背原作的片面渲染。而且在随后的片段中,以湖中的一叶轻舟、两只天鹅结伴而游等具有浪漫主义情调的场景和通常表现真实情感的细节来进行刻意"加工",这无疑是对苔丝受害这一法律性质的"误译",也是对亚雷克文学形象的"误读",以致观众对亚雷克的形象难以做出正确的评价和理解。

同样,波兰斯基在执导的影片《苔丝》中删除了有关亚雷克皈依宗教以及他"现身说法"进行宗教说教并且在布道过程中再次遇到苔丝的情节。这一情节的删除又一次使得观众会对亚雷克形象的把握出现偏差,也没有表现苔丝与传统宗教之间的激烈冲突。

### 三、细节真实与影视"误译"

在原著《苔丝》中,哈代巧妙地运用象征性手法和大自然意象的形象性比喻,使之产生了一定的寓意性效果,从而深化了作品的主题,并且增强了作品的诗意。

"在象征性手法方面,哈代充分发挥自己的艺术想象力,在总体建构、场景描绘、性格刻画、甚至人名、地名等选择使用方面,都广泛地使用了寓意性象征。"①

　　然而,波兰斯基执导的电影《苔丝》在对一些关键性的具有寓意性的情节处理方面,显然与原著的精神存在着距离。譬如,原著作品中的老马"王子"之死是一个很关键的情节,它不仅是对苔丝走出家门去认本家这一情节的铺衬,也具有一定意义上的象征和暗示的功能,对整部作品的架构起着重要的作用。因为苔丝正是因"王子"之死而感到内疚,最终答应去认"本家",从而开始了悲剧的历程。而且,在结构上,它也与后面的亚雷克之死遥相呼应。可是,影片中,将这一情节删除了,从而对观众把握作品形成了阻碍。

　　还有,在苔丝与克莱尔结婚之夜,克莱尔得悉苔丝已失贞操,哈代以人物潜意识的梦幻行动,来揭示克莱尔内心深处的真正感情,以梦游情节来象征克莱尔对苔丝爱恨交加的复杂的情感体验,也被波兰斯基在改编中删除了。在梦游情节中,克莱尔从上楼进了婚房,用床单像裹尸布一般把苔丝裹了起来,并且亲吻着她,亲切地呼喊着她的名字,然后扛起她,把她一直扛到了废墟中的石头棺材里。哈代正是通过梦游情节的描写,来表现克莱尔复杂的既爱又恨的内心世界。由于影片删除了这一情节,使得观众对于克莱尔的心理状态缺乏客观的理解,而且,由于缺乏铺陈,也对观众理解以后克莱尔思想的转变形成了阻碍。

　　有时,虽然小说作品中的一些关键的情节也在影片中展现了,但是对一些细节还是缺乏应有的把握,未能达到精益求精的程度。譬如小说作品中的"王牌"意象,即红桃 A 的意象,在影片中却没有表现。在小说开始部分,德贝菲尔一家之所以派苔丝去认"本家",

---

　　① 吴笛主编:《多维视野中的百部经典·外国文学卷》,杭州:浙江古籍出版社,2004 年,第 227 页。

是因为他们觉得苔丝聪明美丽，是他们家中能够打得出手的一张王牌，而在小说的结尾部分，当苔丝杀死亚雷克之后，房东老太仰头凝望天花板时，看到的正是这样一番景象：在天花板的中央，渗透而下的血液渐渐扩大，整个天花板如同一张硕大的红桃 A 纸牌。类似这样的容易处理的细节，影片《苔丝》却没有忠实地呈现。这种看似简单的疏忽，却影响了对作品的全面理解，同样也造成了"媒介学"意义上的翻译过程中的"误译"。

　　然而，也有一些细节，只是描述了情节的开端，却没有深入展开，这样反而增加了情节的复杂性和晦涩性。而电影是作为"一次过"的艺术，观众在欣赏电影的时候，不可能像在欣赏小说时那样，每当读到不明白的时候，还可以翻回去重新阅读，直到读懂读明白为止。电影中的每一个细节都应该为主题而设计。如苔丝去看克莱尔父母那个情节，电影里突出苔丝所脱下的靴子被钱特捡走，却无法表现这双靴子的来龙去脉以及对于苔丝的重要性。"匈牙利电影理论家贝拉·巴拉兹在他所著的《可以看见的人类》一书中就曾明确指出：大多数文学作品改编成电影之所以失败，主要是由于编剧拼命地把过多的素材塞在一部长度有限的电影里。"[①]俄国短篇小说大师契诃夫在强调作品的简洁性时，就曾经强调，如果描写了墙上挂着一支枪，那么，这支枪以后必须打响，否则就应该毫不犹豫地将此删除。契诃夫的观点对电影艺术无疑也具有指导意义。

## 四、田园风格与荒原意识

　　最后我们还可以关注一下人物活动的整体"环境"。托马斯·

---

① 　汪流：《电影编剧学》，北京：北京广播学院出版社，2000 年，第 119 页。

哈代的这部作品创作于 19 世纪末,反映的是资本主义入侵农村之后小农经济的破产和个体农民走向贫困的过程。而且,原著《苔丝》作为"性格与环境小说"中的重要的一部,故事的背景是"埃格敦荒原",表现的也主要是作为"现代主义创痛"的"荒原意识"。可是,波兰斯基执导的电影《苔丝》,却过多地渲染了大自然的美丽景色和浪漫主义的诗情画意,从而与原著的人与命运的悲剧冲突的整体风格以及世纪末的情绪不甚吻合。

究竟是体现田园风格还是表现荒原意识?关于这一点,影片似乎没有做过多考虑,无论是作品开头的玛洛特妇女的游行会,还是苔丝被害以后所刻意增添的湖上泛舟,或是牛奶场上苔丝与克莱尔的田园诗般的恋情,都与作品的悲剧基调不相协调。正是对人物活动的"环境"有着不同的把握,所以对其中的"性格"的塑造也偶尔出现一些偏差,以至于西方评论家菲尔兹认为:"两部《苔丝》的'文本'都竭力展示家族式的维多利亚文化中被男性所操纵的掠夺性的行为,只是哈代的文本提供了一种似是而非的理论:为什么苔丝会采取谋杀行为;波兰斯基的女主角则显得太惘然若失,没有力量来实施这样的行为。哈代和波兰斯基都同样能够从他们的男性的叙述立场出发,试图站在苔丝的一边,但脆弱的金斯基所塑造的形象所强调的是波兰斯基在没有把握苔丝人格要素的前提下而对她的极度的怜悯。"①这一说法应该是较为中肯的。所以,如同不同文本的文学翻译一样,从一种艺术形式到另一种艺术形式的媒介学意义上的"翻译",作为一个"译者",同样也应该忠实于原文的风格,尽可能减少一些"译者"的风格。

---

① Charles L. Fierz, "Polanski Misses: A Critical Essay Concerning Polanski's Reading of Hardy's Tess," *Literature Film Quarterly*, No. 2(1999):103.

毋庸置疑,影片《苔丝》的改编是极其成功的,而且是为名著改编电影提供了一个典型的范例。我们在对《苔丝》进行评说的同时,必须认识到,文学经典的改编过程,如同文学经典的翻译。采用行之有效的"翻译"策略,使"译本"贴近原著的内在的精神,理应是文学经典影视改编的理想追求。

正是在这一意义上,探究《苔丝》从小说到电影的"翻译"及其成就,无论对于文学鉴赏学、媒介学或是电影改编艺术本身而言,都对我们具有一定的启迪意义。

（原载于吴笛主编《经典传播与文化传承——世界文学经典与跨文化沟通国际学术研讨会论文集》,杭州:浙江大学出版社,2011 年）

中编

# 俄罗斯小说经典散论

# 论卡拉姆津小说中的感伤主义伦理思想

18世纪俄国著名作家尼古拉·卡拉姆津在长篇小说《当代骑士》的第四章中写道:"到处都有斯芬克斯之谜,甚至连俄狄浦斯本人也无法回答。玫瑰虽然凋谢,荆棘却留存下来……一个幸运的青年的生命,本可以称为命运和自然的微笑,却可以像流星一样,在瞬间之内凋亡。"①卡拉姆津的话语中蕴含着对人类经过自然选择之后的深沉的困惑以及浓郁的感伤。不过,虽然他的这段话中蕴含着感伤的情调,但是充满了哲理性的表述,表达了他对美好的人类命运的诉求。

## 一、作家"需要有一颗善良的温存的心灵"

斯芬克斯是"人类从猿进化而来的艺术写照,是人类完成自然选择后的最初的形象"②,然而,她确是人兽共体的形象。俄狄浦斯虽然揭开了斯芬克斯之谜的谜底,突出了"人的存在",让斯芬克斯从而觉得自己虽然有了人的脸部,有了人的头脑,已经不同于兽,

---

① Н. М. Карамзин. *Избранные сочинения в двух томах.* Т. 1, Москва: Государственное издательство художественной литературы, 1964, с. 761.

② 聂珍钊:《文学伦理学批评导论》,北京:北京大学出版社,2014年,第37页。

但是"由她的狮子身体和蛇尾所体现的原欲又让她感到自己无异于兽"①。所以,斯芬克斯之谜虽然破解,人的自然选择业已完成,但是,斯芬克斯所体验的"究竟是人是兽"的存在的困惑,依然困扰着人类。人性因子和兽性因子的抗争依然存在。作为人在进化过程中残留身上的兽性因子,受到原欲的驱动,依然存在于人类社会,所以俄国作家卡拉姆津抱着感伤的情调,哀叹人类世界到处存在的未被俄狄浦斯"破解"的斯芬克斯之谜。在他看来,要想真正破解斯芬克斯之谜,作家应当具有一颗感知人类不幸历史的善良的心,应该与人类同甘苦共命运,以敏锐的思维与善良的心灵感受并且抒发人类的苦难。

　　在其思维活动中,卡拉姆津总是以自己的作品呈现感伤主义伦理思想。卡拉姆津不但是一位在诗歌创作领域和小说创作领域都体现了俄国感伤主义文学成就的作家,而且在俄国感伤主义文学理论方面同样为这派文学的发展做出了应有的贡献。在一篇题为《一个作家需要些什么?》("Что нужно автору?")的文章中,卡拉姆津论述了感伤主义文学的基本特性。他写道:"人们说,做一个作家需要才华和知识,需要敏锐的思维和生动的想象。说得正确,但是这些远远不够。作家还需要有一颗善良的温存的心灵……你要想成为一个作家,那么请你读一读人类不幸的历史,——如果你的心并不为此滴血,那么你最好把笔丢在一旁,否则这支笔只会向我们描绘你心灵的冷酷与阴暗。"②由此可见,怀有"一颗善良的温存的心灵"来呈现"人类不幸的历史",是卡拉姆津的感伤主义伦理思想的精神实质。卡拉姆津特别强调感伤情调所

---

　　① 聂珍钊:《文学伦理学批评导论》,北京:北京大学出版社,2014年,第37页。

　　② Н. М. Карамзин. *Избранные сочинения в двух томах*. Т. 2, Москва: Государственное издательство художественной литературы, 1964, с. 120 - 121.

具有的重要意义,在他看来,对于一个作家而言,最为重要的不是生动的想象等艺术才华和创作技巧,而是要心地善良,感知人类的不幸,抒写人类的苦难,激发人们的怜悯与同情。

卡拉姆津所创作的中篇小说《叶甫盖尼与尤利娅》(Евгений и Юлия)、《贵族女儿娜塔莉娅》(Наталья, боярская дочь)、《可怜的丽莎》(Бедная Лиза)和长篇小说《一个俄国旅行者的书简》(Письма русского путешественника),充分表明他是一位具有敏锐的伦理思维,善于感受人类苦难的具有感伤主义伦理思想的作家。

在长篇小说《一个俄国旅行者的书简》中,就有这样明晰的感伤主义伦理思想。卡拉姆津也因该小说而被誉为"俄国长篇小说之父"①。这部作品与作者在国外旅行的印象直接相关,也显然受到了英国小说家劳伦斯·斯特恩的《感伤的旅行》的影响,尤其在小说形式和基本构思方面。当然,德国著名作家歌德的中篇小说《少年维特的烦恼》,对卡拉姆津以及当时的俄国作家所产生的影响也是显而易见的。《少年维特的烦恼》于 1781 年在圣彼得堡翻译成俄文出版,译者是加尔森科夫。"《少年维特的烦恼》像在欧洲其他任何地方一样,赢得了读者热切的阅读,并且也被作家所效仿。"②由此可见,卡拉姆津在随后的 18 世纪 90 年代的文学创作,对歌德创作的形式上的借鉴以及思想情绪上的影响也是不能忽略的。

卡拉姆津的《一个俄国旅行者的书简》是一部书信体小说。书

---

① Сиповский, В. В. *Русские повести* XVII-XVIII. СПб.: Издание А. С. Суврина, 1905, с. 5.

② Frank, John G., "Pushkin and Goethe," *The Slavonic and East European Review*, Vol. 26, No. 66 (Nov., 1947):146.

信体小说这种艺术形式为直接表达心绪和传达情感提供了最大的可能性。在小说中所叙说的一切,对周围的世界、自然、人们以及事件的感知,全都是通过主人公的感觉展现出来。主人公兼叙述者的基本特性就是紧张的感觉和思维。他深深感到与友人的别离,觉得自己孤独无援,遗弃他乡。如在第一封信中,作者深切地感到自己与祖国以及亲人的疏远。然而,旅行者在途中所遭遇的困难又使他摆脱了郁悒的情绪。

在《一个俄国旅行者的书简》中,占有支配地位的是抑郁的心情,主人公总是陷于伦理困境,有时候,甚至令人感到,作者似乎不允许自己欢快,不让自己获得愉悦的思绪。当然,卡拉姆津在作品中主要探索的,是怎样努力摆脱人类不幸命运方面的思想桎梏,走出伦理困境。所以,这部作品所体现的伦理思想中,主要传达了作者对生活和幸福的独到理解。在作者看来,真正幸福的人,应当具有一颗纯洁的心灵,他不去企求命运的过多给予,而是善于与自己和平地相处。幸福的基础——是拥有人与人之间的愉快的交谈,拥有对大自然之美的感悟,此外还有爱情的欢乐。这样的幸福是每个人都能够获得的,毫不取决于一个人的社会属性,也不取决于人物所处的历史时代。可见,这部基调感伤的作品中渗透着哲理的思考,并且有着对自由平等的理想社会的眷恋与向往。

卡拉姆津的伦理思想常常通过塑造理想的人物形象进行体现。在中篇小说《叶甫盖尼与尤利娅》中,他就塑造了一系列类似的人物形象。其中的三个主人公都是卡拉姆津理想的人物形象,作品中的 L 夫人是一个理想的母亲,她将全部的热忱倾注于孩子的教育,尤其是关爱自己的养女尤利娅的成长。同样,叶甫盖尼与尤利娅也是理想的青年,富有爱心,乐于助人,心地善良,深受人们的爱戴,甚至受到庄园里的农奴们的爱戴。这部作品被誉为"俄国文学史上的第一部感伤主义小说"①,尽管该作品的叙述者"我"还不像后期作品那样典型,但是其基调是感伤的,尤其是当叶甫盖尼在国外读书的时候,他与L夫人以及尤利娅的信件成了两个女人之间巨大的慰藉。然而,爱情的欢乐敌不过命运的无常,叶甫盖尼的疾病与死亡增添了小说的伤感。尤其是在小说结束的时候,尤利娅待在叶甫盖尼的坟头,她的泪水浇灌着叶甫盖尼坟头的花朵。《叶甫盖尼与尤利娅》这部作品所具有的爱情题材以及其他一些感伤主义要素在后来的《可怜的丽莎》等作品中得到了进一步的拓展。

正是因为作家有一颗"善良温存的心灵",所以卡拉姆津在作品中祈求的是后来被普希金等作家所承袭的宽恕与同情。而且,这一"同情"也在一定程度上承袭了英国伦理学家大卫·休谟的同情主义伦理思想。"在休谟看来,道德情感既不来自先天的自私心,也不来自先人的利他心,而是由同情产生的。"②在《可怜的丽莎》中,就充满了这样的人道主义的同情,作者以自然法则与社会法则进行对照,对贫富差别和社会鸿沟进行反思和批判。男主人公艾拉斯特是一个贵族青年,头脑聪明,心地善良,但是他性格软弱,行为轻佻。他本想与世俗的传统观念进行抗争,所以,他能够被女主人公丽莎质朴的美所感染,深深迷恋于她。在艾拉斯特看来,一个人的出身是无法选择的,也是无关紧要的,最为重要的是一个人的心灵。然而,他又无法摆脱阶级的鸿沟,也难以消除阶级的偏见。当他决心与丽莎相爱并且山盟海誓的时候,所表示的也

---

① Hammarberg, Gitta., *From the Idyll to the Novel: Karamzin's Sentimentalist Prose*, Cambridge: Cambridge University Press, 1991, p. 132.

② 刘伏海:《西方伦理思想主要学派概论》,长沙:湖南师范大学出版社,1992年,第240页。

是要等丽莎的母亲去世以后，他才有可能娶丽莎，与她一起生活。这一前提本身就是对平民百姓的一种藐视。而当他在部队里输光了家产的时候，他同样也不打算心甘情愿地选择爱情，与贫苦的丽莎一起生活，而是选择与他所不爱的一位上了年纪的富孀结婚，以便获得金钱，继续贵族的生活。可见，爱情在金钱面前不堪一击，艾拉斯特所选择的不是爱情和质朴的生活，而是金钱与贵族的生活方式。丽莎得知艾拉斯特变心之后，顿时觉得心灰意冷，最后她在与艾拉斯特曾经幽会过的老橡树下，投水自杀身亡。更令人悲痛的是，丽莎的母亲也因过度悲痛而死。那么，究竟谁是造成这一悲剧事件的凶手呢？尽管艾拉斯特也感到伤心，觉得自己就是造成丽莎悲剧的凶手，但是真正造成丽莎悲剧的，不是作为个体的艾拉斯特，而是当时普遍存在的社会偏见和传统的观念。从这一意义上讲，丽莎的悲剧不是她个人的悲剧，而是社会的悲剧。即使是活下来的艾拉斯特，一生也是在痛苦中度过的。我们从小说最后一段的描述中同样可以看出艾拉斯特的"可怜"之处："艾拉斯特直到生命的最后时刻都郁郁寡欢。得知丽莎的悲剧命运之后，他无法控制自己，认为自己就是杀人凶手。在他临死前一年，我认识了他。他亲口跟我讲了这个故事，并且领我去了丽莎的坟墓。——现在，也许，他们已经和好如初了。"①

从这一段描述中，我们可以看出其中悲剧的普遍性。作者向我们强调，我们所读的整篇作品，原来就是艾拉斯特自己讲述的，其实就是艾拉斯特自己所做的忏悔！而小说的叙述者，不过是故事的转述者而已，不过是将艾拉斯特口头的忏悔变成了文字的陈

---

① Н. М. Карамзин. *Избранные сочинения в двух томах.* Т. 1, Москва: Государственное издательство художественной литературы, 1964, с. 621.

述。正因如此,俄罗斯评论家贝科夫甚至认为小说中最可怜的,莫过于艾拉斯特,小说的标题甚至可以理解为"可怜的艾拉斯特"①。

## 二、摆脱伦理困境,成为伦理楷模

和谐的社会理想取决于理想的伦理结构。"伦理结构指的是以人物的思想和活动为线索建构的文本结构。"②在伦理结构中,人物之间的关系是重要的一环,在卡拉姆津看来,和谐的家庭,是理想的家庭伦理的基础,然而,在卡拉姆津的笔下,复杂的家庭变故、多变的人物关系,常常使得他笔下的主人公处于一种伦理混乱之中。如何从伦理困境中摆脱出来,从而成为具有感化作用的伦理楷模或道德榜样,是卡拉姆津的中篇小说《贵族女儿娜塔莉娅》的主要意蕴。这篇小说所揭示的伦理困境体现在贵族女子娜塔莉娅在父爱与恋情的情感选择方面。如同 19 世纪普希金《别尔金小说集》中的贵族女子,在情人和父亲之间,女主人公选择情人而深深地伤害了父亲。尽管这部中篇小说的结尾不同于《可怜的丽莎》,没有了那样的悲剧的结局,但是,在作品的主人公及其经历中,依然有着感伤的情调。

这种感伤情调尤其体现在贵族老爷安德烈耶夫身上。作为莫斯科的一位富裕的贵族老爷,他慷慨好客,聪明能干,因而深得沙皇的信任。然而,令人无比遗憾的是,这位年过六旬的贵族老爷,却早已失去了自己的爱妻,于是女儿娜塔莉娅成了他唯一的安慰和欢乐的源泉。可是,随着娜塔莉娅逐渐长大成人,并且有了自己

---

① Берков, П. Н.. "Державин и Карамзин в История русской литературы конца XVIII-начала XIX века," *XVIII век* , No 8 (1969), c. 5.

② 聂珍钊:《文学伦理学批评导论》,北京:北京大学出版社,2014 年,第 260 页。

的恋情,她也不再依恋于父亲的宠爱。于是,终有一天,她与一个心爱的男子一起离家出走,住进了密林深处,留下年老的安德烈耶夫格外孤独凄凉。

当然,作品是以"贵族女儿娜塔莉娅"作为书名的,为了加深安德烈耶夫所受的伤害,卡拉姆津在小说开头部分就以独特的笔触,颂扬娜塔莉娅这位出类拔萃的贵族女性的形象。作品中的开头部分,她被描写成谁都无法与她媲美的温顺的姑娘:"我们美丽的娜塔莉娅拥有一颗美丽的心灵,她像鸽子一样温柔,像天使一样纯洁,像五月的气候一样可爱,总之,她是拥有一切美好品质的姑娘……"[1]白天的时候,娜塔莉娅常常不停地做些手工活儿,到了晚上,她则与其他姑娘们一起玩耍。一个老保姆,也就是她已故母亲的忠诚的女仆,现在像母亲一样照管她。娜塔莉娅心地纯洁善良,成了她父亲失去爱妻之后极大的安慰:"日祷之后,娜塔莉娅总是分发几个戈比给贫穷的人们,然后走向自己的父亲,带着温柔的爱恋亲吻他的手。看到自己的女儿一天天变得更为美丽更为温柔,老人家简直高兴得热泪盈眶,不知道该如何感谢上帝馈赠了这样的无价之宝。"[2]

然而,这一切未能长久持续。娜塔莉娅少女时代的无忧无虑,结束于恋爱时所陷入的伦理困境。在她生命的第十七个春天,她突然发现,大地上所有的生物都是成双结对的,于是,爱的需求在她的心中逐渐萌生,爱的意识在她身上得以苏醒。她从而变得忧伤,常常沉思默想,因为她不理解自己心灵的朦胧的愿望。在一个

---

[1] Н. М. Карамзин. *Избранные сочинения в двух томах*. Т. 1, Москва: Государственное издательство художественной литературы, 1964, c. 626.

[2] Н. М. Карамзин. *Избранные сочинения в двух томах*. Т. 1, Москва: Государственное издательство художественной литературы, 1964, c. 628.

冬天的日子里,当她上教堂做日祷的时候,她在教堂里发现了一个英俊的年轻人。她立刻明白,这就是她的心灵的归宿。于是,她默默地听从心灵的呼唤,出于对恋人的情感而断然抛开了自己的父亲。但她的这一摆脱情感困境的行为,让自己陷入了伦理混乱。她如同普希金《驿站长》中的杜尼娅,不顾养育之恩以及生父的不幸,跟随恋人私奔。

她所选择并跟随其私奔的小伙子是阿列克塞。一连几天,阿列克塞总是将姑娘送到她家门口,不敢先开口说话。还是保姆安排两者相见。阿列克塞向娜塔莉娅表白,并且劝说她与他秘密结婚。因为阿列克塞担心,她的贵族父亲是不会认他这个女婿的,所以向娜塔莉娅承诺,等到他们结婚以后,他们再恳求安德烈耶夫答应他们的结合。

他们两人说服了保姆,当天晚上,阿列克塞将娜塔莉娅带到了一个古老的小教堂里,一位上了年纪的神甫为他们举行了简朴的婚礼。随后,新婚夫妇带上了年老的保姆,来到了丛林深处。在一间小木屋里,他们住了下来。

卡拉姆津为了体现感伤主义伦理思想,在这传统的悲凉故事中,却安插了一个道德榜样。阿列克塞并不类似于《驿站长》中的骠骑兵。生活在深林中的时候,阿列克塞承认,说自己是被贬黜的贵族刘波斯拉夫斯基的儿子。三十多年前,一些知名的贵族联合起来反对年轻国家的合法政权。阿列克塞的父亲没有参与暴动,但是因为遭到诽谤而被捕。不过,忠诚的朋友为他打开了牢狱的大门。这个贵族父亲从牢房里逃跑了,在异乡生活了多年,最后在唯一的儿子的怀抱中离开了人世。阿列克塞安葬了自己的父亲,回到了莫斯科,为的是要重新恢复家庭的荣誉。好心的朋友在密林地带为他建造了一处避难所。住在深林避难所的时候,阿列克塞经常去莫斯科，正是有一次在莫斯科，他遇到了娜塔莉娅，并且爱上了她。与此同时，贵族老爷安德烈耶夫发现了女儿私奔之事，极度悲伤。他将阿列克塞所写的离别信拿给沙皇看。看了信后，沙皇立刻命令手下人马帮助寻找自己忠诚奴仆的女儿。沙皇人马一直搜查到树林附近，但是都没有成功。在这段时间里，娜塔莉娅与自己亲爱的丈夫以及保姆住在密林深处，过着幸福的生活。

然而，出乎自然的男女恋情只是自然选择的延伸，难以获得真正的幸福。"在人通过自然选择获得人的形式之后，人仍然处于伦理混沌之中，只有经过伦理启蒙，人才能产生伦理意识，进入伦理选择的阶段。"①娜塔莉娅的行为充分说明了这一点。她尽管过着美满的幸福生活，尽管做出了舍弃父亲投向情人的抉择，但是她依然陷入沉重的伦理困境，这个做女儿的无法忘记自己的父亲。她力图从伦理困境中解脱出来，如何解脱呢？卡拉姆津通过这一人物表达了自己的崇高的伦理思想：以对公民义务的服从驱除属于小我范畴的个人情感困境。于是，在卡拉姆津笔下，娜塔莉娅开始托人了解有关贵族父亲的信息。正是在与外界接触的过程中，她和阿列克塞了解到了一个重要的消息：他们的国家爆发了与立陶宛之间的战争。阿列克塞决心参与战争，以便为自己的家族恢复名誉。他决定将娜塔莉娅托付给她的父亲，但是娜塔莉娅坚决反对，她不愿与丈夫分离，于是她女扮男装，自称是阿列克塞的弟弟，与他一起奔赴战场。

小说的结局是一个欢快的结局。娜塔莉娅与阿列克塞的婚姻终于得到了父亲的同意。经过一段时间的战争，信使为沙皇带来了战争获得胜利的消息。随后，战争指挥官向沙皇详细报告了有

---

① 聂珍钊：《文学伦理学批评导论》，北京：北京大学出版社，2014年，第258页。

关战争的情况,并且讲述了一对勇敢的兄弟的英雄事迹,正是兄弟两人毫不顾及个人的安危,率领大家英勇地向敌人发动进攻,从而掌握了战争的主动权,赢得了战争最后的胜利。沙皇亲切地会见两位英雄,于是得知其中一位是被贬黜的贵族刘波斯拉夫斯基的儿子。沙皇其实已经从最近死去的一个暴乱者的口中得知刘波斯拉夫斯基是被人陷害的。而贵族老爷安德烈耶夫惊喜地发现,"两兄弟"中的另一个英雄正是他的女儿娜塔莉娅。于是,沙皇和贵族老爷原谅了两个年轻人擅作主张的婚姻。他们回到城中,重新为年轻的夫妇举行了婚礼。阿列克塞成了沙皇身边的红人,而贵族老爷安德烈耶夫最后也在子孙的呵护下,安详离开人世。

为了增强故事情节的真实性,卡拉姆津在小说的开头和结尾都安排了"讲故事的人"的角色。这个讲故事的人具有怀旧的心理,为了再现昔日的荣光,他决定转述他祖父的祖母所讲过的故事。而且,在时隔一个世纪以后,这个讲故事的人还在一座古老的教堂墓地找到了铭刻着娜塔莉娅和阿列克塞这对夫妇姓名的墓碑,而这座小教堂,正是他们第一次举行婚礼的地方。

## 结　语

卡拉姆津的感伤主义伦理思想中,所强调的是怀着一颗善良的温存的心灵抒写社会和个人的苦难,以唤起人们的同情,然而,更为重要的是,作为人类社会的个体,在陷入伦理困境或发生伦理冲突的时候,要以公民义务和公民责任为重。只有服从于社会和国家利益,才能从根本上走出伦理困境,赢得社会的尊重和生存的意义。卡拉姆津在俄罗斯小说发展史上有着独特的意义和地位。他为俄罗斯小说的最终成型做出了重要的艺术贡献。"在他的创作中,全面而又明晰地揭示了感伤主义这种创作倾向的艺术的可能。"①他倡导的感伤主义创作倾向不但吸引了俄国国内的广大读者,而且在俄国文学与西欧文学接轨方面发挥了重要作用,他所实践的各种形式的小说体裁,体现了他的感伤主义伦理思想,同时也为俄罗斯小说艺术形式的发展做出了应有的贡献,"展开了俄国文学的新时代"②。

（原载于《文学跨学科研究》2020 年第 1 期）

---

① Орлов, П. *История русской литературы XVIII века*. Москва：Издательство Высшая школа, 1991, с. 147.

② 别林斯基：《别林斯基选集》第四卷,满涛等译,上海:上海译文出版社,1991 年,第 50 页。

# 论普希金诗体长篇小说的艺术创新

在长篇小说创作领域,普希金为俄罗斯文学的发展提供了典范。由于过早地离开了人世,普希金的一些散文体长篇小说的创作计划未能如愿完成,但是仅凭他所创作的诗体长篇小说以及对俄国文坛的影响,他无疑可以被称为"俄国现实主义长篇小说之父"。《叶甫盖尼·奥涅金》在俄国文学史上首次塑造了"多余的人"这一系列形象,而且直接影响了莱蒙托夫、屠格涅夫、冈察洛夫等人的长篇小说的创作。

## 一、俄国现实生活的"百科全书"

在俄罗斯文学史上,长篇小说这种艺术形式,一直落后于西欧国家,直到 18 世纪后半叶才得以成型。学界一般认可费多尔·艾敏(Фёдор Эмин)为"俄国第一位长篇小说家"①。但是,就连他的生平都存有一定的争议,有资料认为他出生于波兰,②也有资料认为

---

① Charles A. Moser ed. , *The Cambridge History of Russian Literature* , Cambridge: Cambridge University Press, 1992, p. 69.

② Н. И. Новиков. *Опыт исторического словаря о российских писателях*. СПб. , 1772, с. 253 – 258.

他出生于土耳其。① 即使他是地地道道的俄罗斯作家,他的作品也主要是模拟西欧的主题和技艺,如他最为成功的长篇小说《欧内斯特与多拉夫拉的书简》,从形式到内容大多是对法国作家卢梭的长篇小说《新爱洛伊丝》的借鉴。

而普希金的诗体长篇小说《叶甫盖尼·奥涅金》(Евгений Онегин),其独特的贡献在于这部作品在艺术形式和内容方面的创新,并且反映了 19 世纪初期,尤其是亚历山大一世统治时期独特的俄罗斯社会生活,因而被俄国同时代的批评家别林斯基誉为"俄国生活的百科全书"②。

这一时期,在俄国历史上,是亚历山大一世王朝末期和尼古拉一世继位之初,也是俄国著名的十二月党人的革命和起义活动最初酝酿、爆发和最后归于失败的时期。诗体长篇小说《叶甫盖尼·奥涅金》在一定程度上是这一时期的真实的写照。

《叶甫盖尼·奥涅金》是普希金最重要的一部作品,也是俄国19 世纪长篇小说最早的杰作。"《叶甫盖尼·奥涅金》是 19 世纪第一部现实主义经典长篇小说。在这部长篇小说中,崇高的美学价值与人物性格的深刻揭示以及社会历史规律紧密地结合在一起。"③它作为俄国现实主义文学的一块奠基石,"标志着俄罗斯文学中从世纪初对'小说'的不信任到接受新的艺术概念的一个重大突破"④。

---

① Е. Б. Бешенковский, *Жизнь Федора Эмина. XVIII век*. Сб. 11. - Л., 1976, с. 253 - 280.

② Виссарион Белинский. *Полное собрание сочинений в 13 т*, Москва: Издательство Академии наук СССР, 1953 - 1959. т. VII, с. 503.

③ А. С. Бушмин. *История русского романа в двух томах*. Том 1, Москва: Издательство Наука, 1962 - 1964. с. 107.

④ Andrew Kahn ed., *Cambridge Companion to Pushkin*, Cambridge: Cambridge University Press, 2006, p. 42.

普希金的《叶甫盖尼·奥涅金》具有极其深邃、丰富的思想意义。这部历时 8 年创作的作品广泛、深刻地展示了 19 世纪 20 年代俄罗斯社会生活的画卷,同时通过奥涅金悲剧命运的描写,表达了当时俄国先进的、觉醒的贵族青年在探索过程中的思想上的苦闷和迷惘,以及找不到出路的悲剧。而这一典型的时代精神是通过主人公奥涅金的社会探索与婚姻爱情之间的悲剧冲突来表现的。

　　《叶甫盖尼·奥涅金》是普希金描写现代题材的长篇小说,却是一部富有历史性意义的现代小说,它是当时俄国现实生活的真实写照,也是俄国 19 世纪初期一段社会历史的真实记录。正如别林斯基所说:"我们在《奥涅金》中首先看到的,是俄国社会在其发展过程中最重要的一段时间里的诗体的画面。从这一点来看,《叶甫盖尼·奥涅金》是一部真正名副其实的历史的长诗,虽然它的主人公当中并没有一个历史人物。它在俄罗斯是这类作品中第一次的经验,也是一次光辉的经验,因此这部长诗的历史优越性也就更高。在这部作品中,普希金不仅是一位诗人,而且是社会中刚刚觉醒的自我意识的一位代表者:史无前例的功勋啊!普希金之前,俄国诗歌只不过是欧洲缪斯的一个聪敏好学的小学生而已——因此那时俄国诗歌的一切作品都更像是习作临摹,而不像是独特的灵感所产生的自由作品。"①

　　诗体长篇小说《叶甫盖尼·奥涅金》之所以被誉为"俄国文学史上的第一部优秀的现实主义文学作品",主要在于作品紧扣其时代的社会现实。该长篇小说在结构方面极为独特,显示出了作者高超的艺术技巧,从人物到场景,似乎是对俄国社会的整体巡视。

---

　　① 别林斯基:《论〈叶甫盖尼·奥涅金〉》,王智量译,《文艺理论研究》1980 年第 1 期,第 179 页。

其中在第一至第三章中，每一章都导出一个主要人物。第一章抒写厌倦了京都社交生活的奥涅金为了继承他叔父的遗产，从城市来到了乡村。第二章写奥涅金在乡村结识了邻村的刚从德国归来的青年诗人连斯基。连斯基当时正在同女地主拉林娜家的小女儿奥尔加相恋。第三章写奥涅金在连斯基的介绍下，结识了女地主拉林娜家的大女儿达吉雅娜。作品中的女主人公对奥涅金一见钟情，并向他大胆地表露爱情。在随后的第四章至第七章，主要抒写的是奥涅金、连斯基、达吉雅娜之间的各种纠葛。其中包括达吉雅娜对奥涅金的恋情以及后者的拒绝。还有奥涅金与连斯基的冲突和决斗。在连斯基死后，奥涅金外出漫游，达吉雅娜则遵从母亲的意愿，嫁到城市，做了将军夫人。第八章所抒写的是三年之后的情景。

仅从叙事场景出发，我们便可以看出，这部诗体小说随着主人公奥涅金的活动，从乡村到城市，从外省到京城，整个俄罗斯社会的广阔的场景和历史的画卷展现在读者的面前。因此，别林斯基认为这部小说是"俄国生活的百科全书和最富有人民性的作品"①。

作品的正文八章各自相对完整，又各有中心和主题，各自在整个作品中承担一部分构造情节和表达思想的任务，而又共同组合为一个不可分割的整体；这是一种很出色的结构特点，它便于作家集中地安排情节和描写人物，也便于把作品分章分节地独立发表，这是这部作品在前后八年之久的创作过程中，不断探索、不断完善，客观形成的一个结构特点。

除了对社会现实的书写，在普希金的《叶甫盖尼·奥涅金》中，

---

① 别林斯基：《别林斯基选集》第四卷，满涛、辛未艾译，上海：上海译文出版社，1991 年，第 628 页。

外国文学经典散论

对俄罗斯大地的自然景色的描绘也极为精致、美妙,诗体长篇小说中对春、夏、秋、冬四季景色的出色描绘,逼真如画,而且独立成篇,然而,这种描绘绝不只是作为诗情画意的一种点缀,而是与作品情节的展开以及思想的推进融于一体。如果没有画家的天赋,普希金的文学作品中景致的描绘与思想的契合也是很难达到这一水准的。

## 二、俄国文学史上的"多余的人"丰满典型

《叶甫盖尼·奥涅金》不但反映了 19 世纪初叶亚历山大一世时代俄罗斯真实的社会生活,而且在人物形象塑造方面,为俄罗斯文学开创了典型,塑造了典范,尤其是塑造了俄国文学史上的"多余的人"这一艺术典型,塑造了俄国贵族革命时期奥涅金这个开始觉醒又找不到出路的贵族青年知识分子的典型形象。奥涅金受到西欧民主思想的启蒙和影响,具有人道主义和民主主义的思想倾向。他的品格和气质远远高于他周围的一些贵族子弟。但他没有明确的政治主张和社会理想,在令人窒息的社会现实中看不到出路,看不到希望,所以陷入苦闷之中,总是彷徨、忧郁、痛苦,对生活产生了极端的冷漠态度。他愤世嫉俗,对社会阴暗的一面深恶痛绝,同时又非常脆弱。他希望改变现状,但又不可能与这个社会彻底决裂;所以他不会与社会正面对抗,他的生活态度往往是消极地逃避。

这部作品的情节并不复杂,作品中出场的人物也相对有限,所描写的场景也并不宏大,它之所以能被称为"百科全书"式的作品,主要得益于奥涅金等一些典型形象的刻画。

作为俄国文学史上第一个"多余的人"的丰满典型,奥涅金的

性格具有时代的典型特征。他身上有着后来的俄罗斯文学中陆续出现的一系列"多余的人"的共同特性。像其他"多余的人"一样，奥涅金出身于贵族家庭，接受过良好的教育，也受到西欧进步思想的熏陶，有着改造社会现实的宏大理想。他本来可以在社会探索方面成就一番事业，但是由于远离实际，脱离人民，加上时代和社会的局限性，他只能到处漂泊，找不到生根的地方，结果一事无成，总是与现实生活格格不入，成了生不逢时为社会所不容的"多余的人"。

奥涅金出身于一个没落的贵族家庭，他的父亲曾经居于高官显位，但是由于生活糜烂，挥霍无度，他总是靠借债度日。由于受到当时一些新的思想的影响，奥涅金对于上层贵族空虚无聊的生活感到极度烦闷，厌倦了上流社会社交界的喧嚣，"简单说，是俄国的抑郁病/慢慢地逐渐控制了他"①，于是，显得苦闷、彷徨，既愤世嫉俗，又无能为力，从而郁郁寡欢。

而奥涅金的那种忧郁、彷徨、孤傲、愤世嫉俗的个人性格，也是造成他悲剧命运的重要原因。像同时代的许多接受过启蒙主义思想的青年人一样，他为了自己的理想，集中精力进行社会探索，而毫不顾及个人的爱情生活，以免影响自己的事业，这在某种程度上仍是不甘随波逐流，勇于探索，改造社会的典型表现，是不同于一般青年的具体表现，而且是具有一定的精神境界的体现。

为了实现自己的理想，他不愿与上流社会同流合污，只愿孤身奋战，追求理想的实现，甚至不愿接受达吉雅娜的爱情来使自己的事业以及前程受到束缚。在第四章第十三节，奥涅金表达了自己

---

① 普希金：《叶甫盖尼·奥涅金》，智量译，沈念驹、吴笛主编：《普希金全集》第4卷，杭州：浙江文艺出版社，2012年，第31页。

对达吉雅娜的恋情以及因为自己所处的状态而对爱情的舍弃：

> 假如我想用家庭的圈子
> 来把我的生活加以约束；
> 假如因幸福命运的恩赐，
> 要我做一个父亲和丈夫；
> 假如那幸福生活的画面
> 哪怕只一分钟让我迷恋，——
> 那么只有您才最为理想，
> 我不会去另找一个新娘。
> 我这话不是漂亮的恋歌：
> 如果按照我当年的心愿，
> 我只选您做终身的侣伴，
> 同我度过我悲哀的生活，
> 一切美的有您都能满足，
> 我要多幸福……就能多幸福！①

从这段表白中，我们可以看出，奥涅金其实是真诚地爱着达吉雅娜的，他在这位沉静而美丽的少女身上发现了如同抒情诗一般的优美气质，他意识到这位达吉雅娜是他理想的伴侣。然而，即使这样，他依然不为所动，而是轻率地拒绝了达吉雅娜的爱情。这不是因为他缺乏对达吉雅娜的爱恋，而是因为他自己当时深深地陷于苦恼之中而不能自拔，他拒绝这份爱情只是为了实现自己改造

---

① 普希金：《叶甫盖尼·奥涅金》，智量译，沈念驹、吴笛主编：《普希金全集》第 4 卷，杭州：浙江文艺出版社，2012 年，第 109 页。

社会的理想。可是,他的这番理想最终并没有得到实现,数年的漂泊也磨灭了他满腔的热忱,曾经因为对事业的追求而舍弃爱情的奥涅金,到头来也只是想在世俗的爱情生活中获得一丝心灵的慰藉,尽管连这点慰藉后来也是遥不可及,难以实现了。这位曾经高傲地拒绝达吉雅娜纯洁爱情的贵族青年,最后在彼得堡与达吉雅娜重逢时所遭受的却是达吉雅娜的拒绝。

经过三年时间的漂泊之后,奥涅金依然一事无成,精神上已近崩溃的边缘,于是,在彼得堡重新遇见达吉雅娜之后,这位曾经不为爱情所动的人,为了寻求一点儿精神的安慰,开始苦苦企求达吉雅娜爱情的施舍。他在写给达吉雅娜的信中写道:

> 我知道:我的日子已有限,
>
> 而为了能延续我的生命,
>
> 每天清晨必须有个信念:
>
> 这一天能见到您的身影……
>
> ……
>
> 希望能够抱住您的膝头,
>
> 痛哭一场,俯在您的脚下,
>
> 倾吐我的怨诉、表白、恳求,
>
> 说出一切我能说出的话……
>
> 一切都已决定:随您处理,
>
> 我决心一切都听天由命。①

---

① 普希金:《叶甫盖尼·奥涅金》,智量译,沈念驹、吴笛主编:《普希金全集》第 4 卷,杭州:浙江文艺出版社,2012 年,第 247 页。

可见，普希金为了突出奥涅金这类"多余的人"在社会探索方面一事无成的结局，最后将他放在曾经唾弃的爱情上，做画龙点睛的刻画，体现贵族青年觉醒过来但找不到出路的悲剧命运。与此同时，奥涅金与达吉雅娜未能实现的恋情，也是这部小说扣人心弦、感人至深、具有经久不衰的艺术魅力的一个重要方面。

奥涅金是一个不满于现实生活，鄙弃上流社会，为了进行社会探索甚至舍弃个人幸福的进步青年的典型形象，但他也正是这样的一个耽于幻想、脱离实际的形象，因而在当时的社会上找不到自己的出路，导致了社会探索和个人爱情的双重失败。他的悲剧概括了那个时代觉醒过来而没有出路的贵族青年的悲剧命运。

## 三、俄国妇女形象画廊中的丰满典型

《叶甫盖尼·奥涅金》不仅在俄国文学史上第一次塑造了"多余的人"的形象，也在俄国文学史上第一次塑造了俄罗斯文学艺术画廊中的丰满的女性形象——达吉雅娜。这一形象是普希金心目中理想的俄罗斯女性的典型形象。普希金"第一个以达吉雅娜为代表，诗意地再现了俄国妇女"①，而且书写了这一心地纯洁的形象与俄国社会现实的格格不入。

达吉雅娜这一形象的特征首先是性格天真纯朴，具有大自然清新、迷人的气质。她生活在外省，从小受到俄罗斯大自然美丽景致的感染。她虽然出身于贵族地主的家庭，但是她不满于外省地主的平庸生活，热切向往自由，向往自然纯洁的真挚爱情。普希金

---

① 别林斯基：《别林斯基选集》第四卷，满涛、辛未艾译，上海：上海译文出版社，1991年，第582页。

塑造达吉雅娜这一形象时,总是采用质朴、优美的诗句,以及带有赞美色彩的词语描写她的外貌以及内心世界。在第三章第七节,作者描写了她对奥涅金所产生的纯洁质朴的爱情:

> 一个想法在她心头诞生,
> 是时候了,她已有了爱情。
> 仿佛一粒种子落在土里,
> 春天的火使它萌发生机,
> 很久以来,那柔情和苦痛
> 一直在燃烧着她的想象,
> 渴求那命中注定的食量;
> 很久以来,她年轻的胸中,
> 一直深深地感觉到苦闷;
> 心儿在盼望……那么一个人。①

其次,达吉雅娜具有鲜明的资产阶级个性解放要求和强烈的反抗精神。她能够冲破俄罗斯旧的传统道德和伦理观念的束缚,向奥涅金大胆地表白自己的爱慕之情。尽管她对传统道德的反抗还是十分有限的,但是仅凭她对奥涅金的大胆表白,就足以证明她是俄国文学史上第一个具有叛逆精神的女性形象。

最后,达吉雅娜是一个坚韧克制、具有俄罗斯女子传统美德的优秀的女性形象,是俄罗斯文学画廊中最为优美动人的女性形象之一。她炽热的初恋遭到了奥涅金拒绝之后,她像别的普通的俄

---

① 普希金:《叶甫盖尼·奥涅金》,智量译,沈念驹、吴笛主编:《普希金全集》第4卷,杭州:浙江文艺出版社,2012年,第77—78页。

罗斯女性一样,遵从母命,嫁给了彼得堡的一位她所不爱的将军。她宁愿舍弃一切荣华富贵,以及"令人厌恶的生活光辉",换回在乡村时与奥涅金第一次见面的地方,换回简陋的住所与荒芜的花园。然而,当她嫁给将军之后,尽管在心中依然深深地爱着奥涅金,可是,她将这份爱情珍藏在自己的心灵的深处,不去触动,也不去亵渎。于是,她身上又有着朴素的俄罗斯人民的传统美德,当奥涅金再次出现在她的跟前,向她表露爱情时,她没有接受这份她久久期盼现在唾手可得的爱情,而是毅然决然地拒绝了这份她所珍藏的爱情,并且对奥涅金表白说:

> 我爱您(我何必对您说谎?),
> 但现在我已经嫁给他人;
> 我将一辈子对他忠贞。①

达吉雅娜这一形象,在俄国文学史和俄国长篇小说的发展史上,也占有重要的地位。达吉雅娜不仅性格较为丰满,还具有一定的叛逆精神。普希金之后的作家莱蒙托夫、屠格涅夫、奥斯特洛夫斯基和托尔斯泰笔下的妇女的命运与性格特征,都同她有着或多或少的共同点。

普希金是把达吉雅娜看成自己心目中的一个理想的人物形象来进行塑造的。所以,这一形象显得极为迷人。甚至连别林斯基也极其动情地评述说:"达吉雅娜是一朵偶然生长在悬崖峭壁的隙

---

① 普希金:《叶甫盖尼·奥涅金》,智量译,沈念驹、吴笛主编:《普希金全集》第 4 卷,杭州:浙江文艺出版社,2012 年,第 257 页。

缝里的稀有而美丽的鲜花！"①按照普希金最初的构思，女主人公的形象应该是对奥涅金形象提出的问题的解答，体现着贵族人物解脱精神矛盾的出路。达吉雅娜是被美化的宗法制生活的化身。同时，达吉雅娜的命运也反映了当时俄罗斯女性的悲惨处境。而且，达吉雅娜身上凝聚着作者普希金自己的理想观念和思想情感。"普希金对自我的追求转移到了达吉雅娜身上，她构成了一个极富思想个性，具有理智的精神和崇高的心灵、真实而深刻的情感、对责任的忠诚的形象。她对奥涅金的拒绝，……也象征着徘徊于普希金内心的矛盾与挣扎。"②

## 四、对照手法与"奥涅金诗节"的独特使用

《叶甫盖尼·奥涅金》这部诗体长篇小说有着鲜明的艺术特征。普希金既是俄国文学史上的优秀的现实主义作家，又是 19 世纪初期俄国浪漫主义文学艺术的卓越体现者。而且，在小说叙事艺术和诗歌节奏方面，普希金都展现了独特的艺术才华，尤其在对照艺术和"奥涅金诗节"的使用等方面，表现得尤为出色。

首先是在艺术结构上所采用的对照艺术手法，体现了普希金对世界文学史上的浪漫主义文学艺术的独特贡献。在诗体小说《叶甫盖尼·奥涅金》中，就小说叙事情节而言，有两条主线的对比，一条是奥涅金与达吉雅娜之间的刻骨铭心的恋情以及永无止境的精神追求，另一条是连斯基与奥尔加的世俗平庸、毫无亮点的

---

① 别林斯基：《别林斯基选集》第四卷，满涛、辛未艾译，上海：上海译文出版社，1991 年，第 597 页。

② J. Douglas Clayton, "Towards a Feminist Reading of Evgenii Onegin," *Canadian Slavonic Papers*, Vol. 29, No. 2/3 (June-September 1987):261.

婚恋。就小说人物形象塑造而言,作品中也有两个男主人公形象的对比,一个显得孤傲冷漠,另一个显得狂放热情;还有两个女主人公形象的对比,一个感情细腻真挚,有着丰富的内心世界,另一个轻浮平庸,内心空虚。另外还有具体情景的前后对照,譬如达吉雅娜与奥涅金不同场景的相互求爱,以及两者的被拒等,起初是以达吉雅娜的求爱和被拒形成冲突,最后以奥涅金的表白和达吉雅娜的拒绝形成又一个高潮,使得整部作品在情节的发展方面有起有伏,引人入胜。

其次是理想与现实的对照。男女主人公都有着自己的独特的个性意识,有着远大的理想以及有关事业与爱情的个人追求,结果男女主人公各自的理想与追求都未能实现,从而各自妥协于社会:曾经为了理想和事业而唾弃爱情的奥涅金,到后来却乞求哪怕一丁点儿的爱情的施舍;曾经大胆追求爱情,视爱情为生命的达吉雅娜,却为了服从于社会现实和母亲的意旨而嫁给了自己所不爱的一位年长的将军,而当她愿意舍弃一切而去追求的爱情突然降临的时候,当她曾经全身心向往的奥涅金真的出现在自己的眼前的时候,她却除了流泪之外再也没有任何举动和激情了。无论是奥涅金从社会探索到乞求爱情,还是达吉雅娜从追求爱情到妥协于社会,作者都是通过对照艺术来相互映衬,使得作品感人至深,也使得人物性格更为丰满,尤其是突出了普希金心目中理想的贵族妇女达吉雅娜那种既大胆追求爱情、要求个性解放,又具有坚忍克制、道德纯洁等传统美德的性格特征。

最后是"奥涅金诗节"的独特使用。"奥涅金诗节"是对盛行于中世纪和文艺复兴时期的西方传统十四行诗体的一次成功的改造。在《叶甫盖尼·奥涅金》中,普希金发挥了俄罗斯诗歌艺术的音律特征,对欧洲文学史上传统十四行诗体的成功改造,既不同于意大利著名的"彼特拉克诗体",也不同于"莎士比亚十四行诗体",而是在借鉴的基础上,创造了别具一格的"奥涅金诗节"。这一诗体也是由三个"四行组"和一个"双行联韵组"所构成的,但韵式更为丰富多彩,其中包括交叉韵、成对韵、抱韵、双行韵。这一诗体不但格律严谨,而且富有变化,具有鲜明的节奏感,显得优美舒畅,清新明快。

"奥涅金诗节"的一个突出的特点是将韵脚排列形式与每一行的音节数密切结合。其韵脚排列形式是:ABAB CCDD EFFE GG;为了体现对韵式的呼应,普希金将相应的每行的音节数目限定为:9898 9988 9889 88。在长达八年的创作中,普希金一直坚守这一"诗节"。普希金之所以强调韵式的变化和丰富性,主要目的依然在于阅读创新的体验,"韵脚的多样性,旨在减轻不可改变的抑扬格四音步的潜在的单调"[1]。当然,更有语义功能的需求,而在语义功能方面,"奥涅金诗节"与莎士比亚十四行诗体比较接近,每节诗中的四个韵组都分担着鲜明的表意功能。一般来说,第一个交叉韵起着确定话题的作用,接着在成对韵和抱韵中继续展开与发挥,最后在双行韵中收尾或者做出带有警句色彩和抒情意味的结论。

"奥涅金诗节"在普希金著名诗体长篇小说《叶甫盖尼·奥涅金》中的成功使用,使得十四行诗体这一传统的艺术形式显得更为丰富多彩,也为十四行诗体的流传和发展做出了独特的贡献。

普希金对世界文学的独特贡献是多方面的,他是俄国文学和

---

① David M. Bethea ed., *The Pushkin Handbook*, Madison: The University of Wisconsin Press, 2005, p. 161.

俄罗斯民族精神的一个象征。这位"俄罗斯文学和世界文学的天才"①以短暂的一生为世界文学宝库留下了丰厚的遗产。而且，普希金还以独特艺术成就为俄罗斯现代语言的发展做出了重要的贡献，被誉为"现代俄罗斯文学语言的奠基者"②。而诗体长篇小说《叶甫盖尼·奥涅金》，则是所有这些艺术贡献的集中体现。

（原载于《人文新视野》2020 年第 1 期）

---

① М. М. Калаушин. *Пушкин в портретах и иллюстрациях*，Москва：Государственное учебно-педагогическое издательство，1954，с. 3.

② См. В. В. Виноградова，Б. Томашевский. "Вопросы языка в творчестве Пушкина，" *Пушкин：Исследования и материалы*，АН СССР. Ин-т рус. лит. (Пушкин. Дом)，Москва：Издательство АН СССР，1956，т. 1. с. 126 – 184.

# 普希金《别尔金小说集》的文学伦理学批评的审视

　　俄国作家普希金不仅创作了抒情诗、长诗、诗剧和诗体长篇小说《叶甫盖尼·奥涅金》等诗体作品,还创作了中短篇小说《上尉的女儿》《杜勃罗夫斯基》《彼得大帝的黑教子》《黑桃皇后》《别尔金小说集》等许多散文体作品。普希金的中短篇小说,是俄国现实主义散文创作的良好开端。普希金的散文体作品,风格简洁、清新。他在《论散文》一文中曾经写道:"准确和简练——这就是散文的首要特点。散文要求有思想,思想,——没有思想的华丽词藻是什么用处也没有的。"①中短篇小说集《别尔金小说集》典型地体现了普希金的这一特征。本文拟从文学伦理学批评的视角探究《别尔金小说集》中的决斗书写以及通过子女教育命题所体现的文学伦理教诲功能。

## 一、西尔维奥决斗的伦理观照

　　普希金《别尔金小说集》(*Повести покойного Ивана Петрович*

---

① 普希金:《论散文》,邓学禹、孙蕾译,转引自沈念驹、吴笛主编:《普希金全集》第6卷,杭州:浙江文艺出版社,2012年,第10页。

*Белкина*，1830)以质朴的美学原则为特色。这部小说集属于普希金"波尔金诺的秋天"的丰硕成果，共由五个中篇小说组成，包括《一枪》("Выстрел")、《暴风雪》("Метель")、《棺材店老板》("Гробовщик")、《驿站长》("Станционный смотритель")、《小姐扮村姑》("Барышня-крестьянка")。小说集从各个不同的角度展现了19世纪20年代俄罗斯广阔的社会生活场景，洋溢着浓郁的人道主义精神，并且富有重要的艺术价值。小说情节内容集中凝练，仿佛是长篇小说的缩写本，人物形象也都显得栩栩如生。《别尔金小说集》采用了多种不同的艺术手法与创作倾向，其中《一枪》所采用的是现实主义的手法，《暴风雪》和《驿站长》具有一定的感伤主义情调，《小姐扮村姑》具有轻松的喜剧风格，而《棺材店老板》则蕴含着哥特小说的结构要素。

在普希金时代，决斗是俄罗斯人解决许多矛盾冲突的一种方法。"19世纪的头30多年，在俄国文化记忆中，是俄国决斗史上决斗数量最多的一个时期。"[①]普希金的小说《一枪》以现实主义的笔触描写了决斗。小说的叙述者是位军人，小说的两个部分中叙述了主人公西尔维奥(Сильвио)和一位伯爵的两次决斗。小说的第一部分描写的是第一次决斗。西尔维奥枪法娴熟，而且在爱好争斗的部队中享有极高的地位。然而，这一地位不久便受到了威胁。他所在的部队里来了一位富家出身的年轻浪子，英俊，聪明，胆大。于是西尔维奥的威望受到了挑战。在病态的嫉妒心的驱使下，他故意制造事端，挑起决斗。通过拈阄，英俊的年轻浪子拈到了第一号，先开枪，但没有打中西尔维奥。轮到西尔维奥开枪了，但是他

---

① Irina Reyfman，"The Emergence of the Duel in Russia: Corporal Punishment and the Honor Code," *The Russian Review*, Vol. 54, No. 1 (Jan., 1995):26.

发现，对方根本无动于衷，在面临死亡威胁的时候，居然满不在乎地挑着樱桃吃，并且把樱桃核吐到西尔维奥的脚下，面对西尔维奥的枪口，没有一丝一毫慌张的表情，根本没有将生死当回事儿。西尔维奥意识到，在这种情况下，立刻打死这个浪子没有任何意义，于是保留了这一枪的权利，结束了决斗。小说的第二部分描写的是第二次决斗。六年之后，那个年轻的浪子成了一名尊贵的伯爵，娶了一名美若天仙的妻子，过着十分美满的生活。西尔维奥认为报复的时机已到，于是找到了伯爵的住处，来到了书房，将枪口对准了伯爵，声明了自己所拥有的"一枪"的权利。然而，他不愿开枪打死不拿武器的人，于是，再次拈阄，与过去的浪子、现在的伯爵举行了第二次决斗。伯爵先开枪，由于生活幸福，荒废了枪法，只是打中了西尔维奥身后墙上的一幅油画。轮到枪法娴熟的西尔维奥开枪的时候，他发现此刻的伯爵已是今非昔比，对生命和幸福无比眷恋，面对即将降临的死亡感到无比惊慌和胆怯，于是西尔维奥获得了应有的满足，移动枪口，对准了墙上的同一幅油画开了一枪，然后坐上马车离去。而且，在放弃开枪而离去之前，说了一句："我把你交给你的良心吧。"[1]这句话极为重要，它充分说明，主人公认为在伦理选择中，比生命更为重要的东西是良心。当然，还有荣誉，西尔维奥为什么在能够实现决斗胜利的时候，依然放弃？他为什么要将即将获胜的"一枪"向后推延？他为什么自动退伍，告别辉煌的近卫军的军官生活，来到偏僻的乡下，练习枪法？这一切，都说明了良心和荣誉的价值所在。普希金在 19 世纪初期独特的社会语境中探讨良心、荣誉、复仇，以及生命与死亡等命题。

---

[1]　普希金：《别尔金小说集》，力冈译，沈念驹、吴笛主编：《普希金全集》第 5 卷，杭州：浙江文艺出版社，2012 年，第 82 页。

从爱好决斗的西尔维奥这一形象中,我们也看到了他对生命的尊崇以及对生命意义的眷恋。当年轻浪子的生命掌握在他手中的时候,他觉得对方轻视生命的意义而不愿对他开枪射击。既然对方连自己的生命都毫不在乎,开枪把他打死又有什么意义? 同样,在第二次决斗中,他觉得对方已经对生命无比眷恋而再次放过了他。小说结尾一段交代了西尔维奥最后的结局,他在了结了那场决斗之后,又回到军队。后来,西尔维奥在希腊民族独立运动中,率领一支民族独立运动部队,在斯库列尼战役中牺牲了。短短的几句更是突出了这一形象的英勇色彩,以及作者对生命意义的探索。

这篇小说尽管篇幅不长,但具有一定的自传色彩,这一点被很多学者所认可。尤其1822年6月普希金在基什尼奥夫与一位名叫茹波夫的军官决斗的经历,在这篇小说的叙述中具有明显的体现。普希金在那场决斗中,就是拿着装满了樱桃的帽子,边吃边等待着对手开枪的。

普希金的《一枪》,还突出体现了伦理困境在小说艺术结构方面的功能。"伦理困境指文学文本中由于伦理混乱而给人物带来的难以解决的矛盾与冲突。"[1]普希金善于在小说创作中利用伦理困境来营造悬念。在《一枪》中,自始至终充满了悬念,充满着伦理困境。在作品的开头,有一个新来的蛮横军官在酒后无端欺辱西尔维奥,还用铜烛台砸了西尔维奥,在这种情况下,西尔维奥却忍气吞声,没有与他决斗,从而严重损害了他在青年人心中的威望。那么,他为什么不向蛮不讲理的醉鬼提出决斗? 他真的缺乏勇气吗? 作者在开篇的悬念激起了人们极大的好奇心。随着作品情节

---

① 聂珍钊:《文学伦理学批评导论》,北京:北京大学出版社,2014年,第258页。

的展开,人们才逐渐明白,西尔维奥没有权利让自己去冒死亡的威胁,因为他有另一场决斗尚未了结。于是,作品自然而然地转向了六年前的一场决斗。而六年前的决斗同样充满了悬念:西尔维奥为什么在能够获胜的时候却终止决斗,留下一枪? 于是,一个悬念又导出一个新的悬念,一个困境又导出一个新的困境,环环相扣。作品正是在一个接一个的伦理困境和悬念中展现了西尔维奥独特的内心感受和精神境界。所有这些困境和悬念直到作品的最后方才一一解开。

可见,《一枪》的情节发展过程,就是普希金剖析西尔维奥伦理选择的过程,并且"揭示不同选择给我们带来的道德启示"①。尽管"西尔维奥生命的全部内容在于复仇"②,但是,他所达到的复仇目的,不是索取对手的生命,而是"索取"比生命更为重要的对生命的尊严感以及对生命存在的荣誉感。

## 二、"独生女儿"形象及其伦理教诲命题

在普希金时代,关于教育问题,尤其是子女教育问题,是很受关注的话题,当时的《欧罗巴通报》(Вестник Европы)等杂志也颇为关注这一话题,发表过一系列论述教育的文章。如《两性离子》(Амфион)当时发表过题为《论少女教育》("О воспитании девиц")的评论。《欧罗巴通报》当时发表过《论初始教育的必要性》("О необходимости первоначального воспитания")等论文。

这一话题,也没有被文学家所忽略。"在文学中,并没有对这

---

① 聂珍钊:《文学伦理学批评导论》,北京:北京大学出版社,2014年,第6页。

② В. И. Коровин ред. *История русской литературы XIX века*. В 3 ч. Ч. 1. М.: Гуманитар, 2005, с. 410.

一话题漠不关心:正确的与并非正确的教育历史以及所产生的后果,在俄国受到普遍的关注。"①普希金《别尔金小说集》中对三个独生女儿的形象塑造,在一定的意义上表现了普希金对教育主题以及文学伦理教诲问题的关注。

《别尔金小说集》的五篇小说中,有三篇小说的主要人物是"独生女儿"的形象。作者不仅由此塑造了性格各异的女性形象,而且通过这类"独生女儿"形象,涉及了教育、伦理等命题。这些形象包括《驿站长》中维林的独生女儿杜尼娅,《暴风雪》中加夫里洛维奇的独生女儿玛丽亚,以及《小姐扮村姑》中的俄国贵族穆罗姆斯基的独生女儿丽莎。

### (一)《驿站长》中的平民独生女儿杜尼娅

《别尔金小说集》中,最具特色的是中篇小说《驿站长》,该小说以作者虚构的叙述人的三次访问驿站,向读者讲述了一个完整的故事,描写了十四等文官驿站长维林的悲惨遭遇。维林在艰辛的生活中,因为自己美丽的女儿杜尼娅而感到安慰。杜尼娅不仅给小小的驿站增添了活力,也为父亲减轻了许多负担。在驿站,因为有时不能及时换到马匹,常常有客人对维林大发脾气。这时,客人只要一见到杜尼娅出面,脾气也就消了。有一天,一个年轻英俊的骠骑兵路过驿站,没有及时换到马匹,马上破口大骂,正要对维林大打出手时,杜尼娅从里屋走了出来,于是像往常一样,一场风波顷刻消解了。这位名叫明斯基的骠骑兵上尉不仅不再发火,反而在有马可换的时候,却躺在长凳上,昏迷不醒了。上尉病倒了,通过几天与杜尼娅的交往,装病的上尉觉得康复了,于是就在礼拜天

---

① Т. А. Китанина. "Еще раз о старой канве," *Пушкин и мировая культура. Материалы VI Международной конференции*, Санкт-Петербург: Симферополь, 2003, с. 99.

离开驿站,可怜的维林答应了客人让杜尼娅送他一程的请求,就这样,杜尼娅没有被留在下一个驿站,而是被上尉拐走了。驿站长经受不住这一打击,大病一场,稍有康复,便四处寻找女儿,终于知道杜尼娅被带到了圣彼得堡。在圣彼得堡,维林找到了明斯基,但是没有要回女儿,他气愤地将明斯基所塞的几张钞票揉成一团扔到了地上。随后,为了能够见上女儿一面,维林又经过艰辛的努力,终于认出明斯基乘坐的四轮马车停在一座豪华的三层楼房前面。当他走进屋子,却被明斯基推了出来。维林只得离开圣彼得堡,回到了自己的驿站,后来孤苦伶仃地离开了人世。

在《驿站长》中,十四品文官维林的命运无疑是值得人们深深同情的,而以明斯基为代表的贵族阶层对下层百姓的肆意欺辱也是十分可恶的。但是,"面对荣华富贵的诱惑,女主人公没能守住自己的精神防线,杜尼娅在普希金的心中成了传统美德落败的可悲象征。诗人对这种现象极为痛心。实际上,在普希金看来,贵族欺压下层小人物的现象固然可恶,应该抨击,但亲情的丧失和美德的埋没,却让人更感心痛"①。

可见,普希金的《驿站长》不仅充满了深深的人道主义的同情和关怀,而且在伦理教诲和道德批判方面具有震撼人心的力量。由于作者以满腔的同情描写了一个处于社会底层的小人物的遭遇,从而开创了俄国文学史上描写"小人物"形象之河,直接影响了其后的果戈理、陀思妥耶夫斯基、契诃夫等许多俄国著名作家的创作。

俄罗斯作家高尔基在《论普希金》一文中说道:"他的《黑桃皇后》……《驿站长》和其他几篇短篇小说为近代俄国散文奠定了基

---

① 吴晓都:《俄国文化之魂:普希金》,济南:山东画报出版社,2006年,第162页。

外国文学经典散论

础，大胆地把新的形式运用到文学中去，并将俄国的语言从法国和德国语言的影响下解放出来，也把文学从普希金的前辈们所热心的那种甜得腻人的感伤主义中解放出来。"①高尔基还说，"我们有充分理由说：俄国文学的现实主义始于普希金，就是由他的《驿站长》开始的。"②更有学者认为：《驿站长》"预示着别林斯基时代一个文学流派的诞生，它仿如自然学派的一个宣言，宣告社会-心理现实主义在俄国古典小说中已经获得前所未见的发展"③。

普希金对伦理教诲的关注还体现在文学作品中的画家技巧以及画家视野。如在《驿站长》开头部分，叙述者到达驿站后，所欣赏和着力描述的是简陋的屋子里有关"浪子回头"故事的四幅画。这四幅画不仅折射了维林的道德伦理观以及他的理想与期冀，也为作品结局时叙述者所期盼的杜尼娅的返乡埋下了伏笔。

在《驿站长》中，维林作为父亲，在"简陋而整洁"的家中，尽管他以自己的方式力所能及地对他可爱的女儿进行了必要的教育，但是，他对她过于宠爱，尤其是在别人面前当着孩子的面，他会得意忘形地对她进行夸耀："这孩子很聪明，很灵巧，完全像她去世的妈妈。"④

维林家中有关"浪子回头"故事的四幅图画，实际上就是具有伦理教诲意义的旨在培养杜尼娅四个方面基本素质的图画。在每幅画的下面，还附有非常得体的德文诗。然而，令人遗憾的是，小说中并没有标出这四首德文诗的内容。但是，作品中对这四幅画

---

① 高尔基：《论文学·续集》，缪灵珠等译，北京：人民文学出版社，1979年，第210页。

② 高尔基：《俄国文学史》，缪灵珠译，上海：上海译文出版社，1979年，第219页。

③ 格罗斯曼：《普希金传》，李桅、马云骧译，天津：天津人民出版社，1996年，第427页。

④ 普希金：《别尔金小说集》，力冈译，沈念驹、吴笛主编：《普希金全集》第5卷，杭州：浙江文艺出版社，2012年，第105页。

的简要说明也给我们提供了必要的线索,使得我们能够了解到维林的目的所在。图画是出自《圣经·路加福音》中的故事。第一幅画是"一位头戴睡帽、身穿晨衣的慈祥老人在送一个不安分的青年,那青年急不可耐地在接受老人的祝福和钱袋"①。这其中的道理是极其明晰的,就是在处理子女与父母的关系方面,子女要学会孝顺,学会照顾父母,不要像这个不安分的青年,只知道接受父母的钱袋。第二幅画"用鲜明的笔法画出青年的放荡行为:他坐在桌旁,周围是一些不三不四的朋友和无耻的女人"②。这幅画的寓意十分明晰:生活应俭朴,不应花天酒地。第三幅画所画的是该青年穷困潦倒、与猪争食的画面,脸上露出深沉的悲哀和悔恨。在《圣经》中,对犹太人而言,猪是不洁净的动物,"与猪争食"象征着他的堕落,所以这幅画的启示是虔诚。第四幅画则是回头的浪子跪在地上受到父亲迎接的画面。远景中是一名厨师正在宰杀一头肥牛犊。这幅画不仅蕴含着父母对浪子回头的期待,也预示着"回头"之后对家庭责任的担当。

尽管"浪子回头"的故事"在普希金的艺术世界中占据异乎寻常的重要地位"③,但是有限的教育难以取代必要的看管。维林对女儿正是缺乏必要的看管,而且放松警惕,过于轻信。于是,当人们送她手帕、耳环等礼物时,他听之任之;别人要求他女儿送上一程时,他也毫无戒心。当客人大发雷霆,杜尼娅一旦出面,一场风暴顷刻歇息的时候,他也没有一丝深入的思考,只是感到不合时宜

---

① 普希金:《别尔金小说集》,力冈译,沈念驹、吴笛主编:《普希金全集》第 5 卷,杭州:浙江文艺出版社,2012 年,第 105 页。

② 普希金:《别尔金小说集》,力冈译,沈念驹、吴笛主编:《普希金全集》第 5 卷,杭州:浙江文艺出版社,2012 年,第 105 页。

③ Владимир Турбин. *Пушкин. Гоголь. Лермонтов: Об изучении литературных жанров.* М.: Просвещение, 1978, с. 66.

的由衷的骄傲。

由于生活贫困,再加上没有得到应有的良好教育,所以杜尼娅缺乏正确的伦理观和人生观。她不仅随便接受别人的礼物,也随便接受别人的亲吻。到头来,她做出了错误的伦理选择,"自愿地"跟着明斯基离开了视她为全部生命意义所在的父亲,不顾亲情,到圣彼得堡享受荣华富贵。而且,维林历尽艰难,终于在圣彼得堡找到她的时候,她也只是因为父亲的突然出现打扰了她与明斯基的"含情脉脉"的场面,从而"大叫一声,倒在地毯上"①。

### (二)《暴风雪》中的贵族独生女儿玛丽亚

不顾亲情,只愿满足自身欲望而做出错误的伦理选择的不只是平民的女儿杜尼娅,还有《暴风雪》中的贵族独生女儿玛丽亚。与杜尼娅与明斯基私奔一样,玛丽亚与人私奔的冲动,也是由于她缺乏应有的教育而造成的。这位富有的贵族小姐,不同于贫寒人家的杜尼娅,她有着优裕的条件接受应有的教育,可她过分接受的是法国浪漫主义小说的影响。小说的开篇部分,就点明了这一后果:"玛丽亚·加夫里洛芙娜受法国小说影响很深,所以容易怀春。"②她不顾自己的行为对父母造成的伤害,只愿满足自己的"浪漫遐想",充当"感情俘虏"的角色。她的身上还有着"游戏爱情"的成分,"她乘车去与一个人结婚,却在教堂里与另一个人举行婚礼;她想嫁给一个人,实际上却又嫁给了另一个人"③。

如果说她对陆军准尉弗拉基米尔忠贞不渝,那么,在小说结局

---

① 普希金:《别尔金小说集》,力冈译,沈念驹、吴笛主编《普希金全集》第5卷,杭州:浙江文艺出版社,2012年,第111页。

② 普希金:《别尔金小说集》,力冈译,沈念驹、吴笛主编《普希金全集》第5卷,杭州:浙江文艺出版社,2012年,第84页。

③ В. И. Коровин ред. *История русской литературы XIX века*. В 3 ч. Ч. 1. М.: Гуманитар,2005,c. 412.

部分中，普希金以她与布尔明的意外婚姻打破了那个忠贞不渝的神话。

普希金《暴风雪》的故事发生在 1812 年反抗拿破仑的卫国战争期间。整部作品充满了感伤的情调，尤其是在开篇部分。这部小说讲述了一个凄凉但又巧合的爱情故事。作品的女主人公玛丽亚小姐与一位前来度假的贫寒的陆军准尉弗拉基米尔深深相爱，但是遭到玛丽亚家庭的强烈反对。两人只能秘密幽会，互通情书。他们坚贞不渝，山盟海誓，同时悲叹命运的不幸。最后他们决定私下秘密结婚，然后一起私奔。弗拉基米尔请了神父，定好了教堂，玛丽亚私自离开父母，径直奔向教堂。但是，弗拉基米尔遭遇了暴风雪，马车也驶错了方向，错过了秘密婚礼。玛丽亚没有等到自己的恋人，回到父母家中，一病不起，万分悲痛。父母出于对女儿的关系，只得同意他们的婚事。然而，弗拉基米尔已经奔赴前线，参加反抗拿破仑的卫国战争，并且受了重伤，几个星期后不幸死亡。故事的结尾部分安排了玛丽亚与从战场活着归来的布尔明上校的离奇而巧合的婚姻，尽管打破了她那个忠贞不渝的神话，却也使得凄凉的爱情故事有了些许暖色。

### （三）《小姐扮村姑》中贵族独生女儿丽莎

在《小姐扮村姑》这篇小说中，俄国贵族穆罗姆斯基的独生女儿丽莎，尽管也是一个娇生惯养的贵族小姐，但是她在家庭中受到过良好的教育，很有主见，很有个性，也很讨人喜爱：

> 她今年十七岁。一双乌溜溜的眼睛使她那一张黑黑的、讨人喜欢的脸儿更加艳丽动人。她是独生女儿，因而也是一个娇生惯养的孩子。她活泼好动，常常淘气，使父亲很喜欢，

却使杰克逊小姐伤透了脑筋。[1]

丽莎所接受的是英国式的家庭教育,她的父亲为她请了英国女教师杰克逊小姐,由于受到英国文化的熏陶,丽莎成了一个地地道道的英国迷。正是由于受到了良好的英国文化的教育,所以丽莎小姐通情达理,她与邻村的贵族别列斯托夫的儿子阿列克塞相爱了,但是她顾及自己父亲与阿列克塞父亲之间的怨仇关系,不愿让父亲受到伤害。即使与阿列克塞交往,也是以自己所能想到的独特的方式,装扮成村姑,冒充贫苦人家的姑娘阿库莉娜的名义与对方交往。在村姑的假面具下,她更能看清阿列克塞的真实面目,由于普遍存在的阶级偏见和社会不公,她在这样的面具下更能看出阿列克塞对爱情的理解,以便走出金钱婚姻的樊篱,寻找到值得信赖的心灵的伴侣。所以,正是她所受的良好的教育,使得她避免了《暴风雪》和《驿站长》中的对长辈的伤害。她最终不仅化解了父辈之间的怨仇,也与倾心相爱的阿列克塞结为眷属。丽莎正是因为有了良好的家庭教育,所以才不会被命运捉弄,也不会被动地受人欺骗,而是主动地按照心灵的呼唤选择理想的伴侣。"有别于《暴风雪》中的被命运捉弄的玛丽亚,丽莎不是命运的戏弄者,她自己创造机缘,利用偶然,设法与贵族青年相识,将他诱入自己的爱情之网。"[2]

从《小姐扮村姑》这篇小说中有关丽莎美丽聪颖的描述中,以及最后有情人终成眷属的喜剧结尾中,我们不难看出普希金对英

---

① 普希金:《别尔金小说集》,力冈译,沈念驹、吴笛主编:《普希金全集》第 5 卷,杭州:浙江文艺出版社,2012 年,第 117 页。

② В. И. Коровин ред. *История русской литературы XIX века* . В 3 ч. Ч. 1. М.: Гуманитар, 2005, с. 423.

国文化的积极态度，也是他的《上尉的女儿》《叶甫盖尼·奥涅金》等作品的创作之所以受到瓦尔特·司各特和乔治·拜伦创作影响的一个明晰的注脚。

综上所述，普希金的《别尔金小说集》不仅以审美价值影响了俄罗斯小说的进程，也具有鲜明的认知价值。"就文学认知而言，有些虚构文学作品是知识的潜在的渊源。"[1]因而，我们从普希金的这部小说集中，可以清楚地看到普希金在对待决斗问题上的伦理选择和荣誉理念，这也为他 1837 年的最终解决自身的伦理困境提供了参照。而且，普希金通过对三个独生女儿的形象所做的对文学伦理教诲功能的审视，对于今天的人们来说，同样具有伦理启示价值。

（原载于《文学跨学科研究》2017 年第 4 期）

---

① Garry L. Hagberg ed., *Fictional Characters*, *Real Problems: The Search for Ethical Content in Literature*, Oxford: Oxford University Press, 2016, p. 286.

# 论果戈理《死魂灵》的史诗结构模式

    果戈理是俄国 19 世纪现实主义文学的杰出代表作家之一。他继承普希金的优秀传统,其创作不仅受到同时代的评论家别林斯基的赞赏,而且同样受到 20 世纪学界的关注,纳博科夫称他为"俄罗斯有史以来最伟大的艺术家"①。果戈理的《死魂灵》(Мёртвые души)更是奠定了他作为杰出作家的地位。然而,明明是一部长篇小说,果戈理却称其为"长诗",对于这一问题,虽然学界有过争议,但是未能触及问题的核心,即这部作品的史诗性结构模式。本文尝试在这一方面进行探讨。

## 一、"长诗"还是"长篇小说":地狱旅行般的情节结构

    《死魂灵》这部作品究竟是"长诗"还是"长篇小说"? 对于这一简单的问题,却存在着激烈的争议。关于这一点,俄罗斯有学者认为:"在俄罗斯文学中,没有任何一部作品像《死魂灵》这样引发了完全对立的诠释。"②

---

    ①   Vladimir Nabokov, *Nikolai Gogol*, New York: New Directions, 1961, p. 140.

    ②   Е. А. Смирнова. *Поэма Гоголя «Мёртвые души»*, Л., Издательство «Наука», 1987, с. 1.

果戈理以杰出的讽刺艺术在著名长篇小说《死魂灵》中深刻地揭露了俄国农奴专制制度的种种罪恶,标志着俄罗斯文学新的阶段。《死魂灵》的创作耗费了果戈理一生中的最后 17 年时光。不过,我们今天所言的《死魂灵》,实际上指的是果戈理所完成的《死魂灵》的第一部。果戈理的这部长篇小说自 1835 年开始创作,1836 年他带着几章手稿出国旅行,到过维也纳、罗马、巴黎等多座城市。《死魂灵》第一部的创作长达 7 年,于 1841 年在意大利完稿。1841 年 10 月回国后,他又对小说进行了一次修改,并于 1842 年出版。果戈理的《死魂灵》第一部出版后,受到俄国文坛进步人士的广泛好评,赫尔岑写道:"这是一本令人震惊的书,这是对当代俄国一种痛苦的、但却不是绝望的责备。只要他的眼光能够透过污秽发臭的瘴气,他就能够看到民族的果敢而充沛的力量。"①

　　所以,探讨果戈理《死魂灵》第一部的结构,我们需要联系果戈理的整个创作意图。在果戈理创作《死魂灵》的 19 世纪三四十年代,当时的俄国属于贵族革命时期,这一时期,俄国农奴制社会矛盾重重,危机四伏,人民生活愈加贫困,一些有良心的知识分子纷纷谴责社会的黑暗,探索未来的出路。果戈理也不例外,《死魂灵》的创作就是他对社会出路的探索。

　　果戈理之所以将《死魂灵》称为"长诗",而且在书的封面的最醒目位置印上了"长诗"的标签,其字体甚至大于标题,显然是有自己的意图。为什么果戈理要将自己的这部长篇小说称为"长诗"呢?

　　对于这一问题,我国的一些学者大都未做相应的解释,几乎所有的《死魂灵》中译本中,无论是封面还是扉页,直到现在,也都从

---

① 钱中文:《果戈理及其讽刺艺术》,上海:上海文艺出版社,1980 年,第 105 页。

1842年《死魂灵》俄文版封面

未见过"长诗"二字。当然,也有少数学者对此没有忽略,做出过解释,譬如,我国有学者认为:"所以称它为'长诗',是因为里面有许多抒情插笔。"①

在俄文原文中,"поэма"一词尽管源自"poem",但是确是含有"长诗""史诗"之意。"长诗"主要是指体裁,而"史诗"意义较泛,可以指"史诗式的作品"。所以,也有译者从"史诗式的作品"这一层面对此进行理解,认为果戈理之所以将这部长篇小说称为史诗,

---

① 龙飞:《讽刺艺术大师果戈理》,北京:商务印书馆,1984年,第49页。

"是要强调它的艺术概括的广度,叙事与抒情的结合"①。

可见,无论是我国俄罗斯文学研究者还是俄罗斯文学译者,在解释果戈理的"长诗"这一问题时,都是从"长"(艺术概括的广度)或"诗"(抒情)来进行理解的。国外学者的理解也不例外,尽管俄罗斯学者对于这部作品是长诗还是长篇小说有着完全不同的观念,正如阿克莎科夫的概述:"一些人认为《死魂灵》是长诗,他们按这一称号来理解作品;而另一些人则借用果戈理的口吻对此进行嘲讽。"②但是,即使认为该作品是长诗的学者,也大多是从风格入手看待这部作品,如苏联学者斯捷潘诺夫认为:"他(指果戈理)突出了'史诗'二字,是因为他的作品是当代生活的叙事史诗,洋溢着强烈的抒情气氛。"③

我们丝毫不否定抒情插笔或抒情气氛在这部作品中的重要作用,正是与叙述内容紧密结合的一些抒情插笔体现了果戈理对祖国的一定的信念。但是,如果我们仔细考察,就会发现,果戈理之所以称《死魂灵》为"长诗",其意图并非为了抒情插笔,而是出于作品的结构需求。

谈及作品结构,我们不能只是局限于《死魂灵》的第一部。整个《死魂灵》的结构是非常宏大的。果戈理不仅在封面称该部长篇小说为"长诗",而且在作品中也是这样称呼的。如在第一部的结尾部分,果戈理写道:"往后长诗还有两大部分要写——这可不是无关宏旨的小事情。"可见,果戈理不仅反复将他的长篇小说称为

---

① 娄自良:《〈死农奴〉译本序》,果戈理:《死农奴》,娄自良译,上海:上海译文出版社,2012 年,第 5 页。

② С. Т. Аксаков. *История моего знакомства с Гоголем.* М., Правда, 1960, с. 90.

③ 斯捷潘诺夫:《果戈理传》,张达三、刘健鸣译,哈尔滨:黑龙江人民出版社,1984 年,第 102 页。

"长诗",还计划一共要创作三部。他总是将三个部分看成一个整体。"《死魂灵》第一部出版后,他准备再去罗马写第二、第三部,但是他又说这次出国就像是去迎接自己最后的归宿。"

《死魂灵》第一部主要是在意大利等地创作的,他还要去罗马创作第二部和第三部。无论是作品"长诗"这一体裁,还是创作地点"罗马",或是整体上的"三部"结构,无不令人联想起中世纪意大利著名作家但丁的《神曲》。

但丁的《神曲》对果戈理《死魂灵》结构方面的影响是显而易见的。不仅《死魂灵》主要是在意大利创作的,而且在 19 世纪上半叶,《神曲》就开始被译为俄文,出现了诺罗夫(А. С. Норов,1823)和凡-蒂姆(Ф. Фан-Дим,1842)等俄译本。而且,果戈理与熟知《神曲》的茹科夫斯基有着密切交往。众所周知,但丁的《神曲》以梦游三界的形式,旨在探索民族出路,认为陷入迷惘之中的意大利经过痛苦的磨炼最后能够到达至善的境界。正是这一宏大的主题和普遍的精神,使得这部作品成为中世纪思想和学术的经典,广为流传,并且具有广泛的影响。"在《神曲》中就是地狱—炼狱—天堂的历程;而这一历程与基督教神学所描述的'原罪—审判—救赎'的人类历程是一致的。"[1]果戈理的《死魂灵》同样聚焦于对民族出路的探索。"路"的意象贯穿始终,以至于有学者认为:"果戈理的长篇小说是被'路'所组织,被'路'所掌控。它开始于'到达',结束于'出发',最后的结束语也是对'路'的赞美。"[2]

我们认为,果戈理的意图便是创作类似于但丁《神曲》般的史诗式作品,共为三部,分别对应《神曲》的三个部分,并且将对俄国

---

① 朱耀良:《走进〈神曲〉》,天津:天津社会科学院出版社,2004 年,第 9 页。

② Donald Fanger, *The Creation of Nikolai Gogol*, Cambridge, Mass.: Harvard University Press, 1979, p. 169.

前途何在的探讨贯穿其中。他本计划在《死魂灵》第二部中,突出所谓道德上的自我完善的历程,也就是净化的过程,而到第三部则上升为理想的境界,抒写理想的正面形象。

所以,《死魂灵》的第一部显然就是类似但丁的《神曲·地狱篇》了。类似于但丁神游地狱,《死魂灵》中是以漫游者乞乞可夫的活动,尤其是他拜访数个地主庄园,以及收购"死魂灵"的经历,来展现地狱般的腐败不堪的俄国社会现实生活的真实情景,揭露俄国农奴制的腐朽,并且愤怒地鞭笞官僚、地主和贵族等这个腐朽社会中的代表人物,探索俄国历史发展的必然趋势。在这个由地主和贵族为代表的农奴制专制国家中,广大的贫苦百姓只能作为苦命的农奴,遭受残酷的欺压,甚至当作商品被人随意买卖。作品的主人公乞乞可夫也正是在一次代书抵押农奴的事项中受到了启发,得到了灵感,因此想做一次贩卖"死魂灵"的投机生意。

《死魂灵》第一部共分十一章。从头至尾大多以"路"为叙事空间。第一章是个开场白,如同《神曲》的在森林里迷路、显得进退两难的但丁引来了维吉尔,省会 NN 市的一家旅馆里迎来了乞乞可夫。整部作品就是以乞乞可夫的旅行以及相关的拜访为主线,描绘沙皇统治之下的外省和地主庄园的破败的风貌。他在第一章拜访了省长,接着从第二章到第六章,依次拜访了五个地主,并且描绘乡村生活场景。从第七章到第十章,主要书写沙皇统治下的城市景象,而最后一章则是写乞乞可夫的身世和他性格形成的过程,以及有关"路在何方"的感慨和抒情。

如果说漫游者乞乞可夫如同梦游三界的但丁,那么乞乞可夫的马车夫谢里方以及彼特鲁斯卡等仆从在一定程度上起着引路者的角色,如同《神曲》第一部和第二部中的维吉尔以及第三部中的贝亚特丽丝。

如同《神曲》，果戈理的《死魂灵》也是在探索民族出路。在第一部的结尾一段，果戈理将俄罗斯比作一辆飞驰的马车：

> 哦，马儿，马儿，多么神奇的马儿呀！你们的鬣毛里是不是裹着一股旋风？你们的每条血管里是不是都竖着一只灵敏的耳朵？你们一听见来自天上的熟悉的歌声，就立刻同时挺起青铜般的胸脯，蹄子几乎不着地，身子拉成乘风飞扬的长线，整个儿受着神明的鼓舞不住地往前奔驰！……俄罗斯，你究竟飞到哪里去？给一个答复吧。没有答复。①

可见，果戈理所聚焦的是民族出路。究竟俄罗斯民族出路何在？究竟俄罗斯这辆马车应该奔向何方？果戈理的这一探索，与但丁的《神曲》中对民族出路的探索毫无二致。这也是果戈理在接下来的《死魂灵》的第二部和第三部作品中所要探索的。果戈理也明确指出："有时候如果不深刻揭示当前现实的一切弊病，便无法推动社会或者整整一代人走向美好的未来；有时候如果不是明明白白地为每一个人指出通向崇高和美好的未来之路，便根本不必去谈论这种未来。"②

然而，我们从现存的断章碎片来看，果戈理《死魂灵》第二部的相关描写是充满矛盾的。本该描述炼狱的地方，却将此作为天堂来描写："多么鲜丽的青草！多么清新的空气！花园里充溢着鸟鸣！是天堂，是万物在雀跃欢腾！村子里闹哄哄的歌声不绝，仿佛

---

① 果戈理：《死魂灵》，满涛、许庆道译，北京：人民文学出版社，1983年，第312页。
② 果戈理：《就〈死魂灵〉一书致各方人士的四封信》，沈念驹主编：《果戈理全集》第六卷，石家庄：河北教育出版社，2002年，第158页。

在举行婚礼。"①

甚至连马车夫谢里方也受到感染和诱惑："对谢里方来说，有另外一种诱惑。在田庄上，每到夜晚，歌声四起，春天轮舞的圆圈忽而合拢，忽而散开。高大苗条的姑娘——那是眼下人烟炽盛的村子里都很难找得到的，——使他常常接连几个钟头站着看傻了眼。真是难说哪一个长得更好看：全都是雪白的胸脯，雪白的颈脖，个个长着一双杏仁眼，水汪汪的含情脉脉，走起路来骄傲得像孔雀，发辫一直拖到腰眼里。"②

正因为果戈理思想上的矛盾，所以在构思方面也相应产生了一定的混乱，在作品第二部就突兀地出现了天堂般的境界，不仅与第一部的描写难以联结，也给第三部的创作制造了障碍。也许正是因为如此的矛盾性，果戈理最后连自己也不满意，以至于烧毁了手稿。

在写完《死魂灵》第一部之后，果戈理深深感到心灵的苦闷，思想处于激烈的矛盾之中，特别是 1837 年普希金逝世之后，他的朋友圈发生了一定的变更，他此后基本上在德国、瑞典、法国、意大利等国家生活，由于远离俄国进步社会，再加上与保守的贵族阶层过多的交游，助长了他的病态情绪。他在 1847 年出版的《与友人通讯集》便是他内心世界极度苦闷彷徨的体现。这本书出版后，引起了别林斯基等革命民主主义作家群体的反对。曾经将果戈理称为"文坛的盟主"和"诗人的魁首"③的别林斯基，写了《给果戈理的一封信》，对这本书进行了猛烈的抨击。

果戈理在《死魂灵》第一部获得成功之后，在创作第二部和第

---

① 果戈理：《死魂灵》，满涛、许庆道译，北京：人民文学出版社，1983 年，第 343 页。
② 果戈理：《死魂灵》，满涛、许庆道译，北京：人民文学出版社，1983 年，第 345 页。
③ 别林斯基：《别林斯基选集》第 1 卷，上海：上海译文出版社，1979 年，第 205 页。

三部的设想上,总是感到难以满意,加深了他的苦闷情绪。1852年2月24日的晚上,他烧毁了许多手稿,包括《死魂灵》第二部的绝大部分手稿,只剩下了残缺不全的几章。他随后解释说,这是一个误会,是魔鬼对他开的一次玩笑。从此,他躺在床上,拒绝进食,九天以后痛苦地离开了人世。无疑,果戈理为俄罗斯民族出路的探索付出了生命的代价。

## 二、"死魂灵"还是"死农奴"——地主群像的象征寓意

除了"长诗"这一体裁的论争,果戈理的《死魂灵》这一书名同样引发了学界不小的争议。书名中的"Мёртвые души"究竟何意?对于这一问题,存在着完全不同的理解,有着两种截然相反的观点。在俄文原文中,"души"一词意义含混,具有"农奴"和"魂灵"两种基本含义。

我国译界在翻译这部作品的书名时,以鲁迅为代表的译家将此译为"魂灵",自1935年鲁迅的译本出版之后,果戈理的这部名著也就以《死魂灵》而广为流传。满涛、郑海陵、王士燮等翻译家遵循这一译名。而上海译文出版社(2004)的娄自良译本和湖南人民出版社(1987)陈殿兴译本则将"души"译为"农奴",书名译为《死农奴》。究竟是"农奴"还是"魂灵",众多译者和学者各抒己见,纷纷解释"死农奴"或"死魂灵"的内涵。娄自良则坚持认为:"《死魂灵》这个译法是错误的。"①他解释说:"书名是《死农奴》,而不是《死魂灵》。……在法律上他们(死农奴)仍然被认为是地主的财产,地主

---

① 娄自良:《〈死农奴〉附记》,果戈理:《死农奴》,娄自良译,上海:上海译文出版社,2012年,第370页。

必须按照法律的规定继续为之缴纳人头税。"①

　　不仅我国学界和译界对此名称有着不同理解,即使是在以俄语作为母语的俄罗斯学界,对"души"的理解也决然分为两种倾向。当时的莫斯科书刊检查委员会主席戈洛赫瓦斯托夫弄明"Мёртвые души"就是纳税册上的农奴后,就认为这一名称"意味着反对农奴制"②。而著名作家赫尔岑则持完全不同的意见,他这样描绘《死魂灵》给他留下的印象:"《死魂灵》这个书名本身就包含着一种令人恐怖的东西。……书中说的不是户口册上的死农奴,而是罗士特莱夫、玛尼罗夫之流这种死魂灵,我们到处都可以碰见他们。"③由此可见,在赫尔岑看来,将"Мёртвые души"视为"纳税册上的农奴"确实是一种误解,"死魂灵"不是指尚未注销户口的死去的农奴,而是活着的玛尼罗夫们的隐喻和象征。而且,在法律层面上,"俄罗斯语言权威,著名历史学家,莫斯科大学教授波戈金认为,不管怎么说,'死农奴'在俄罗斯语言中是不存在的"④。果戈理更多是从哲学的意义上对整个俄罗斯的命运进行审视。"果戈理这部长诗的全部意义在于展现如何让'活魂灵'的思想得以留存。……'探寻活魂灵'这一警句正是果戈理创作激情所在。"⑤

　　所以,回到中文翻译,将"Мёртвые души"译为《死魂灵》,无疑是准确无误的翻译,而《死农奴》这样的译名则使得作品名称中的

---

　　① 娄自良:《〈死农奴〉译本序》,果戈理:《死农奴》,娄自良译,上海:上海译文出版社,2012年,第3—4页。

　　② 纳博科夫:《尼古拉·果戈理》,金绍禹译,上海:上海译文出版社,2001年,第400页。

　　③ 龙飞:《讽刺艺术大师果戈理》,北京:商务印书馆,1984年,第49页。

　　④ А. С. Янушкевич. *История русской литературы первой трети XIX века*, М.:Флинта, 2013, с. 665.

　　⑤ А. С. Янушкевич. *История русской литературы первой трети XIX века*, М.:Флинта, 2013, с. 667.

隐喻和象征荡然无存了。正因如此，几乎所有的英文译本，无论是诺顿版，人人文库版，或是企鹅版，都无一例外地译为"The Dead Souls"，而没有一个译本将此译为"The Dead Serfs"。

实际上，如同《钦差大臣》，《死魂灵》这部作品的故事情节是普希金向果戈理提供的。果戈理曾经回忆道："普希金认为，《死魂灵》情节之所以对我十分合适，是因为它能赋予我同主人公一起周游俄罗斯并塑造众多形形色色典型人物的充分自由。"①

正因为有了这种自由，果戈理在塑造《死魂灵》中五个地主群像的过程中，善于从庄园的景象等外部环境以及地主细致入微的心理状态等方面入手，并且结合具体的艺术手段和修辞技巧，来真实地展现这些地主群像所具有的象征寓意以及鲜明的性格特征。

联想到但丁梦游三界的结构，以及从亡灵到天使的角色组成，果戈理《死魂灵》第一部中的地主群像才是真正的"Мёртвые души"，而并非他们所拥有的农奴。所以，果戈理笔下的地主群像是缺乏基本人性的。如玛尼罗夫，整天无所事事，只是依靠不着边际的幻想来消磨时光，他懒惰成性，书房里放着一本打开的书，两年前读到的是第 14 页，迄今依然是第 14 页。乞乞可夫到了他的庄园之后，玛尼罗夫简直得意忘形，"脸上显露出一种不仅甜蜜、甚至是甜得发腻的表情，这种表情酷似一位周旋于上流人士之间的机灵圆滑的医生狠命地给加上甜味、想让病人高高兴兴喝下肚里去的一种药水"②。

而乞乞可夫所拜访的女地主是柯罗博奇卡（Коробочка），是一个闭塞保守、鼠目寸光的女地主形象。其姓氏"Коробочка"在俄文

① 果戈理：《作者自白》，沈念驹主编：《果戈理全集》第六卷，石家庄：河北教育出版社，2002 年，第 233 页。
② 果戈理：《死魂灵》，满涛、许庆道译，北京：人民文学出版社，1983 年，第 29 页。

中的意思是"小盒子"。一个小小的盒子就是她的整个世界,就是装载"死魂灵"的小小的灵柩。在这个小盒子中,凝聚了这个愚昧空虚、闭塞保守的女地主的全部精神特质。

乞乞可夫所拜访的第三个地主是诺兹德廖夫(Ноздрев),这是一个 35 岁的地方恶少式的地主形象。他纵酒作乐,嗜赌成癖,而且总是吹牛撒谎,饶舌多嘴,还喜欢挑拨离间,惹是生非,他不加选择地寻衅闹事,没有目的地加害于人。就连他家狗的名字也五花八门:如死命咬、狠狠咬、性急鬼、浪荡子等等,而且"诺兹德廖夫站在狗群中间完全像是一家之主一样:它们立刻全都竖起尾巴,……其中有十来条狗还把它们的爪子搭到诺兹德廖夫的肩膀上去"①。

乞乞可夫所拜访的第四个地主是米哈伊尔·索巴凯维奇(Михайл Собакевич)。这个地主所姓的"Собакевич"(索巴凯维奇)意为"狗",名字"Михайл"(米哈伊尔)意为"熊"。姓"狗"名"熊",其性格特征尽在其中。可见,这是一个粗野、贪婪、灭绝人性的冷血动物的地主形象。作者描写了乞乞可夫初次见到他的时候所产生的独特感受:"乞乞可夫瞟了索巴凯维奇一眼,这一回觉得他非常像一只中等大小的熊。更增添这相似之处的是,他身上穿的那件燕尾服完全是跟熊皮一样的颜色,袖子长长的,裤管长长的,走起路来脚掌着地,步履歪歪斜斜,并且不断地踩在别人的脚上。"②不仅索巴凯维奇穿着像熊,他家里的陈设,写字台、圈手椅、画眉鸟,甚至他的老婆,全都显得笨拙,像熊一样,或者像索巴凯维奇本人一样。作者甚至认为,这样的形象是造物主粗制滥造的产物:"大家知道,世上有许多这样的脸,造化在捏造它们的时候,不

① 果戈理:《死魂灵》,满涛、许庆道译,北京:人民文学出版社,1983 年,第 89 页。
② 果戈理:《死魂灵》,满涛、许庆道译,北京:人民文学出版社,1983 年,第 117 页。

曾多下功夫推敲琢磨，也不曾动用任何细巧的工具，譬如锉刀啦，小钻子啦，以及诸如此类的其他东西，却只顾大刀阔斧地砍下去，一斧头就是一个鼻子，再一斧头就是两片嘴唇，用大号钻头凿两下，一双眼睛就挖出来了，也不刨刨光洁就把他们送到世上来，说了声：'活啦！'"[1]可想而知，索巴凯维奇本来就是造物主粗制滥造的伪劣产品。这一形象，集中体现了他的姓名所象征的兽性特征。

乞乞可夫所拜访的第五个地主普柳什金，是个吝啬鬼形象，他将贪婪吝啬发展成对物质财富的肆意践踏。在他的身上，已经没有了人类的基本感情。这个姓氏俄文原文是"Плюшкин"，出自俄文单词"плюшка"，意为"扁平小面包"，作者以这个名字来突出他的"物性"。果戈理所塑造的普柳什金这一吝啬鬼形象，表明了俄国农奴制时期以地主为代表的统治阶层从生活到精神的堕落、空虚和变态。

在塑造这些形象的时候，果戈理善于使用比喻、夸张、象征等艺术手法来加强作品中的讽刺效果。尤其在表现玛尼罗夫（Манилов）、米哈伊尔·索巴凯维奇（Михайл Собакевич）、柯罗博奇卡（Коробочка）等地主姓名的时候，更是大胆地使用姓名象征，突出体现了作者象征艺术手法的高超。

总之，这部作品中所塑造的地主群像似乎已经不是现实世界的人物，而是成了形态各异的死魂灵，"果戈理将当代社会的道德沦丧视为人格的精神毁灭，或者魂灵的死亡"[2]。他笔下的这些亡灵如同反光镜，不是直接反映社会现实，而是折射社会风貌和其内在本质，于是，乞乞可夫如同《神曲》中的但丁，他收购"死魂灵"的

---

① 果戈理：《死魂灵》，满涛、许庆道译，北京：人民文学出版社，1983 年，第 117 页。

② Е. А. Смирнова. *Поэма Гоголя «Мёртвые души»*，Л.，Издательство «Наука»，1987，c. 10.

旅行,也就如同但丁梦游地狱的幻想旅行了。

综上所述,果戈理的《死魂灵》是俄国长篇小说中以讽刺艺术为特色的一部杰作,其独特的类似但丁《神曲》一般的史诗性的结构形式、以"路"为空间的叙事技巧及其幻想旅行,以及人物形象塑造方面的典型化手法,都突出体现了它在俄国小说发展史上的重要贡献。《死魂灵》第一部的地狱旅行式的结构模式,以及"死魂灵"作为精神毁灭的象征寓意,更是增添和丰富了这部杰作的精神内涵。

(原载于《外国文学研究》2018 年第 1 期)

# 论拉吉舍夫作品中的法律书写

18 世纪的俄国文学是处在转型期的文学。俄国古代始于 10 世纪,止于 17 世纪,俄国近代文学则开始于 18 世纪。不同于俄国古代文学的一个显著标志是,文学在现实生活中发挥了应有的作用。就社会政治语境而言,自 17 世纪起,各种形式的农民起义在俄罗斯不断地爆发。于是,中央集权的巩固以及对中央集权的反抗,体现在这一时期作家所创作的许多文学作品中。这一时期的俄国作家已经充分意识到自己作为作家的职责,开始以自己的作品介入社会生活,尤其在法律书写方面,拉吉舍夫的《从彼得堡到莫斯科旅行记》便是一部反映法律事件、坚守法律正义以及抒发法律理想的杰出作品。本文拟从文学法律批评的视角,对拉吉舍夫相应的文学作品进行审视。

## 一、法律修养与法律书写

美国从事"法律与文学"比较研究的著名学者波斯纳教授认为:"法律作为文学的主题无所不在。西方文化从一开始就渗透着法律的技术和意象。文学作品的作者一直注意着法律。"① 拉吉舍

---

① 波斯纳:《法律与文学》,李国庆译,北京:中国政法大学出版社,2002 年,第 4 页。

夫正是这样一位极其关注法律的作家,对他文学作品中相关的法律问题的深入探讨,无疑可以加深我们对其作品的理解以及对其创作思想的深入认识。同样,拉吉舍夫的法律思考以及相应的法律理想对于法律的完善以及法律的正义亦具有参考价值。

在拉吉舍夫创作的年代,俄国所使用的主要是《国民会议法典》(Соборное уложение①)。该法典于 1649 年颁发,共 63 条,直到 1832 年才被废除,被《俄罗斯帝国法典》所取代。《公共法典》主要是适应罗曼诺夫王朝的统治需求而产生的,它在彼得一世时代,以及 18 世纪中后期叶卡捷琳娜二世统治时代,都为俄国的强盛发挥了一定的作用。然而,在叶卡捷琳娜时代,法律的弊端也充分体现出来,尤其是拉吉舍夫开始攻读法律的 18 世纪 60 年代,"一系列颁发的法规彻底地剥夺了农奴制度下农民的一切权利,甚至包括正式的司法权"②。

拉吉舍夫作为一名极其富有政治理想的作家,他看透了俄国专制农奴制的实质,以自己的创作为传达和实践自己的法律理想而奋进,甚至为此而付出了生命的代价。就拉吉舍夫的文学创作而言,其作品的价值正如西方学者麦克康奈尔的概括:"(拉吉舍夫所强调的是)在法律面前一切阶级的平等、废除等级制度、陪审团审判制度、信仰自由、出版自由、农奴解放、人身保护权,以及贸易自由。"③而在这中肯的概括中,与法律相关的要素占有绝对的比例。

---

① "Соборное уложение"的中文译法较多,如《会议法典》(《世界通史》)、《法典》(《俄国史》)、《会典》(《外国法制史》)、《法律大全》(《大俄汉词典》)、《宗教会议法典》(《俄国宗教史》)等,现采用《辞海》和《欧洲历史大辞典》等书的译名《国民会议法典》。

② В. А. Западов. "Александр Радищев — человек и писатель," Радищев А. Н. *Сочинения*. Москва: Художественная литература, 1988, c. 4.

③ Allen. McConnell, "The Empress and Her Protégé: Catherine Ⅱ and Radischev," *The Journal of Modern History*, Vol. 36, No. 1 (Mar., 1964):26.

拉吉舍夫深受卢梭、狄德罗等西欧启蒙主义思想的熏陶,并且在自己的作品中极力宣传这一思想。从圣彼得堡贵族军事学校毕业之后,他被选派到德国深造,进入莱比锡大学攻读法律。大学毕业之后,他怀着报效祖国的满腔热忱,回到了俄国首都圣彼得堡,先后进入政界和军界工作,尽管担任要职,但是自己所攻读的法律专业毫无用武之地。由于看透了沙皇专制制度的实质,难以在实践中实现自己的法律理想,他便出于自己的良心,以文学创作来传达自己的法律理想和法学观念。然而,出自良心的文学创作,使得他的命运发生了根本的改变,不仅失去了要职,而且遭到逮捕。

拉吉舍夫是因为《从彼得堡到莫斯科旅行记》这部作品的出版而遭到逮捕的。由于他在这部文学作品中表达了对女皇的极度不满情绪以及对理想君主的呼唤,因而其相关内容极大地激怒了当时的女皇叶卡捷琳娜二世,于是女皇认定该书的作者是一位“比普加乔夫更坏的暴徒”[1],并且立即下令逮捕了拉吉舍夫。根据女皇的旨意,俄国刑事法庭判决拉吉舍夫死刑,后来才改判为十年时间的流放。1796 年,叶卡捷琳娜二世逝世之后,新登基的沙皇保罗一世为了赢取社会的好感,巩固自己的地位,因此对拉吉舍夫开恩,不仅准许他结束在西伯利亚的流放,还恢复了他的官职和贵族头衔。

1801 年,在保罗一世被谋杀之后,亚历山大一世即位,新的沙皇成立了法律编纂委员会,并且任命拉吉舍夫为编纂委员会委员。这时,拉吉舍夫格外振奋,觉得自己在法律方面的修养终于有了用武之地,于是以积极的态度参与相关的工作,提出了一些具有温和

---

① И. Д. Смолянов. *Великий писатель-революционер Александр Николаевич Радищев. К 200-летию со дня рождения.* Псков: Псковиздат, 1949, c. 4.

改良色彩的法律草案。然而,他的主张不仅未能得到应有的重视,反而被认为是过激的行动,当时的法律编纂委员会主席扎瓦多夫斯基伯爵责备拉吉舍夫"想跟过去一样瞎胡扯!"[①]甚至对他威胁,要把他再度流放到西伯利亚去。拉吉舍夫的满腔热忱遭到冷遇,觉得无法实现自己的抱负,感到深受打击,1802 年 9 月,他在绝望中服毒,自杀身亡,为了自己所钟爱的法学事业,以及难以实现的法学抱负,他悲惨地结束了自己的一生。

在沙皇专制制度下,编纂一部具有启蒙主义理想的法律文本,其实是不切实际的幻想,但是他的《从彼得堡到莫斯科旅行记》等文学创作,充分体现了他的法律理想,对于我们理解他的文学创作与法学思想之间的关系,对于把握他作品中深邃的思想内涵,无疑具有重要的参照意义。

## 二、奴役制度的腐败与法律意识的启蒙

拉吉舍夫的启蒙主义思想集中体现于对农奴制的反抗。而这种反抗又集中体现在 1790 年 5 月出版的《从彼得堡到莫斯科旅行记》(*Путешествие из Петербурга в Москву*)(以下简称《游记》)这部作品中。《游记》是拉吉舍夫的代表性作品,也是他作为一个贵族革命家的政治主张、社会理想以及法律意识的集中体现。"这部作品标志着 18 世纪俄国社会思想的顶峰。"[②]这部《游记》也受到了当时流行于俄国文坛的感伤主义文学思潮的影响,尤其是英国作

---

① 普希金:《亚历山大·拉吉舍夫》,沈念驹、吴笛主编:《普希金全集》第 6 卷,浙江文艺出版社,2012 年,第 344 页。

② П. А. Орлов. *История русской литературы* XVIII *века*. Москва: Высшая школа, 1991, с. 134.

家斯泰恩《感伤的旅行》的影响。作品采用游记的形式，来展现俄罗斯社会的现实情景，书写自己的所见所闻，抒发自己内心世界真实的感受，呼唤法律正义，宣扬启蒙主义思想，尤其是法律意识的启蒙。正因如此，他的作品对俄罗斯社会的发展，有着重要的启迪作用。正如文学评论家奥尔洛夫（Вл. Орлов）所言："迄今为止，以非凡的原则性和勇敢精神在这部书中所陈述的自由解放思想，对俄罗斯社会一代又一代的先进的活动家的思想意识，产生了难以估量的巨大影响。"[①]

由于看到了俄国社会现实中的法律制度的腐败，拉吉舍夫不仅在作品中敢于谴责俄国农奴专制制度，还在作品中插入了自己的《自由颂》（"Вольность"）和《论罗蒙诺索夫》（"Слово о Ломоносове"）等具有政治倾向性的诗文，使得作品形式显得灵活多变，内容也更为丰富多彩。这些诗文也是对长篇游记思想内容的有效补充，凝练的诗句更能展现作家的思想倾向。

拉吉舍夫作为启蒙主义思想家，具有强烈的法律意识，认识到俄国农民遭受奴役的违法之处，从而极力谴责这种制度的腐败，呼吁农奴的解放以及废除腐朽的奴役制度。在《自由颂》一诗中，拉吉舍夫认为一个人生来是自由的，只是由于统治者坐在威严的宝座上，握着铁的权杖，扼杀了自由。叶卡捷琳娜二世读了《自由颂》之后，曾在批语中写道："《颂》是一首非常清楚的反诗，诗中以断头台威胁沙皇，赞赏克伦威尔的榜样。这几页有犯罪意图，完全是造反。应该问问该诗的作者，诗的用意何在？"[②]应该说，叶卡捷琳娜

① Вл. Орлов. *Радищев и русская литература*. Ленинград：Советский писатель，1952，с. 9.

② И. Д. Смолянов. *Великий писатель-революционер Александр Николаевич Радищев. К 200-летию со дня рождения*. Псков：Псковиздат，1949，с. 7.

二世确实没有曲解作品,而是把握了作品"要害"和精髓的。只不过混淆了正义与犯罪的界限。

在题为《柳班》的一章中,拉吉舍夫不仅书写了农奴的苦难生活,还以法律的名义,对统治阶级进行了谴责和判决:"发抖吧,残忍的地主,在你的每一个农民的头上我都能看到对你的判决。"①

当然,拉吉舍夫在创作中也在一定意义上受到了法国启蒙思想家卢梭"返回自然"等思想观念的影响。早在莱比锡大学攻读法律期间,拉吉舍夫就对卢梭的启蒙主义思想发生了浓烈的兴趣,认真阅读了卢梭的相关著作。② 然而,拉吉舍夫并没有完全沉溺在人间的苦难之中,而是能够超越哀伤,善于以俄罗斯大自然的美丽景致与当时残酷的社会现实进行强烈的对照,以自然的美来驱除社会不公的消极作用,即使在苦难面前也表现出一种乐观的信念,从俄罗斯美丽的大自然中感受美的品质和爱国主义情怀。

拉吉舍夫看清了社会上所存在的各种苦难的根源及其本质特性。他深深地懂得,所有这一切苦难都是农奴制的本质特征所决定的。这部作品所描写的内容,广泛涉及政治、经济、宗教、法律、道德、婚姻等方方面面的问题。拉吉舍夫尤其善于从他所擅长的法律视角来进行思考,对俄国社会现实中的种种不公予以谴责,对农奴所遭遇的奴役进行谴责。在他看来,农民不仅不能作为违背基本法律精神的买卖的对象,而且是国家巨大的财富:"农民被公正地认为是国家的富裕、力量和强盛的源泉。"③可是,俄国法律的

---

① 拉吉舍夫:《从彼得堡到莫斯科旅行记》,汤毓强译,北京:外国文学出版社,1982年,第12页。

② П. А. Орлов. История русской литературы XVIII века. Москва: Высшая школа, 1991, c. 131.

③ 拉吉舍夫:《从彼得堡到莫斯科旅行记》,汤毓强译,北京:外国文学出版社,1982年,第209页。

不公,导致了农民的苦难,使得广大农民阶层成为法律的受害者。"但就在这里可以看出法律的弱点和缺陷,法律的滥用和法律的可以说是粗糙的一面,这里也可以看出贵族的贪婪、强暴、对农民的迫害和穷人毫无保障的状态。贪婪的野兽,贪得无厌的吸血鬼,我们给农民留下了什么? 只有我们无法夺走的空气,是的,只有空气! 我们不仅剥夺农民地里的产物、粮食和水,而且往往要他们的命。"①

然而,尽管在大多数的情况下,没有使用法律直接取走农民的性命,但是法律允许对他们进行慢慢地折磨:

> 法律是不准夺走他们的生命的。但那只是禁止一下子弄死他们。有多少方法可以把他们慢慢折磨死啊! 一方面几乎拥有无限的权力,另一方面却是毫无保障的弱者。因为地主对农民的关系既是立法者,又是法官,又是他自己所做的判决的执行人,而且,如果他愿意的话,他还可以做原告,被告对他不敢说半个不字。这就是戴着枷锁的囚徒的命运,这就是被关在臭气熏天的牢房里的囚犯的命运,这就是套着颈轭的犍牛的命运……②

在拉吉舍夫看来,农民遭受奴役,人格不能获得独立,主要是由于法律的不公所引起的。在《柳班》一章中,他借用旅行者的口吻愤怒地声讨说:"地主的农民在法律上不是人,除非他们犯了刑

---

① 拉吉舍夫:《从彼得堡到莫斯科旅行记》,汤毓强译,北京:外国文学出版社,1982年,第209页。

② 拉吉舍夫:《从彼得堡到莫斯科旅行记》,汤毓强译,北京:外国文学出版社,1982年,第209页。

事罪，才把他们当人审判。只有当他们破坏社会秩序、成为罪犯的时候，保护他们的政府才知道他们是社会的成员！"①正因如此，西方学者认为拉吉舍夫"是以伦理道德、人道主义，以及法律根基对俄国的农奴制度进行谴责的"②。

当然，在呼吁废除农奴制，并且对不合理的法律制度进行严厉批判的同时，拉吉舍夫也在《游记》这部作品中抒发了自己的法律理想，将自己的法学思想贯穿其中。因为，拉吉舍夫是"与俄国以及欧洲启蒙主义文学密切相连"③的作家，而在俄国启蒙主义文学中，对理想君主与理想社会的描写无疑也是其中的一个重要的内容。

拉吉舍夫这部作品中的启蒙主义思想倾向，还体现在作品主人公的选择和塑造方面。有俄罗斯学者中肯地指出："在《从彼得堡到莫斯科旅行记》中，人民第一次在俄罗斯文学中成为作品的真正的主人公。这里的人民指的是普通民众。拉吉舍夫思考俄罗斯历史命运的时候，也总是将此与对俄罗斯人民的性格以及心灵的理解密切结合的。"④涉及人民这一概念的时候，显然，在拉吉舍夫看来，首先所涉及的就是普通的劳动人民，尤其是生活在俄罗斯大地上的广大农民。作品中的旅行者与普通农民等人民群众的每一次相逢，总是能够揭示其性格中的某些特性，成为其集体形象的一个组成要素。

---

① 拉吉舍夫：《从彼得堡到莫斯科旅行记》，汤毓强译，北京：外国文学出版社，1982年，第12页。

② David M. Lang, "Radishchev and the Legislative Commission of Alexander I," *The American Slavic and East European Review*, Vol. 6, No. 3/4 (Dec., 1947):11.

③ Институт Русской Литературы (Пушкинский дом). *История русской литературы в четырех томах*. Том первый. Ленинград: Издательство «Наука», 1980, с. 483.

④ Институт Русской Литературы (Пушкинский дом). *История русской литературы в четырех томах*. Том первый. Ленинград: Издательство «Наука», 1980, с. 492.

## 三、天赋人权与法律理想

生活在俄罗斯大地上的普通的劳动人民,是他作品中的真正的主人公,也是他心目中的法律条文所应保护的对象。除了呼吁废除农奴制之外,拉吉舍夫法律思想中的又一核心内涵就是反对暴政,为民服务,为民造福。在《立法经验》("Опыт о законодавстве")一文中,拉吉舍夫将这一理念明晰地陈述出来,他坚持认为:"国家是一个庞然大物,其使命就是为民造福。"①

拉吉舍夫不仅在宏观的层面上不断地陈述他的这一法律思想,还通过具体法律案件,来"实践"他的这一为民造福的法律理想。在《从彼得堡到莫斯科旅行记》中,有一章题为《扎伊佐沃》,在这一章中,拉吉舍夫通过对一个刑事案件的审判,提出了对农民进行应有的法律保护的问题。这一章的内容,体现了作者所具有的法律意识,可以视为文学法律批评的合适的文本。在该章中,拉吉舍夫叙述了一个八等官员的恶行,他在乡村欺压农民,简直到了令人发指的地步。"他自认为是高官显宦,而把农民当作赏赐给他的牲畜(他大概以为,他统治他们的权力是上帝给他的),他可以随心所欲地驱使他们去干活。他自私自利,积累钱财,生性残忍,脾气暴躁,卑鄙无耻,因而对待弱者总是蛮横无理。"②作为高官显宦,却冷酷残忍,还能超越法律,肆意妄为,对下层百姓任意欺压。可见,

---

① А. Н. Радищев. *Полное собрание сочинений в трех томах*,Том Третий. Москва:Издательство Академии Наук СССР,1954,с. 5.

② 拉吉舍夫:《从彼得堡到莫斯科旅行记》,汤毓强译,北京:外国文学出版社,1982年,第 67 页。

法律正义的缺失,是社会邪恶的本质体现。

这个八等官员有三个儿子,其中一个儿子看中了一个农民的未婚妻,于是他心怀鬼胎,一直寻找合适的机会来对这个农民的未婚妻下手。在这个农民就要结婚的日子里,趁新郎去贵族老爷家上缴结婚税的关键时候,八等官员家的三个儿子就巧妙地利用了这一时机。他们趁机跑到了这位农民的家中,将新娘拖进了储藏室,对她实施强奸。新郎返回家园的时候,发现了这几位贵族恶少的罪行,奋力救出了未婚妻,并且拿起棍棒打了贵族恶少。但是,贵族老爷不问青红皂白,反而利用权势,将新郎父子及新娘全都抓到了自己的家中,用皮鞭狠狠地抽打农民父子,并将新娘交给贵族少爷肆意蹂躏。新郎不顾一切地救下了未婚妻,逃出了魔窟,但是三个贵族少爷仍然不肯罢休,紧紧追击他们,新郎在无路可逃的情况下,拔出了篱笆桩子进行自卫,附近的许多农民听到了吵闹声,纷纷围到了贵族老爷的院子附近,逐渐明白了事情的原委,贵族老爷见状,不仅没有收敛,反而变得更加猖獗,他拿起沉重的手杖逢人就打,很快就把一个农民打得晕倒在地,不省人事。这时,农民群众被彻底激怒了,奋起反抗,于是大家一起动手,谁都不愿失去这一复仇的机会,当场打死了贵族父子四人。

于是,忍无可忍、被迫进行自卫的农民群众被作为“杀人凶手”,遭到了起诉和法庭审判。多位农民面临谋杀罪的指控,情况十分危急。本来,按照当时的法律,这些“肇事者”将被判处死刑,或者当众鞭打以及终身监禁和苦役。然而,在审判过程中,有良心的庭长坚持认为,这些农民的行为是属于被迫自卫,他不顾同僚们的激烈反对和无端诽谤,坚持认为农民是无罪的:“人生下来就是完全平等的。我们都有同样的肢体,都有智慧和意志。因此,人如果不和社会发生关系,那么,他的行动是不受任何人支配的。"①

　　随后,庭长以天赋权利为依据,宣布杀死残暴的八等文官的农民属于正当防卫,不负刑事责任:

　　　　当法律不能或者不愿意卫护公民时,当公民面临灾难,而政权又不能及时予以援助时,公民就可以利用自卫、安全和幸福生活的天赋权利。因为一个公民成为公民以后,仍然是一个人,而一个人生来就有的一个权利就是自卫、安全和幸福生活。当他纵容儿子们奸污妇女时,当他对肝肠寸断的夫妇再加凌辱时,当他看到农民反对他的凶恶统治而去处死他们时,那时保护公民的法律就被弃置不顾了,那时就感觉不到法律的权利了。公民受侮辱时,真正的法律不可能剥夺他的这种权利。因此杀死残暴的八等文官的农民在法律上是无罪的。②

　　庭长在对农民的辩护中所阐述的这些观点无疑是拉吉舍夫世界观以及法律观的重要体现。从某种意义上来讲,庭长就是拉吉舍夫的化身,就是他民主思想的代言人。拉吉舍夫继承了卢梭等西方启蒙思想家的天赋人权和社会契约论的基本观点,并且将这些观点运用到俄国的现实生活中。这些观点,对于18世纪俄国启蒙主义思想的形成以及对封建农奴专制制度的反抗都具有重要的积极意义。《扎伊佐沃》这一章内容,也体现了拉吉舍夫深厚的法律修养,以及他对法律正义的强烈期盼。"法律"这两个字对于拉

---

　　① 拉吉舍夫:《从彼得堡到莫斯科旅行记》,汤毓强译,北京:外国文学出版社,1982年,第77页。
　　② 拉吉舍夫:《从彼得堡到莫斯科旅行记》,汤毓强译,北京:外国文学出版社,1982年,第77页。

吉舍夫来说是极为神圣的,所以,当他看到法律被统治者视为对平民百姓进行欺压的一种工具时,他感到极为悲愤。在题为《柳班》的一章中,叙述者反复强调法律的使命,看到农民受到虐待时,他呼吁:"法律是禁止虐待人的。"①当他看到贵族以法律为借口对农民施暴时,他愤怒至极,甚至"滚滚热泪夺眶而出",厉声发出质问:"法律?你竟敢侮辱这个神圣的字眼?"②在此,拉吉舍夫通过叙述者的口吻,表达了自己对当时俄国农奴制专制制度下的法律不公的强烈控诉。

## 结　语

在运用"游记"的方式反映社会现实这一方面,拉吉舍夫深深地影响了俄国社会思想的发展,"拉吉舍夫的《从彼得堡到莫斯科旅行记》是俄国历史上最伟大的改革文献之一"③,《游记》也影响了俄罗斯小说的发展,不仅影响了同时代卡拉姆津的长篇小说的《一个俄国旅行者的书简》,而且深深地影响了 19 世纪作家的创作,尤其是普希金的诗体长篇小说《叶甫盖尼·奥涅金》和《1829 年远征时游阿尔兹鲁姆》等作品,还有冈察洛夫的《战舰"巴拉达"号》等作品以及许多其他作家的创作。

与此同时,拉吉舍夫作为 18 世纪一位具有法学修养的俄国作家,他在自己的作品中不仅宏观地表达了自己的具有强烈的民主

---

①　拉吉舍夫:《从彼得堡到莫斯科旅行记》,汤毓强译,北京:外国文学出版社,1982年,第 12 页。

②　拉吉舍夫:《从彼得堡到莫斯科旅行记》,汤毓强译,北京:外国文学出版社,1982年,第 15 页。

③　R. P. Thaler, "Catherine II's Reaction to Radishchev," *Slavic and East-European Studies*, Vol. 2, No. 3 (Automne/Autumn 1957), p. 155.

意识的法学思想,还以具体的司法案件为例,突出为民造福的法律理念。拉吉舍夫的《从彼得堡到莫斯科旅行记》等作品不仅是文学史上的杰作,而且在呼唤法律正义以及弘扬民主和法制等方面,无疑具有重要的文献价值。同样,对于文学法律批评而言,拉吉舍夫的作品无疑是难能可贵的不可忽略的理想文本。

(原载于《俄罗斯文艺》2019 年第 4 期)

# 论布尔加科夫"魔幻三部曲"中的
科技伦理与科学选择

俄罗斯弃医从文的著名作家布尔加科夫被誉为"文学的魔法师"[①]，与此同时，他也是一位在作品中极其关注科技伦理的作家。在他的《魔障》《不祥之蛋》《狗心》等一系列中篇小说作品中，他强调了科技伦理的重要性。他以自己的作品中的一系列荒诞离奇的情节和事件说明：科学技术本是用来为人类造福的，但是如果科学研究中缺乏伦理道德的制约、缺乏科技伦理的理念，那么科学研究不仅不能为人类服务，反而只会给人类造成无尽的伤害，甚至灾难。

## 一、讽刺艺术还是伦理警示？

布尔加科夫（Михаил Булгаков）在 20 世纪世界文学中占有独特的地位。"布尔加科夫是富有魔幻技巧的大师之一。"[②]他的作品构思精巧，想象丰富，常常超出常理，打破现实与幻想的界限，充满怪诞和离奇，以此审视人类社会。如中篇小说《魔障》（Дьяволиада）就以

---

[①]　Л. В. Губианури. *Михаил Булгаков*. Киев：Юма Пресс，2004，с. 3.

[②]　Svetlana Le. Fleming，"Bulgakov's Use of the Fantastic and Grotesque," *New Zealand Slavonic Journal* 2（1977）：29.

离奇怪诞的情节和虚实交加的书写,表现了伪劣产品对于大众生活的影响,以及普通民众与官僚机器的矛盾与冲突。所以,对待布尔加科夫的这类小说作品,学界大多强调布尔加科夫作品中的讽喻特色。譬如,在论及《不祥之蛋》时,有些学者将作品中佩尔西科夫教授在科学研究中的有关"红光"的发现,看成"对布尔什维克社会主义实验的一种影射"①。

类似的评论是牵强附会的。其实,布尔加科夫是一位在20世纪初期就开始关注科技伦理的作家,尤其在一些幻想型的作品中,科技伦理问题一直是他关注的焦点问题。科技伦理的理念尽管在其代表作《大师与玛格丽特》中也有所涉及,但是最为集中体现在他于1923年至1925年创作的被视为"魔幻三部曲"②的《魔障》《不祥之蛋》《狗心》这三部中篇小说中。这三部中篇小说都涉及了人类知识在运用过程中应该遵守的基本道德原则,一旦违背了这一原则,一味为了政治和经济的利益,或者为了一己私利,进行不负责任的科技活动或科技生产,那么就会让人类为此付出沉痛的代价。

三部曲中的每部小说各有侧重,《魔障》中所涉及的是假冒伪劣产品的问题,《不祥之蛋》中所涉及的是科学实验问题,而《狗心》中所涉及的则是医学科技中的器官移植问题。

在布尔加科夫的中篇小说《魔障》中,所叙述的是制造假冒伪劣商品以及由此引发的严重的后果。俄罗斯文学界的评论中,大

---

① Edythe C. Haber, "The Social and Political Context of Bulgakov's 'The Fatal Eggs'," *Slavic Review* 51. 3 (Autumn, 1992):497.

② 《恶魔纪》也被译为《魔障》。我国学者温玉霞在其专著《布尔加科夫创作论》中写道:"布尔加科夫在20年代中期完成了被称为荒诞、怪异、讽刺、魔幻三部曲的中篇小说《恶魔纪》《不祥的蛋》《狗心》。"(温玉霞:《布尔加科夫创作论》,上海:复旦大学出版社,2008年,第85页)

多强调这部作品所具有的对官僚主义的讽喻意义,却忽略了作品中科技生产的警示价值,认为:"《魔障》所书写的是果戈理笔下的'小人物'在苏联官僚主义机器压制下的疯狂和死亡。"①此处的"小人物"指的是火柴基地的文书克罗特科夫。他因单位发不出薪水,便领回了以货物代替工资的四大包火柴。他的邻居在酒厂工作,同样因工厂发不出工资,领回的是 46 瓶替代工薪的葡萄酒。卑微的公务员克罗特科夫,为了基本的生存,顽强地奔波,可是以卡利索涅尔为代表的官僚主义者处处设置"魔障",使得克罗特科夫的日常生活步履维艰。他与当时的社会,尤其是官僚主义机器发生了严重的冲突,并且最后以失败而告终。应该说,克罗特科夫的悲剧是由于生产活动中违背科技伦理而造成的。伦理违背(ethical violation)贯穿着这部小说的始终。在作品的起始,"火柴基地"违背科技伦理,在火柴生产过程中,逾越底线,全然不顾火柴生产的特性,以及火柴使用中应该具有的安全保障,一味地追求产能,从而制造劣质产品,使得火柴中的硫黄严重超标。在劣质产品已经被他人知晓,无法进行正常销售的情况下,工厂的主要领导竟然将这些极具危害性的劣质火柴产品冲抵工资摊派给内部职工。克罗特科夫正是因为使用这些劣质火柴,使得自己的一只眼睛受伤。紧接着,正是因为眼睛受伤,他在火柴基地才将新来的厂长的名字"内库"错当成"内裤","致使重要文件引起令人发指的误解"②,次日,鉴于不能容忍的"玩忽职守"以及因眼睛受伤半边脸绑上了绷带,而被新来的领导开除公职。

---

① Борис Соколов. *Михаил Булгаков: загадки судьбы*. Москва: Вагриус, 2008, с. 270.

② 布尔加科夫:《布尔加科夫文集》第 2 卷,曹国维、戴骢译,北京:作家出版社,1997 年,第 10 页。

同样，由于他到邻居家推销火柴，却得到了同样作为冲抵工资的假冒的葡萄酒。正是这些假冒葡萄酒的作用，使得克罗特科夫陷入困境，游离于真实与幻想之间，他要求复职而追逐的卡利索涅尔，也成了两个相同的人物，甚至其中一个还变成了一只拖着长尾巴、皮毛亮闪闪的大黑猫。最后，幻想着与卡利索涅尔作战的克罗特科夫，完全丧失了对自己伦理身份的认知，终于从高楼终身跳了下去，成为官僚主义违背科技伦理的牺牲品。"克罗特科夫成了现代官僚主义机器的牺牲品，在主人公模糊不清的意识中，与之冲突的官僚主义机器变成了一种难以捉摸的魔力，一道无法逾越的魔障。"[①]

在《魔障》这部小说的结尾，作者写道："阳光灿烂的深渊是那么吸引着克罗特科夫，他简直喘不过气来。随着一声胜利的尖叫，他纵身一跳，腾空飞了起来。一刹那间，他无法呼吸了。他模糊地、非常模糊地看到，一个有许多黑洞的物体像爆炸似的在他身旁向上飞去。接着他非常清楚地看到，那个灰色物体掉到下面去了，而他自己则正向头顶上方那条缝隙的小巷飞升。接着血红的太阳在他脑袋里咚的一声崩裂，于是他再也没有看到什么。"[②]这部小说充分说明，包括商品生产在内的一切科技活动，必须坚守科技伦理。缺乏基本的科技伦理道德理念，难以为人类造福，只会适得其反。

中篇小说《不祥之蛋》(*Роковые яйца*)也是如此，它不是一般意义上的科幻讽刺小说，作品中的讽刺描写甚至只是表层的内容。这部作品所着重探讨的是科学与自然之间的关系，对这一关系的

---

① 王宏起：《〈魔障〉：怪诞小说的精品》，《外国文学评论》2003年第3期，第73页。
② 布尔加科夫：《布尔加科夫文集》第2卷，曹国维、戴骢译，北京：作家出版社，1997年，第46页。

探讨,在一定程度上有着对官僚主义的讽刺,但更为重要的是,对人类科技活动的一种警示。科学可以用来改造自然,为人类造福,但是如果违背科学精神和自然原则,滥用职权,急功近利,那么无疑会给人类带来灾难。

以器官移植这一题材为中心创作的《狗心》(Собачье сердце)更是如此。这部作品在一定程度上体现了布尔加科夫在弃医从文之后对医学一如既往的眷恋。对于这部作品,学界所普遍赞赏的是其中的怪诞和黑色幽默,我国学者的观点具有一定的概括性:"在《狗心》中建立了一种医学乌托邦和社会乌托邦理论,成功地运用滑稽、怪诞、荒诞、讽刺、模拟来描述与刻画主要的人物和事件,借以讽刺当时的社会政治风气。他一方面继承俄罗斯批判现实主义传统,将社会现实作为表现和批评的主要对象;另一方面又兼容现代主义艺术手法、以荒诞、讽刺的手法拟造狗变人的故事,制造黑色幽默效果。"[1]

但是,我们还应该看到,这部作品并非在此刻意制造黑色幽默,而是强调科技伦理的重要性,以及科技活动中不可逾越的伦理底线。因为一切科学技术如果缺乏伦理道德,它不仅不能为人类服务,反而只会给人类造成伤害。甚至连作品中的主人公也不例外。我们阅读作品可以发现,三部作品的主人公都是悲剧主人公。其中,《魔障》的主人公克罗特科夫和《不祥之蛋》的主人公佩尔西科夫教授都是以死亡为终结的,只有《狗心》中的主人公——医学教授普列奥布拉任斯基最后安然无事。不过,我们认为,《狗心》中真正的中心主人公并非教授普列奥布拉任斯基,而是从"萨里克"演变而来的具有"狗心"的萨里科夫。《狗心》始于"萨里克"的独

---

① 温玉霞:《布尔加科夫创作论》,上海:复旦大学出版社,2008年,第92页。

白,而终于萨里科夫的还原术后的感悟。

## 二、自然原则与科技伦理

布尔加科夫的小说艺术是极具创新意识的。他的创新意识在于他的创作能够紧扣时代的脉搏,关注新的现实问题。"布尔加科夫在新的时代思考'生存与命运',从而具有新的小说形态,并且由此引导出独具一格的观点。"①从布尔加科夫的三部曲中,我们可以看出,他的作品中的令人启迪的独特之处在于强调科学精神和伦理道德的一致性。科学的探索要经得起伦理道德的监督和审视,科技生产和科技实验以及相应的科学研究,一定要遵循科技伦理。所谓科技伦理,是指"科技创新活动中人与社会、人与自然和人与人关系的思想与行为准则,它规定了科技工作者及其共同体应恪守的价值观念、社会责任和行为规范"②。

1925 年,布尔加科夫在《俄罗斯》杂志上发表的中篇小说《不祥之蛋》,是一部在当时受到高度关注的作品,譬如,高尔基就盛赞这部作品"写得机智、精巧"③,但是,这绝不是针对作品风格而言的,机智也好,精巧也罢,甚至连科幻本身,都不是作家创作的目标,他是力图通过这些要素,来探索作品中所描述事件的历史意义。在《不祥之蛋》这部作品中,作者所倾心的,是对科学精神与自然法则之关系的严肃探索。尽管这部作品被视为一部情节怪诞的讽刺性科幻作品,但是,所表现的就是缺乏科学精神以及对抗自然法则的

---

① В. Гудкова. "Апология Субъективности: О лирическом герое произведений М. А. Булгакова," *Revue des études slaves*. 65. 2 (1993), с. 357.

② 李磊:《科技伦理道德论析》,《理论月刊》2011 年第 11 期,第 88—89 页。

③ В. И. Сахаров. *М. А. Булгаков в жизни и творчестве*. Москва: Русское слово, 2013, с. 32.

严重后果。作品所描写的是一次科学实验。莫斯科动物研究所的领导佩尔西科夫教授发现了一种神奇的红色的"生命之光",这种红光的一个重要特性是:在该光的照射下,生物能够迅猛地生长。

这本是一个尚处观察和研究阶段的科研活动,然而这一项目成果不是被专业刊物推出,而是被新闻媒体所广泛报道。"《消息报》在第二十版的《科技新闻》栏目内发表了一条介绍这种光的简讯。简讯谈得很笼统,仅说第四大学有位著名的教授发明了一种可以大大提高低级生物生命力的光,不过这种光还有待试验。"①

消息见报后,佩尔西科夫教授不得不遭遇各路媒体的采访。经过记者们的胡编乱写,这一事件逐渐发酵。

尽管该项科学试验还不够成熟,可是媒体对此大肆吹嘘,说这种"生命之光"可以改变人类生活。于是,一个从克里姆林宫派来的不学无术的外行领导罗克,为了一己私利,急于将这项科研成果运用到国营农场的生产中去,妄想孵生鸡蛋,以其弥补由于爆发鸡瘟而带来的经济损失,弥补共和国养鸡事业方面的缺陷。结果,孵出来的不是小鸡,而是蟒蛇。蟒蛇以惊人的速度繁殖、生长,蔓延到各地农庄,最大的甚至长达百米,它们一窝蜂地向四方游动,吞噬、毁坏周围的一切,并且威胁到莫斯科,因为它们成群结队地向莫斯科进发,一路上又产生出无数的蛇蛋,蛇蛋又孵出无数的咝咝作响的蟒蛇。

在科技伦理的基本理念中,人们必须遵守人与自然的关系。在所有的科技活动中,不能忽略自然原则的作用。在布尔加科夫看来,正是由于克里姆林宫派来的不学无术的外行领导罗克既违

---

① 布尔加科夫:《布尔加科夫文集》第 2 卷,曹国维、戴骢译,北京:作家出版社,1997 年,第 119 页。

背了科学精神,又违背了自然原则,因而导致了灾难性的后果,甚至使得莫斯科都面临毁亡的危机。而且,在面临如此危机的时刻,违背了科学精神的科学家常常无能为力,而唯有在遵从自然原则的前提下,才会避免灾难的发生。于是,在布尔加科夫的笔下,政府派来的特种部队无论怎样对无数咝咝作响的蟒蛇进行扑灭,都毫无成效。正当大家惶恐不安、一片混乱,灾难就要降临之际,在八月的日子里,却突然袭来了北极的特大寒流,冻死了所有可怕的怪物,避免了一场即将降临的灾难。在此,布尔加科夫所强调的是自然的力量,正是大自然本身,面对违背自然原则的行为进行及时的干预和修正,才避免了灾难的蔓延。

然而,布尔加科夫并没有就此止步,他进一步通过后续事件的描写,强调在科技伦理中,人与人以及人与社会之间的和谐关系是不可缺失的。一旦缺乏这样的和谐关系,就必然为新的灾难性事件埋下隐患。在《不祥之蛋》中,科学家在办公室里"发现"的红光,绝对不可能成为"生命之光",因为在大自然中,真正的"生命之光"——阳光,是大自然所创造的,也是大自然所赐予人类的。正因如此,有学者直接声称:"佩尔西科夫的'生命之光'不过是艺术之光。"[1]更有学者看到了佩尔西科夫的研究具有闭门造车的嫌疑。"佩尔西科夫对于实验室大门之外的情形不感兴趣,他所需要的只是一个无菌的环境,以便摆脱阻碍他研究的事项,倾心从事科学实验。"[2]一切违背自然规律的人为的创造,只能是臆想,也只能受到大自然的嘲弄。更为重要的启示在于,当人类的科学技术已经无

---

① В. И. Сахаров. *М. А. Булгаков в жизни и творчестве*. Москва: Русское слово, 2013, с. 34.

② Eric Laursen, "An Electrician's Utopia: Mikhail Bulgakov's *Fateful Eggs*," *The Slavic and East European Journal* 56. 1 (Spring 2012):63.

能为力,而作为大自然代表的"特大寒流"却能冻死怪物,进行必要的自我修复,并且挽救了人类,在此之后,布尔加科夫笔下的故事并没有结束。在事后调查事故责任的时候,嫉妒佩尔西科夫教授才能的伊万诺夫副教授采用诬告、陷害等手段,将责任推向了教授。在伊万诺夫的恶意煽动下,不明真相的愤怒的人们打死了佩尔西科夫教授。伊万诺夫也成功地获取了动物研究所的领导岗位。可见,"在新的社会时代,新的社会秩序和新的伦理道德关系遭到破坏带来的后果是极其严重的"①。布尔加科夫的这部作品充分说明,在具体的科研活动中,一定要遵守必要的道德规范。"科技人员在科研活动中涉及个人与集体的关系时,要以最广大人民群众的利益为出发点和归宿,并把能否为人类造福作为评价自己科技实践善恶、正邪的最高道德标准。"②

## 三、社会秩序与科学选择

出于自己的自然科学的学术背景,布尔加科夫在 20 世纪 20 年代的时候,是以一位对科学技术问题极为关注的作家的形象呈现在读者面前的。早在 1923 年,当原子弹尚未出现,甚至极少被人提及的时候,他就在自己的作品《基辅城》中,提及了"原子弹"这一人类源于尖端科学而制造的杀人武器,正如俄罗斯学者萨哈洛夫所说:"布尔加科夫是一位聚精会神的读者,他不放过 20 年代的任何一部稍纵即逝的科幻作品。"③

---

① 聂珍钊:《文学伦理学批评导论》,北京:北京大学出版社,2014 年,第 185 页。
② 王学川:《现代科技伦理学》,北京:清华大学出版社,2009 年,第 38 页。
③ В. И. Сахаров. М. А. Булгаков в жизни и творчестве. Москва: Русское слово, 2013, с. 31.

《狗心》这部中篇小说所描写的是医学教授普列奥布拉任斯基在自己的实验室里所做的器官移植手术。

《狗心》创作于 1925 年，但是一直未能获得面世的机会。直到 1987 年，当布尔加科夫作为杰出作家的地位得到普遍认可的时候，这部重要的作品才得以正式出版。作品中的主要形象之一普列奥布拉任斯基这一姓氏源自"转换""换貌""脱胎换骨"之意。这一名字本身就道明了这部作品的主题和情节结构。作品的开头，布尔加科夫以第一人称书写一条流浪狗在冬天的日子里被一名厨师用沸水烫过，绝望地躺在门洞里，不停地哀号，可怜地等待着自己末日的降临。"它彻底绝望了，内心是那么痛苦，那么孤独和恐怖，一滴滴丘疹大小的狗泪夺眶而出。"[①]令人震惊的是，普列奥布拉任斯基见此情形，给了狗一截香肠，于是极度兴奋的流浪狗就跟随他到了他的住处。普列奥布拉任斯基教授是医学权威，他所擅长的是器官移植，在作品中，我们可以见到他给形形色色的人治病，其中包括给女性"移植一副猴子的卵巢"[②]。

与此同时，一个名叫克里姆·丘贡金的无赖汉因为酗酒而意外死亡。为了探明人、狗移植后能否成活以及能否恢复青春等问题，继而研究进化论以及优生理论等课题，教授开始进行大胆的试验，将克里姆·丘贡金的性腺和脑垂体移植到了这条四处流浪、跟随他来到他家中的狗的身上。结果，这条狗出现了"人化"倾向，变成了一个具有"狗心"的人。这个具有"狗心"之人被取名为萨里科夫。应该说，就移植手术本身而言，这次手术是相当成功的，狗的

---

① 布尔加科夫：《布尔加科夫文集》第 2 卷，曹国维、戴骢译，北京：作家出版社，1997 年，第 197 页。

② 布尔加科夫：《布尔加科夫文集》第 2 卷，曹国维、戴骢译，北京：作家出版社，1997 年，第 213 页。

适应性能也显得良好。然而,就科学伦理而言,这一手术是违背科学精神的,不应该制造这样的具有"狗心"的人。于是,医学教授不仅没有感到高兴,反而忧心忡忡,因为这个萨里科夫徒具人形,狗性不改,其后还逐渐继承了原器官所有者克里姆·丘贡金所具有的一切恶习,变得粗野、撒谎、好色、无耻,而且经过教授的对头施翁得尔的"调教",变得为非作歹,干尽了一切坏事,甚至诬告教授"私藏枪支"、发表反革命言论,尤其是这个萨里科夫当上了"清除流窜动物科"科长的时候,更是趾高气扬,不可一世,甚至利用职务之便,欺骗并威逼一位姑娘嫁给他。最后,普列奥布拉任斯基教授经过极为艰难的搏斗,不得不对这条狗做了第二次手术,改变了这个具有"狗心"的人,让其还原为狗。

在论及布尔加科夫的三部曲时,西方有学者认为:"三部曲囊括了拟人法和拟物法的运用,抹除了物种之间的界限,解构了进化与衰退的二元关系。"①类似的评说是有失公允的。在人类文明的发展进程中,人之所以为人,是"自然选择"的结果。人类经过自然选择,成为人之后,为了适应人类的道德规范,所面临的是伦理选择。而在布尔加科夫的《狗心》等作品中,强调了伦理缺失的悲剧。"萨里科夫"作为一个具有"狗心"的人,这一器官移植的结果本身就是颠覆了人类文明进程中的"自然选择"和"伦理选择",违背自然和伦理的技术无疑是有害于人类的。"萨里科夫"是姓氏,其名字为"波利格拉夫"(Полиграф)。在俄语中,"поли"这一词根本身就含有"技术"之意,"полиграф"则意为"复写器"或医学中的"多种波动描记器",这从一个侧面暗示:离开了自然原则的技术是极为

---

① Stehn Mortensen, "Whether Man or Beast: The Question of the Animal in Three of Bulgakov's Novellas," *Scando-Slavica* 62. 2 (2016):224.

有害的。

　　我们从"魔幻三部曲"中可以看出，早在 20 世纪 20 年代，布尔加科夫就以自己敏锐的感悟，意识到了科学与人类之间的辩证关系。一方面，人类要发展科学，科学选择（scientific selection）是人类发展的必经之路，"科学选择是人类文明在经过伦理选择之后正在或即将经历的一个阶段。在人类文明的发展过程中，自然选择解决了人的形式的问题，从而使人能够从形式上同兽区别开来。伦理选择解决了人的本质问题，从而使人能够从本质上同兽区别开来。科学选择解决科学与人的结合问题"①。另一方面，科学选择离不开科技伦理的支撑和制约。"科学选择强调三个方面，一是人如何发展科学和利用科学；二是如何处理科学对人的影响及科学影响人的后果；三是应该如何认识和处理人同科学之间的关系。"②没有经历科学选择的人，是无法以掌握先进的科学技术来造福于人类的，而经历了科学选择的人则不同，"在接受科学影响或改造的同时，也可以主动地掌握科学和创造科学，让科学为人服务"③。

　　人们总是说，科学技术是第一生产力。自工业革命以来，科学技术极大地造福于人类，使得人类有了飞跃式的发展，与此同时，科学又以其无形之手掌控着人类的生活，成了人类的一个新的主宰，受到人们的崇拜。然而，进入 20 世纪之后，尤其当科学技术被大量运用于人们所经历的世界大战，不断以其制造新式武器的时候，人们便对科学技术产生了畏惧之情，譬如核试验就成了人们感到惧怕的科学试验。"自 1951 年至 1963 年，美国在内华达州进行了超过一百次的地面核试验。……1991 年，医学界的研究表明，美

---

①　聂珍钊:《文学伦理学批评导论》,北京:北京大学出版社,2014 年,第 251 页。
②　聂珍钊:《文学伦理学批评导论》,北京:北京大学出版社,2014 年,第 251 页。
③　聂珍钊:《文学伦理学批评导论》,北京:北京大学出版社,2014 年,第 252 页。

国这长达 12 年的核武器试验,将会额外增加世界上二百四十万人的癌症死亡。"①布尔加科夫的"魔幻三部曲"充分说明,科学技术既能为人类造福,也能成为人类进步历程中的"魔障"。事实证明,科学技术在给人类创造更多的财富以及带来更好的物质文明的同时,也带来了运用于现代战争的杀人武器,以及引发环境污染和人类生存条件的恶化。因此,布尔加科夫"魔幻三部曲"的启迪意义是极为深刻的。人类自从进入 20 世纪之后,实际上已经进入科技革命的时代,面对科技革命,我们不得不做出相应的选择,而不是逃避,我们必须认识到:"由于科学技术的发展,科学选择的时期已经来到,我们每一个人不仅都要经历这个阶段,还要努力通过科学选择使人类变得完善。"②为了使得人类生活变得更为完善,我们在科技发展和科技活动中,必须强化科技伦理的制约,以科技伦理进行权衡,弘扬科技活动的正面效益,并且扼制它的负面影响。正是由于急功近利,缺乏科技伦理的制约,在布尔加科夫的《不祥之蛋》中,在相应的科学技术还不成熟的情况下,过分强调科研成果的运用,结果导致蟒蛇泛滥成灾,莫斯科差点毁于一旦。中篇小说《狗心》中的教训同样令人难以忘怀。在没有科技伦理制约的前提下,普列奥布拉任斯基教授进行违反伦理道德的科学实验,通过高科技医学活动,将"萨里克"变成了"萨里科夫",然而他将作为"狗"的萨里克变成了具有人形的萨里科夫的行为,实际上是对自然选择的颠覆,为此,必须付出沉重的代价。他最后不得不再次通过手术,将"萨里科夫"还原为"萨里克"。但是,我们应该看到,如果说他的第一次器官移植的行为属于缺乏科技伦理制约的"伦理违背"

① Kristin Shrader-Frechette, *Ethics of Scientific Research*, London: Rowman & Littlefield Publishers, Inc., 1994, p. 1.

② 聂珍钊:《文学伦理学批评导论》,北京:北京大学出版社,2014 年,第 252 页。

的行为,那么他的第二次器官还原的行为已经属于典型的严重刑事犯罪行为。因为对已经成为人类一员的萨里科夫采取类似的器官移植手术,其性质与杀人犯罪毫无二致。这一行为的潜在的风险以及将会对社会秩序所造成的影响是显而易见的。普列奥布拉任斯基教授并没有因此得到应有的法律惩处,这其中的寓意是令人深思的。

"魔幻三部曲"的伦理警示是极为强烈的。布尔加科夫的《魔障》和《不祥之蛋》告诫我们,在科技产品和相应的科技活动中,我们不仅要杜绝违背科学原则的行为,也不能急功近利,更不能被不懂科学的官僚所利用;布尔加科夫的《狗心》更是告诫我们,在器官移植以及生物医学等现代科技活动中,更要遵循科技伦理,否则,社会秩序就会遭到破坏,轻则造成对个体生命的伤害,重则引发难以估量的灭绝人类的灾难。可以说,布尔加科夫的警示是振聋发聩的。

综上所述,随着时代的发展和科学的进步,科学选择成为必然。但是,在科学选择中,如果没有科技伦理的制约,从而造成"伦理违背",那么人类的灾难在所难免。世界文学史上有一些先知先明的作家,早已意识到科技伦理的重要性及其制约作用,而布尔加科夫在 20 世纪 20 年代所创作的由《魔障》《不祥之蛋》《狗心》所构成的"魔幻三部曲",更是以独到的视角,审视了这一重要问题。他通过生物实验、器官移植等具体事例,告诫我们,科学研究以及科技成果运用中的伦理缺失,将会给人类带来毁灭性的灾难。

(原载于《外国文学研究》2019 年第 5 期)

# 古罗斯的终结:17 世纪俄罗斯文学的历史性转型

俄罗斯文学的产生是以古代俄罗斯国家——"基辅罗斯"的建立为前提的。《剑桥俄国文学史》的编者认为:"俄国文学的起始年份,是传统的富有政治色彩的年份:公元 988 年。这是基辅罗斯确定基督教为国教的年份。"[1]从 10 世纪到 17 世纪,在西欧文学史中,属于中古文学时期和文艺复兴时期。而同一时期的俄罗斯文学,则被称为"古罗斯文学"(литература Древней Руси)。这一古罗斯文学之所以终结于 17 世纪,并且在其后的 18 世纪迈向近代文学,与 17 世纪俄国社会历史语境以及俄罗斯文学的历史性转型不无关联。

## 一、作家自我意识的萌发与文学独立价值的提升

普希金说:"我国的文学是在 18 世纪突然出现的,这极似俄国贵族的出现,没有祖先,也没有谱系。"[2]普希金在此所说的没有祖

---

[1]　Charles A. Moser ed., *The Cambridge History of Russian Literature*, Cambridge: Cambridge University Press, 1996, p. vii.

[2]　普希金:《普希金全集》第 6 卷,沈念驹、吴笛主编,杭州:浙江文艺出版社,2012 年,第 219 页。

先和谱系,尽管较为片面,但主要是着眼于俄罗斯文学传统而言的,是着眼于俄罗斯古代文学发展的现状而发出的感慨。而俄国文学在 17 世纪从古代到近代的历史性转型中,世界文学,尤其是西欧文学的作用是显而易见的。

起始于 10 世纪的古罗斯文学在 17 世纪得以终结,与俄国社会历史语境密切相关。16 世纪初,莫斯科大公瓦西里三世最后收复普斯科夫和梁赞,统一的俄罗斯国家得以最终形成。在此之后,又有一些地区不断加入俄罗斯国家。一方面,新加入的地区带来了新的要素,新的习惯,新的风俗,新的艺术;另一方面,如喀山、阿斯特拉罕等原先非属于俄罗斯的新的地区的加入,加深了内在矛盾。到了 17 世纪,矛盾激化,各种形式的农民起义不断爆发,比较著名的有 17 世纪之初的声势浩大的波洛特尼科夫农民起义,以及六七十年代更为壮阔的拉辛领导的农民起义。于是,中央集权的巩固以及对中央集权的反抗,体现在这一时期作家所创作的许多文学作品中。而 17 世纪 80 年代起彼得大帝执政后所实施的改革开放决策,更使俄罗斯文学开始走出故步自封的窘境,开始了向世界先进文化学习的进程,从而极大地影响了俄罗斯文学的走向。

独特的时代语境促使 17 世纪的俄罗斯作家充分意识到自己作为作家的职责,"17 世纪作家的自我意识几乎达到了新时期的水准"[1]。17 世纪后期,文学自身所具有的独立的意义得到了人们充分的认可,因而各种题材的以现实生活为根基的文学作品开始呈现出来,即使是宗教题材的作品,也开始具有了宗教教谕小说的丰富内涵。

---

① Д. С. Лихачев и др. ред. *Библиотека литературы Древней Руси*. Т. 15: XVII век. СПб.: Издательство Наука, 2006, c. 8.

就文化氛围而言,在 17 世纪,西欧文学中大量的世俗性文学作品,包括骑士小说,都开始被译介到俄国,引发了文学创作方面的显著变化。根据俄罗斯学者统计,整个 16 世纪,翻译成俄文的作品只有 26 部,17 世纪上半叶,翻译成俄文的作品为 13 部,而 17 世纪下半叶,翻译成俄文的作品达到 114 部。[①] 由此可见,17 世纪下半叶俄国文坛发生的变化多么剧烈。相应地,17 世纪下半叶,俄国文学在创作题材方面,也开始从宗教题材以及反抗异族战争的英雄题材逐渐向日常生活题材转向。

就宗教题材向世俗题材转向而言,17 世纪的文学创作对于俄罗斯文学的发展,是一个重要的转折点。正是在这一世纪,文学自身所具有的独立意义和独立价值在社会上得到了人们充分的认可,文学与现实生活之间的关系也得到了充分的重视。于是,人们已经开始意识到,文学不再是宗教神学的奴仆,不再是阐释经文的附庸,也不再等同于具体的事务写作。由此,散文体作品的创作被赋予了更大的自由。在形式上,这一时期的作品打破了前期宗教文学的种种陈规和限定,作家们不断进行开拓创新,开始创作情节结构更为丰富、思想意识更为深邃、创作技艺更加娴熟、人物性格更加丰满的作品,譬如《萨瓦·格鲁德岑的故事》(*Повесть о Савве Грудцыне*)、《戈列·兹洛恰斯基的故事》(*Повесть о Горе-Злочастии*)等小说便充满了时代精神和生活气息。而且,诸如《萨瓦·格鲁德岑的故事》等小说作品,还被一些学者视为"俄罗斯文学史上长篇小说创作的最初尝试"[②]。而《俄国长篇小说发展史》直

---

① Ю. Д. Левин ред. История русской переводной художественной литературы. Древняя Русь. XVIII век. Проза. Т. 1. СПб.: Дмитрий Буланин, 1995, с. 117.

② Н. И. Пруцков ред. *История русской литературы в четырех томах*. Т. 1. Ленинград: Издательство Наука, 1980, с. 228.

称其为"第一部俄罗斯长篇小说","其中,无疑有着未来长篇小说的多种萌芽的成分"①。

《萨瓦·格鲁德岑的故事》创作于 17 世纪 70 年代,其中描写了 17 世纪上半叶丰富多彩的社会历史事件以及日常百姓的生活情景,作品中的同名主人公萨瓦·格鲁德岑是浮士德似的人物,他将自己的灵魂出卖给魔鬼,但并不是为了获取知识,而是为了权势和享乐。不过,尽管魔鬼对他精心侍候,他最终还是幡然醒悟,在修道院中得到了灵魂的拯救。从作品的内容可以看出,这部作品尽管属于宗教教谕小说的范畴,但作者尤为关心年轻人的成长及其命运。

诗体作品《戈列·兹洛恰斯基的故事》也在一定程度上书写了年轻人的命运。在这部作品中,故事情节的引子是叙述与亚当和夏娃有关的圣经故事。作者书写他们如何违背上帝的意志而犯下了原罪,并被逐出乐园遭受苦难,但更为主要的,是强调这一原罪所产生的后果以及对于人类进步的意义。在情节的引子之后,作品转向了一对夫妇对一个年轻人的教诲。父母告诫这个年轻人要杜绝罪孽的行为,不可酗酒,不可纵欲,不可偷窃,不可撒谎,更不可对父母不敬。

而这个年轻人就是作品的主人公。在作品中没有出现过他的姓名,只是称他为年轻人。他因为不愿遵从父母循规蹈矩的告诫而离家出走,随身带了很大数目的金钱。因为有钱,他纵酒作乐,身边围着一帮狐朋狗友。年轻人逐渐堕落,他耗尽了钱财,那群朋友也纷纷离他而去。他也只好动身去了异乡,寻求生存。

---

① А. С. Бушмин и др. *История русского романа*. Том 1. Москва-Ленинград: Издательство Наука, 1962, с. 41.

主人公在异乡开始了新的生活,经过努力,他积攒了很多钱财,于是他产生了结婚的念头。然而,在婚礼上,他又犯下了一个新的错误:炫耀自己的财富。由于他不加克制地自我吹嘘,于是引起了魔鬼戈列·兹洛恰斯基的注意。魔鬼跟随这个年轻人的行踪,关注他的一举一动,唆使他去干坏事。在梦中,戈列·兹洛恰斯基先是以自己的身份出现在年轻人的眼前,后来又以天使长加夫里尔的身份出现。经过最后一次变化,年轻人开始遵从戈列·兹洛恰斯基的理念,挥金如土,纸醉金迷,最后落得一贫如洗。

衣不遮体、食不果腹的主人公只想投河自尽,了此一生,这时,该年轻人后悔莫及,不过,这个时候,魔鬼戈列·兹洛恰斯基又出现在年轻人跟前,并且与他签订了一份条约,答应供他吃喝玩乐,但是要求他必须绝对服从魔鬼的意志。这一情形,就像歌德《浮士德》中的浮士德与靡非斯特所达成的契约。于是,这位年轻的主人公被带到另一岸边,有吃有喝,但是受到魔鬼的管教,这使他回想起自己的父母,他想回到父母的身边,但是这一点没有得到戈列·兹洛恰斯基的准许。然而,年轻的主人公下定决心去了修道院,成为一名僧侣。直到这时,戈列·兹洛恰斯基才永远地离他而去。

同样,《戈列·兹洛恰斯基的故事》尽管具有宗教教谕的内涵,但是其中已经开始有了对日常生活的关注,尤其是其中所塑造的年轻人这一形象不愿循规蹈矩,体现了探寻新的生活方式的时代精神,典型地反映了17世纪文学不满现状、勇于探索的这一重要转型。

## 二、从宗教题材向世俗生活的转型

《戈列·兹洛恰斯基的故事》这部作品在一定意义上标志着17世纪俄罗斯文学宗教题材向日常生活题材的转型。在此之后,俄罗斯文坛开始陆续出现了一些纯粹描写世俗生活的作品,在文学史上称为"世俗小说"(бытовая повесть)。文学作品从而有了坚实的现实意义。其中比较典型的作品有《卡尔普·苏杜洛夫的故事》(Повесть о Карпе Сутулове)、《弗罗尔·斯科别耶夫的故事》(Повесть о Фроле Скобееве)等。

在《卡尔普·苏杜洛夫的故事》中,卡尔普·苏杜洛夫是一个富裕的商人,他与妻子塔吉雅娜相亲相爱,但是苏杜洛夫有段时间需要到外地经商,他找到了好友阿法纳西,请求他在必要的时候在经济方面能够帮助塔吉雅娜,等他回来之后必然加倍酬谢。阿法纳西满口答应了。丈夫走后,塔吉雅娜为了打发时日,经常举行聚会,邀请女士们参加,花费较大。三年之后,家里的余钱花完了,塔吉雅娜想起了丈夫临行时的嘱咐,于是前往丈夫好友阿法纳西家里借钱。阿法纳西同意借钱,但是附加了一个条件:要求塔吉雅娜同他睡一晚上,就借一百卢布。可怜的女子非常为难,于是说,她需要同神父商量一下。

塔吉雅娜将自己与阿法纳西借钱的经历告诉了神父,谁知神父说,同他睡一个晚上,就可以借到二百卢布。十分惊讶的塔吉雅娜只得跑去找大主教。当她将自己借钱的经历告诉大主教之后,大主教却开口对她说,他在同样的条件下,可以借给她三百卢布。在这种情况下,塔吉雅娜只得依靠自己的才智,巧妙地捉弄了三个男人,并且获得了急需的金钱。

在这部题为《卡尔普·苏杜洛夫的故事》的作品中,尽管是以富商卡尔普·苏杜洛夫的名字为题名的,但是实际上作品所重点讲述的是富商的妻子塔吉雅娜的故事。在 17 世纪的文学作品中,虽然没有作为题名,但是能以女性作为作品的主人公,这一事实本身就充分说明了时代的进步,更何况是与后来普希金诗体长篇小说《叶甫盖尼·奥涅金》中的女主人公同名的塔吉雅娜，在这部作品中被塑造成一名忠贞且聪颖的女性形象。相比较而言，其中的三个男性却是有悖于自己身份的小人。塔吉雅娜面对困境，不屈不从，在极为不利的条件下，经过思索和精心设计，借助于时间的巧妙安排，将三个男人约来之后，又使得他们不得不躲进了箱子里面，让他们因贪欲以及背信弃义而付出了应有的代价。

在《弗罗尔·斯科别耶夫的故事》这篇小说中，所叙述的是主人公弗罗尔·斯科别耶夫为了改变现实生活的困境而做出的一系列有悖于传统贵族道德观念的抉择。

斯科别耶夫是一名住在诺夫哥罗德的没落贵族。住在此地的还有大贵族——御前大臣纳尔金·纳肖金，他的女儿安努施佳待字闺中。弗罗尔·斯科别耶夫为了改变自己的生活困境，就想打安努施佳的主意，通过婚姻来实现自己改变命运的愿望。他想方设法，结识了纳尔金·纳肖金的管家，并且通过贿赂安努施佳的奶妈，终于在一个圣诞节节期，以男扮女装的方式，混进大贵族家庭举办的晚会，接近安努施佳，并利用举办游戏的机会，骗取了她的爱情。他由于地位低微，无法明媒正娶，所以，只能利用恰当的机会，弄到了一辆四轮马车，接走了安努施佳，与她暗中成婚。安努施佳的父亲纳尔金·纳肖金虽然怒火中烧，百般刁难，但是迫于木已成舟，只能容忍这门婚事，认了这个"女婿"。弗罗尔·斯科别耶夫和安努施佳获赠了大笔财产和两块领地，从而过上了安逸的生活。

作者在这篇小说中，重点不是揭示主人公弗罗尔·斯科别耶夫如何欺骗，而是反映弗罗尔世俗的选择以及他的机智与狡黠。而且，作者注重对人物性格的刻画，无论是弗罗尔·斯科别耶夫还是作品中的女主人公安努施佳，都表现出了一定的个性特征，两者都具有反抗传统道德观念、注重现实生活意义的倾向。虽然这些表现世俗性的文学作品艺术成就还不算很高，产生的影响也相对有限，但是就题材而言，反映了文学创作从中古的宗教神权朝近代生活的过渡。尤其是其中的世俗人物形象的塑造，与后世西欧文学中的"往上爬"形象以及叛逆者形象具有一定的相似性。

## 三、讽刺艺术的运用与民主意识的萌生

除了"世俗小说"，这一时期的小说作品中，现实意义较强的还有"讽刺小说"（сатирическая повесть）。这类讽刺小说出现于 17 世纪下半叶，它承袭了民间文学的传统，对宫廷以及贵族采取了讽刺批判的态度，表现出了鲜明的民主立场，正因如此，有学者将此界定为"民主讽刺作品"（демократическая сатира）[①]。这充分表明讽刺艺术的使用对民主意识的萌生所产生的作用。这类讽刺小说的主题显得丰富多彩，所涉及的内容是多方面的，其中大多是那个时代较为重要的社会政治问题。如《贪赃枉法的审判》（*Повесть о Шемякином суде*）、《酒鬼的故事》（*Повесть о бражнике*）和《叶尔肖·叶尔肖维奇》（*Повесть о Ерше Ершовиче*）等作品，具有一定的代表性。

《贪赃枉法的审判》是"根据穷富两个农民兄弟打官司的故事改编的。这篇小说揭露了 17 世纪俄国法院昏庸的法官受贿的行为"[②]。该作品以幽默讽刺的手法，通过对主人公的三次犯罪和三

---

① А. О. Шелемова. *История древней русской литературы*. Москва：Издательство Флинта，2015，с. 35.

② Н. К. Гудзий. *История древней русской литературы*. Москва-Ленинград：Издательство Наука，1976，с. 486.

种惩罚的描写，揭示了法官的贪婪与法律的不公。贫穷的主人公借马运货时，由于没有借到轭，他就将绳子直接系在马尾巴上，结果弄断了马尾巴。于是，他成了被告，他与原告一起去城里打官司的途中，发生了第二件不幸事件，他在夜间从高板床上摔了下来，砸到了摇篮上，从而砸死了牧师的婴孩。于是，牧师也加入了打官司的行列。进城的时候，穷苦的被告万念俱灰，于是决定从桥上跳入河中，了此一生。谁知，跳下去的时候却砸中了桥下一名生病的老者，无意中砸死了这位老者。于是，老者的儿子也加入了控告者的行列。

在法院审理中，被告不经意间向法官舍米亚金展示了一袋石头。可是法官误以为这是用来对他进行贿赂的金银财宝，于是做出了有利于被告的判决：被告必须将失去尾巴的马留在自己的家中，直到尾巴长好之后才能归还原告；被告必须将失去婴孩的牧师的妻子接到自己的家中，直到与她生出新的婴孩后将她连同婴孩归还原告；还有，被告必须接受第三名原告从同一座桥上跳下来的一砸。

判决之后，法官就迫不及待地等待来自被告的贿赂，满以为可以从被告处得到那一袋金银财宝了，谁知被告告诉他，袋里所装的是在不利判决的情况下用来砸死法官的石头。于是，法官尽管没有得到贿赂，却也庆幸自己的判决为自己捡回了一条性命。

如果说《贪赃枉法的审判》所讽刺的是法律，那么在《酒鬼的故事》中，作者所讽刺的则是宗教了。在最后的审判时刻，酒鬼被挡在天堂大门之外，不让他进入天堂，然而在小说作者看来，喝酒不是酗酒，爱酒是民族文化的特性所在，酒鬼不是醉鬼，所以在作品中，酒鬼说："而我——我在所有的神圣的日子里喝着酒，但是，每一坛酒都是为了上帝的荣誉而喝，丝毫没有弃绝基督，没有伤害过任何人……"①

《叶尔肖·叶尔肖维奇》(*Повесть о Ерше Ершовиче*)是创作于
16世纪与17世纪之交的俄罗斯讽刺小说。该作品也是围绕法庭
诉讼而展开的,被告和原告之间激烈的辩论成为小说的重要内容。
罗斯托夫湖畔的居民列西和果洛夫利殴打了叶尔肖,按照列西和
果洛夫利的说法,叶尔肖是非法闯入本该属于他们的罗斯托夫湖
区的。叶尔肖先是请求他们在此过夜,然后又小住了一段时间,就
这样留了下来,并且生养孩子,还把一个女儿嫁给了万德什的儿
子。随后,他与自己的儿子和女婿一起,将列西和果洛夫利赶出自
己的世袭领地,并将罗斯托夫湖占为己有。叶尔肖则坚持认为,他
是贵族的后裔,莫斯科的许多达官贵人都与他相识,而罗斯托夫湖
本来就是属于他的家族的,本是属于他爷爷的。列西和果洛夫利
只是他父亲的农奴。而叶尔肖出于同情,解除了他们之间的奴役
关系,给了他们自由。在饥荒年代,他们住到了伏尔加河湾,现在
才回到罗斯托夫湖畔。双方都没有拥有罗斯托夫湖的证明文件。
列西和果洛夫利找了几名证人。证人说,罗斯托夫湖本就属于列
西和果洛夫利,而叶尔肖是个骗子,说他在莫斯科也只是作为酒鬼
而出名。尽管叶尔肖认为,这些证人都是列西和果洛夫利的亲属
或同伙,但是法庭最后依然将罗斯托夫湖判给了列西和果洛夫利。

这部作品是以法庭审判的形式而创作的。其中,对于16—17
世纪的诉讼程序进行了讽刺性模拟。与被驯服的、笨拙的原告和
法官以及证人相比,叶尔肖显得勇敢大胆,精明强干。就讽刺技巧
而言,这部作品在相当大的程度上借鉴了民间动物故事的技巧。

---

① Д. С. Лихачев и др. ред. *Библиотека литературы Древней Руси*. Т. 16: XVII
век. СПб.: Издательство Наука, 2010, с. 419.

无论是作品的主题还是所运用的技巧，都可以看出俄国文学朝世俗生活的转型。

## 四、语言风格从书面语朝现实生活的贴近

著名评论家利哈切夫认为："如果扼要概述 17 世纪在俄罗斯文学史以及俄罗斯文化史上的整体意义，那么，我们不得不说，最为重要的是，这一世纪是逐渐从古代文学向新文学过渡，以及从中世纪文化向新时期文化转型的一个世纪。"[①]17 世纪文学的转型，首先体现在理论领域。就文学理论而言，俄罗斯最早论述文学理论的著作也是在 17 世纪才得以出现。最早的重要理论著作是斯莫特里茨基（М. Г. Смотрицкий）所著的《语法》（Грамматика）。该著作共由《正字法》（"орфография"）、《词源学》（"этимология"）、《句法》（"синтаксис"）、《诗体学》（"просодия"）等四个部分所组成。该语法著作于 1619 年出版，其后在俄罗斯、乌克兰、白俄罗斯以及保加利亚、塞尔维亚等地大范围流传。这一部《语法》与波洛茨基（Симеон Полоцкий）的《赞美诗集》等著作，被罗蒙诺索夫看成"通往博学的大门"[②]。正是这部《语法》，对俄罗斯文学语言以及语法学产生了近两个世纪的影响。

17 世纪的俄罗斯文学中的过渡和转型，更是体现在创作实践中。不仅体现在主题和艺术手法方面，还体现在语言风格方面。在 17 世纪之前的俄罗斯古代文学中，作品中的话语常常由作者本

---

① Д. С. Лихачев и др. ред. *Библиотека литературы Древней Руси*. Т. 15：XⅦ век. СПб.：Издательство Наука，2006，с. 5.

② Н. И. Прокофьев. Сост. *Древняя русская литература. Хрестоматия*. Москва：Издательство Просвещене，1980，с. 299 – 300.

人陈述,而不是由作品中的人物陈述。到了 17 世纪,这种情况有所改观。譬如,在《贪赃枉法的审判》中,不仅是作者的叙述,而且有多处作品人物之间的对话。在审理第一场有关借马的案件时,作品并不是直接陈述判决的结果,而是由作品中的贪婪的法官直接发话,他对原告说:"既然你的马儿尾巴断了,那么在你的马儿尾巴没有长好之前,不要从被告者那儿弄回马儿。待到你的马儿尾巴长好的时候,你才能牵回。"①作品中不再限于作者的陈述,而是增加了人物的对话,使得作品语言更加贴近现实生活。更何况,这部作品"包含了 17 世纪俄国日常生活的特点,俄国的法律术语,也非常广泛地反映了当时俄国的法院审判程序和司法实践"②。

而且,作品中的人物不再仅仅是牧师或皇族人员,而是有了商人、法官等其他人物形象,甚至是农民等下层小人物的形象,这些没有受过多少正规教育的下层平民百姓的语言,本来是不能进入文学的大雅之堂的。而 17 世纪文学中这些人物形象的塑造以及相应的下层人物语言的介入,在摆脱书面语,使得文学贴近生活本质等方面,无疑起到了重要的作用。

在 17 世纪的俄罗斯文学中,除了散文体作品,在诗歌领域的艺术成就,同样表明了文学语言向生活语言贴近这一艺术转型。譬如,17 世纪的重要诗人波洛茨基的创作就极具典型。他的诗集《多彩的花园》(Вертоград многоцветный),作为俄国文学史上的第一部诗集,虽然是以古俄语所创作,但是自然朴质,绝少夸张,贴近生活语言,而且所使用的音节诗律和双行韵式,都为俄罗斯重音

---

① Д. С. Лихачев и др. ред. *Библиотека литературы Древней Руси*. Т. 16: XVII век. СПб.: Издательство Наука, 2010, с. 402.

② Н. К. Гудзий *История древней русской литературы*. Москва-Ленинград: Издательство Наука, 1976, с. 487.

–音节诗律以及相应的俄语诗歌韵式,发挥了开创性的作用。在内容方面,诗人也反对思想的禁锢,呼唤个性的解放,首先将诗学从神学的束缚下解救出来。如在《节制》一诗中,诗人写道:"倘若毫无限度地实行节制,/就会给心灵造成极大伤害;/……无限度节制会消耗精力,/并且导致沮丧和郁悒。"①该诗体现了浓郁的启蒙主义思想的先声。而在《晨星》一诗中,更是借助于自然意象,阐述现实生活中积极向上的道理,诗中写道:

Темную нощь денница светло рассыпает,

красным сиянием си день в мир провождает,

Нудит люди к делу ов в водах глубоких

рибствует ов в пустынях лов деет широких,

Иный что ино творит. Спяй же на день много

бедне раздраноризно поживает убого.

(明亮的晨星在黑色的夜晚撒落,

以红色的光点把白昼送往世界,

催促人们工作:要么到广阔的荒野

打猎,要么去深水中捕鱼捉蟹,

或者去干别的。若是白天睡大觉,

一生都摆脱不了贫困的骚扰。②)

该诗语言显得格外清新自然、朴实简洁,除了少量的古俄语词

---

① 波洛茨基:《节制》,吴笛译,飞白主编:《世界诗库》第 5 卷,广州:花城出版社,1994 年,第 32—33 页。
② 波洛茨基:《晨星》,吴笛译,飞白主编:《世界诗库》第 5 卷,广州:花城出版社,1994 年,第 33 页。

外国文学经典散论

汇之外,都贴近生活,毫无雕琢之感。景色描写中没有堆砌的浮夸的辞藻,双行韵式亦严谨规范,与作品所弘扬的积极进取的现实主义精神相互映衬,极为吻合。

　　综上所述,17 世纪的俄罗斯文学的重要转型,既与俄罗斯历史语境有关,也与世界文学的进程发生关联。尽管普希金认为俄国近代文学没有祖先也没有谱系,感叹"俄罗斯长期置身于欧洲大局之外。它从拜占庭接受了基督教之光,却从未参与罗马天主教世界的政治和思想意识领域的活动。伟大的文艺复兴时代没有对俄罗斯产生任何影响"[①],但是俄罗斯文学仍以自己的独特的方式不断发展,就 17 世纪俄罗斯文学的创作题材而言,以及在理解人在历史中的作用和意义、人自身的独立价值等方面,西欧文艺复兴运动在俄国文学中还是留下了一定的痕迹,尤其是体现在从圣徒传之类的创作向"世俗小说""讽刺小说"之类的创作转型。尽管俄罗斯古代文学相对封闭,但是仍以独到的形式表现了社会、时代与生活,以顽强的生命力证实了自己的价值和意义,正如利哈乔夫所说:"17 世纪之前的俄罗斯古代文学,以深刻的历史主义为其特色。文学植根于俄罗斯人民世世代代掌控的俄罗斯大地。俄罗斯文学与俄罗斯大地以及俄罗斯历史紧密地联系在一起。"[②]

　　同样,世界文学的影响不可忽略,以至于有学者认为:"也许,俄罗斯文学在其发展的各个历史阶段,对于外界的影响,都是抱有

---

　　① 　普希金:《普希金全集》第 6 卷,沈念驹、吴笛主编,杭州:浙江文艺出版社,2012年,第 294 页。

　　② 　Д. С. Лихачев и др. ред. *Библиотека литературы Древней Руси*. Т. 1: XI - XII века. СПб.: Издательство Наука, 1997, с. 8.

非常开放的态度，或者说准备吸收大量的翻译作品。"①因此，俄罗斯古代文学凝聚着各个历史发展阶段的精神火花，记录着人类心灵的历史轨迹，是理解俄国小说艺术的最初的成就，也是世界文化遗产中的一个宝贵的组成部分。尤其是 17 世纪俄罗斯文学向近代文学转型所发挥的历史性作用，更是值得我们关注和研究的。

（原载于《外国文学研究》2020 年第 4 期）

---

① Neil Cornwell ed., *The Routledge Companion to Russian Literature*，New York：Routledge，2001，p. 20.

# 论 13—15 世纪古罗斯文学中的战争书写

自 13 世纪至 1480 年长达两百多年的异族统治,不仅使得东斯拉夫民族史发生了重大的变更,也使得古罗斯文学的主题发生了重要的转折,文学逐渐摆脱了包括宗教和编年史在内的泛文化的内涵,开始朝更具文学性和时代特质的战争小说等文学体裁挺进。

## 一、爱国热忱与民族意识的觉醒

"在世界几千年的历史长河中,战争一直是人类生活中无法避免与忽视的重要内容。战争的历史几乎与人类的历史同样漫长。"①古代罗斯也不例外,自从被异族入侵,直到从异族统治中解救,战争都是 13 世纪至 15 世纪古罗斯历史中的重要事件,也是这一时期文学作品的主要内容。

13 世纪,对于基辅罗斯来说,无疑是一个悲惨的世纪,甚至有学者称其为"悲剧世纪"。利哈乔夫在题为《悲剧世纪的古罗斯文学》一文中认为:"自 13 世纪中叶开始,战争小说开始成为俄罗斯

---

① 李公昭:《美国战争小说史论》,北京:北京大学出版社,2012 年,第 1 页。

文学中的基本体裁。"①

　　由于国家不断地变更和分化,"公元 12 世纪开始,统一的基辅
罗斯四分五裂,形成封建割据的局面"②。跨入 13 世纪之后,统一
的基辅罗斯更是不复存在了。"13 世纪初期,罗斯分裂为 50 个公
国,到了 14 世纪,大致分裂为 250 个公国。"③基辅也不再是文化中
心,也不再具备吸引那些已经逐步分裂的大小不一的公国的能力
了。于是,政治中心也逐渐从基辅向东北方面的莫斯科等城市转
移。与此同时,在蒙古草原上,蒙古-鞑靼游牧民族建立了幅员广
阔的蒙古帝国。在 13 世纪初期,古代罗斯就遭遇了蒙古-鞑靼人
的入侵。1221 年至 1223 年,蒙古-鞑靼人占领了高加索和外高加
索地区,到达古代罗斯,并且击败了古代罗斯。"由于内外战争已
经衰弱的罗斯各公国,在遭到蒙古-鞑靼入侵之后便瓦解了。"④蒙
古帝国先后征服东北罗斯、西南罗斯,还征服了基辅等地区,从此
之后,罗斯就沦于蒙古人的统治,直到 1480 年,蒙古军才不战而
退,古代罗斯才得以从异族的统治中解救出来。从此,不仅终结了
内部的封建割据,也促使了罗斯的统一和中央集权国家的建立。

　　这一时期的战争题材的文学作品大多书写俄罗斯人民不畏强
暴、反抗异族入侵的英勇斗争。这类作品中,洋溢着浓郁的爱国主
义激情,最具代表性的是《拔都侵袭梁赞的故事》(*Повесть о
разорении Рязани Батыем*),此外,还有《攻占皇城的故事》

---

① Л. А. Дмитриева, Д. С. Лихачев ред. *Памятники литературы Древней Руси.
XIII век*, Москва: Художественная литература, 1980, с. 5.

② 徐景学:《俄国史稿》,北京:中国经济出版社,1989 年,第 37 页。

③ А. С. Орлов, В. А. Георгиев, Н. Г. Георгиева, Т. А. Сивохина. *История
России*, Москва: Проспект, 2006, с. 35.

④ 高尔基世界文学研究所编撰:《世界文学史》第二卷,上海:上海文艺出版社,
2013 年,第 654 页。

（*Повесть о взятии Царьграда*）、《利比兹战斗的故事》（*Повесть о битве на Липице*）、《卡尔克河上战斗的故事》（*Повесть о битве на реке Калке*）、《俄罗斯大地覆没记》（*Слово о погибели Русской земли*）等作品。

古罗斯重要的作品之一《拔都侵袭梁赞的故事》（*Повесть о разорении Рязани Батыем*）是典型的战争题材的作品。在这部作品中,洋溢着浓郁的爱国主义精神以及强烈的英雄主义精神,书写了古代俄罗斯人民不怕牺牲、英勇顽强地反抗异族入侵的斗争。在同时代的作品中,代表了弘扬爱国主义精神这一重要的基调,而且深深地影响了其后的古代俄罗斯文学中相关题材的创作。

在《攻占皇城的故事》这部作品中,所书写的是十字军远征参加者攻占康斯坦丁堡的故事。"俄罗斯作者的生动的、充满了细部真实的描写,不仅显得趣味盎然,而且显得珍贵,因为它以详尽的叙述丰富了拜占庭历史学家对于这一事件的描述。"[①]《利比兹战斗的故事》所书写的是发生在 1216 年诺夫哥罗德人与苏兹达尔人在利比兹所进行的战斗。作品谴责了大公们之间所存在的仇视现象。《卡尔克河上战斗的故事》所书写的是拔都侵袭之前发生在 1223 年的一次规模较大的战斗。

而《俄罗斯大地覆没记》所书写的是蒙古-鞑靼人入侵古代罗斯的经过。事件发生在 1238 年至 1246 年间。这部作品的艺术特色,在于"书面风格与民歌口头语言风格的结合"[②]。从作品的整体结构以及相应的思想内容来看,它非常接近《伊戈尔远征记》,表现

---

① ИРЛИ，РАН. *Библиотека литературы Древней Руси*，Т. 5: XIII век, СПб.: Наука，1997，с. 450.

② Н. К. Гудзий. *История древней русской литературы*，Москва: Наука，1976，с. 105.

出了崇高的爱国主义热忱以及强烈的民族意识。作品的开头，便以抒情的笔触进行颂扬：

> 啊，明媚灿烂的、美丽如画的俄罗斯大地啊！你的美艳值得赞颂：无数的湖泊碧波荡漾，河流与源泉纵横交错，陡峭的群山高高耸立，还有挺拔的橡树、清新的原野、各种各样的野兽和鸟雀、数不尽的繁华的城市、景色迷人的村落，以及像修道院一样僻静的庭院……①

类似的抒情描绘，充满对祖国山河的无比眷恋，而且将俄罗斯大地作为受众或倾诉的对象进行歌颂，不仅体现出了叙事文学中的抒情表白，而且在直抒胸臆方面显得颇具特色。

如果说《拔都侵袭梁赞的故事》和《俄罗斯大地覆没记》以宏大的战争场面的书写为主要特色，那么《亚历山大·涅夫斯基传》（*Повесть о житии Александра Невского*）则主要塑造英雄形象，具有强烈的传记色彩了。

亚历山大·涅夫斯基是弗拉基米尔大公雅罗斯拉夫·弗谢沃洛多维奇（Ярослав Всеволодович）的儿子。1236 年，他被选为诺夫哥罗德大公，任至 1251 年，从 1252 年起，他被选为弗拉基米尔大公。《亚历山大·涅夫斯基传》这部作品大约成书于 1280 年的弗拉基米尔。作者佚名，但通过具体描写可以看出，作者无疑是一位能够接近亚历山大·涅夫斯基或者拥有大量一手文献资料的人物。作者以第一人称进行叙述，按照作者的说法，所陈述的事情既

---

① ИРЛИ，РАН. *Библиотека литературы Древней Руси*，Т. 5：XIII век，СПб.：Наука，1997，с. 90.

是从祖辈那里听来的，也是涅夫斯基成人年代的见证人。

　　在这部具有强烈传记色彩的作品中，中心主人公是古代俄罗斯著名统帅亚历山大·涅夫斯基，他被描写成一位聪明英俊、英勇无畏、具有传奇色彩的杰出人物。作品所着力书写的是他在两次著名战役中所取得的战绩。一次是描写他在涅瓦河畔战胜瑞典人的故事，另一次是描写他在北方楚德湖打败日耳曼骑士团的故事。

　　在涅瓦河畔的战斗中，亚历山大·涅夫斯基清晨就遭遇敌人，展开激战，杀敌无数，甚至连瑞典国王的脸上也留下了刀剑的痕迹。作品中还详尽地描写了他手下六名勇士的战斗经历。其中包括奥列克塞奇、亚库诺维奇、雅科夫、拉特米尔等勇士。他们奋勇作战，以一当十，有着惊人的毅力和大无畏的气概，打败敌方部队，击毁敌方战舰。

　　有时候，作者对战争场景的描绘显得十分细致逼真，譬如在描写楚德湖的一次战役中，当日耳曼骑士团的人马临近的时候，亚历山大·涅夫斯基大公率领士兵英勇迎战。作者对楚德湖上的一场激战进行了极其生动的描绘："事情发生在礼拜六，当太阳升起的时候，敌对双方扭打在一起。战斗极为惨烈，遍地都是厮杀的声音，刀光剑影，楚德湖似乎成了一个死湖，甚至看不见湖上的冰块，整个湖面全都被鲜血所覆盖。"[①]我们从作品中对楚德湖战役的这段描写中可以看出，这部作品已经有着注重故事时间、场景的作用，以及注重具体的战争细节描写，还原战争真实面目的创作倾向。这一书写战争本来面目的倾向，无疑为其后的战争书写奠定了现实主义的根基。

---

　　① ИРЛИ, РАН. *Библиотека литературы Древней Руси*, Т. 5：XIII век, СПб.：Наука, 1997，с. 365.

## 二、"战争与爱情"主题的典型呈现

在世界文学史上,"战争与爱情"的主题吸引并感动了无数的读者。海明威的《永别了武器》中的"arms"一词中的"爱情"内涵,尽管难以译出,但是该词与爱情的关联总是让人心领神会。

13 世纪古罗斯的文学中,也已经有了英雄与美女的故事,而《捷甫盖尼的事业》(Девгениево деяние),在战争书写中的爱情主题呈现方面,显得尤为突出。这部作品的主要情节是叙述希腊拜占庭人与撒拉逊人之间所进行的英勇的斗争,作品也讲述了捷甫盖尼所建立的功勋。而捷甫盖尼的形象,则是中世纪理想英雄的具体体现。这部作品的风格融汇了口头民间诗歌的表述传统以及基辅罗斯战争故事的叙述风格。

捷甫盖尼是一个不同寻常的杰出人物,他 12 岁的时候,就学会了舞剑,13 岁的时候,就会使用长矛,到了 14 岁的时候,他就想战胜所有的野兽。他坚信他的一切力量都是来自神力,因而建立了许多功勋。作品中所描述的最早的功勋是发生在狩猎场上:他轻而易举地战胜了各种各样的野兽——战胜过黑熊,打败过凶猛的狮子,还截断了三条巨蛇的头。作者描写这些功勋主要是为了强调:捷甫盖尼不是普通的人类,而是神的后裔。该作品与古希腊罗马神话传说以及由此为素材而创作的西欧的一些英雄史诗类作品,是有一定的渊源关系的。

作品还叙述了捷甫盖尼战胜勇敢的菲力帕帕和马克西米雅娜的故事。捷甫盖尼战胜菲力帕帕之后,菲力帕帕告诉他,世上还有比他捷甫盖尼更为强大的人,名字叫作斯特拉吉克,其人的女儿斯特拉吉戈多娃,不仅有着男人的野性和勇气,而且其美貌胜过世上的任何一名美女。聪明的捷甫盖尼决心赢得斯特拉吉戈多娃的爱情。他来到了斯特拉吉克的庭院,可是恰逢斯特拉吉克不在家中。捷甫盖尼开始"围攻"。他穿上了盛装,在古斯琴的伴奏下,唱起了情歌。

其实,斯特拉吉戈多娃对捷甫盖尼是一见钟情的。捷甫盖尼对于这一点也是心知肚明的,所以他以胜利者的腔调对她询问:究竟是愿意做他的妻子还是愿意做他的俘虏? 可见,捷甫盖尼此时已经轻而易举地赢取了姑娘的爱情,但是他有着强烈的荣誉感,他不愿意以强盗一般的方式抢走这个美丽的姑娘。

可是,等到斯特拉吉克归来之后,捷甫盖尼重新来到院子里,砸开了院子大门,依旧劫持了斯特拉吉戈多娃,将她放到了自己的马背上,唱着欢快的歌儿离开了庭院。斯特拉吉克意识到捷甫盖尼确实给他的家庭带来了耻辱,败坏了名声,于是召唤自己的两个儿子迅速集结部队进行反击。斯特拉吉克准备应战的时候,捷甫盖尼却在睡觉。当斯特拉吉克集结好人马向捷甫盖尼扑来的时候,斯特拉吉戈多娃出于恋情而唤醒了捷甫盖尼。由此,两人达成了协议,捷甫盖尼不得杀害自己未来的亲属。

捷甫盖尼在斯特拉吉克的队伍中间像雄鹰一样自由地翱翔穿梭,更像一柄锋利的柴刀在草丛中任意割草。他战败了斯特拉吉克的两万人马。他也抓获了斯特拉吉克,后者向他请求宽恕,并祝愿他与斯特拉吉戈多娃幸福美满。

作品以较多的篇幅描述捷甫盖尼与斯特拉吉戈多娃所举行的盛大婚礼的场面,还书写了捷甫盖尼战胜瓦西里国王等其他的功勋,突出他作为神的后裔所具有的巨大能量。

西方有学者认为,这部作品实际上是以中世纪希腊(拜占庭)叙事诗《边民英雄狄根尼斯》为蓝本进行改编而成的。这部拜占庭叙事诗创作于 10—12 世纪,叙述的是东罗马公主与阿拉伯酋长所生的儿子狄根尼斯的经历。所以,"狄根尼斯"意为"源自双重国籍"。狄根尼斯武艺高超,因为英勇豪迈,他被选为管理边境地区的首领。这部作品讲述了这位英雄所受的教养以及他的婚姻,讲述了他所遭遇的许多惊险,特别是与强盗以及地方将领进行搏斗的经历,还有他在富丽堂皇的城堡中的宁静的生活,作品最后的结局是他在病死之后人们为他举行了隆重的葬礼。

但是,俄罗斯学界对此有过强烈的争议。白银时代的著名学者弗谢沃洛德·米勒就曾坚持认为该作品为俄罗斯首创,而且仔细论证在词汇使用以及在形象体系方面该作品与《伊戈尔远征记》之间的相似性。尤其是两部经典所歌颂的都是英勇尚武的精神,而且都是通过战争来进行描写和刻画人物。作者还擅于通过描写梦幻的方式来预示将要发生的事件。就修辞技巧而言,这两部作品在具体的比喻手法使用方面也很相似,譬如,将参战的将士比作雄鹰、鸦群,将英雄比作太阳等等。①

《捷甫盖尼的事业》这部作品无论是翻译的,还是改编的,或是原创的,不可否定的一点是:该作品对俄罗斯小说的发展产生了难以忽略的影响。甚至有学者认为,标题中的"деяние"本身就具有"长篇小说"之意,"деяние"甚至可以翻译成现代俄语的"长篇小说"②。于是,《俄国长篇小说发展史》的作者进一步将《捷甫盖尼的事业》这部作品定性为"关于捷甫盖尼的长篇小说",是一种"历险

① О. В. Творогов. "Девгениево деяние," Энциклопедия « Слова о полку Игореве»: В 5 томах. Т. 2. Г-И, СПб.: Дмитрий Буланин, 1995, с. 98 - 99.

② А. И. Стендер-Петерсен. " О так называемом Девгениевом деянии," Scando-Slavica. Т. I, 1954, с. 87.

类长篇小说,或者讲述一个主人公的长篇小说"①。

这部作品所提供的信息也是极为丰富的,它不仅讲述了捷甫盖尼的英勇善武的个性,还讲述了他与斯特拉吉戈多娃之间从相恋到结婚的婚恋故事,使得描写残酷战争场面的作品充满了浪漫的气息,从这一意义上来说,"деяние"不仅具有"长篇小说"这一体裁的成分,还有"爱情故事"这一题材的内涵,是"战争与爱情"这一亘古主题的典型呈现。

## 三、不畏强暴的尚武精神的弘扬

在古罗斯文学的战争书写中,英勇抗敌的尚武精神也是一个重要的基调,在许多作品中得以体现,如《马迈溃败记》(*Сказание о Мамаевом побоище*)、《顿河彼岸之战》(*Задонщина*)等,其中最为典型的,要算《拔都侵袭梁赞的故事》。

拔都侵袭梁赞这一历史事件发生在 1237 年,"1237 年,梁赞作为俄国的国土,首先遭遇了入侵者的打击"②。然而,《拔都侵袭梁赞的故事》这部文学作品的创作时间,要比该历史事件晚得多。该作品大约创作于 14 世纪初叶。由于该书的成书与该历史事件的发生相差了将近一个世纪的时间,所以,该书在编年史范畴意义上的历史纪实性质大打折扣,文学性显然强于史实,而且其中并不排除少数文学的虚构成分。论及这部作品时,《古罗斯文化史》也强调其中的悲剧事件,认为:"《拔都侵袭梁赞的故事》所描写的是费

---

① A. C. Бушмин и др. *История русского романа в двух томах*. Том 1, Москва: Наука,1962,c. 27.

② A. C. Орлов, B. A. Георгиев, H. Г. Георгиева, T. A. Сивохина. *История России*,Москва: Проспект,2006,c. 52.

道尔·尤里耶维奇王子死于'邪恶之王'拔都之手,以及他妻子叶甫普拉克西娅带着儿子伊万因悲痛而从宫殿高塔自杀而亡的事件。"①所以,有俄罗斯学者断言:"《拔都侵袭梁赞的故事》并非梁赞人反抗入侵之敌的史实性的记录。"②这部作品后来被收入故事汇集《尼古拉·扎拉兹基故事集》(*Повести о Николе Заразском*)而流传。

对于小说生成要素而言,注重人物形象的塑造在这部作品中有了一定的体现。这部作品特别注重英雄形象的塑造,尤其是关于梁赞大公的儿子费道尔·尤里耶维奇(Федор Юрьевич)和梁赞勇士叶夫巴季·柯洛夫拉特(Евпатий Коловрат)的描写,如同《捷甫盖尼的事业》中的捷甫盖尼,人物的个性色彩尤为鲜明。故事描述拔都率领大军侵袭梁赞,要求梁赞大公尤利·英格列维奇(Юрий Ингоревич)向他交纳财产和人员作为贡赋。梁赞大公的求助遭到拒绝之后,便派自己的儿子费道尔·尤里耶维奇前去拜见拔都,并携带厚礼相求,希望拔都不要贸然攻打梁赞。拔都收下厚礼之后,假惺惺地表示不再攻打梁赞,然而,他提出了一个带有侮辱性的条件,要求梁赞大公向他奉送妻女或姐妹,尤其是费道尔年轻美貌的妻子叶甫普拉克西娅(Евпраксия)。面对拔都蛮横无理的要求,费道尔也只能愤怒地回答道:"除非你打败我们,那么才可能占有我们的妻子。"③由此可见,遭遇入侵的罗斯,处境是多么凄惨。未能得逞的拔都因而勃然大怒,他立刻命令手下的人采取行

---

① Л. А. Черная. *История культуры Древней Руси*, Москва: Логос, 2007, с. 106.

② Н. И. Пруцков ред. *История русской литературы в четырех томах. Том первый. Древнерусская литература. Литература XVIII века*. Ленинград: Издательство Наука, Ленинградское отделение, 1980, с. 76.

③ Д. С. Лихачев. *Повести о Николе Заразском* (тексты). Том 7. М. - Л.: ТОДРЛ, 1949, с. 289.

动,残忍地杀害了费道尔,还杀死了他所有的随从人员,并且将他们的尸体残忍地丢给野兽撕咬。只有一个名叫阿波尼兹的卫士侥幸地躲了起来,死里逃生,并将费道尔被残忍杀害的消息带回了梁赞。得知丈夫的死讯后,叶甫普拉克西娅悲痛欲绝,抱着幼小的儿子从宫殿里跳楼而亡。

梁赞人不顾力量悬殊,决心拼一死战。梁赞大公尤利·英格列维奇强忍失去爱子的悲痛,坚定地说:"我们宁愿以死换生,也不愿接受邪恶者的奴役。"①于是,梁赞大公开始集结部队,人们为了保卫自己的土地,不怕牺牲,与敌人英勇奋战,最后他们全都献出了自己的生命,无一生还。与此同时,拔都的部队也遭受了重创。见到许多鞑靼人死亡,拔都也大为震惊,愤怒之下,他下令对梁赞进行毁灭性的打击,他们逼近了梁赞城,残酷地屠杀平民百姓。梁赞居民奋起反抗,然而终究寡不敌众,经过六天奋战,该城居民全被杀害,作品中描写了死去的人没有亲人为其哀悼的悲惨景象:

> 城里没有留下一个活人,全都遭遇死亡。没有人呻吟,也没有人哭泣。没有父母为子女痛哭,也没有子女为父母悲泣,没有兄长哀悼同胞,也没有亲友哀悼近邻,唯有尸横遍野。②

在这部作品中,体现尚武精神的感人至深的艺术形象还有名叫叶夫巴季·柯洛夫拉特的梁赞勇士。这个勇士为了城邦的利益,为了报仇雪恨,毅然不顾个人安危,即使面对无比强大的敌人,

---

① Д. С. Лихачев. *Повести о Николе Заразском* (тексты). Том 7. М. – Л.: ТОДРЛ, 1949, с. 289.

② Д. С. Лихачев. *Повести о Николе Заразском* (тексты). Том 7. М. – Л.: ТОДРЛ, 1949, с. 292.

他也毫不畏惧,积极参加战斗,勇敢杀敌。在拔都血洗梁赞的时候,他侥幸到外地收税,因而逃过一劫。但是,作为一名军队官员,他并没有因此而感到庆幸,从而袖手旁观,苟且偷生;而是疾恶如仇,寻找时机,积极应战。当他从外地返回梁赞的时候,他所见到的,是被毁的梁赞的惨景,以及被杀同胞的血肉模糊的尸体。于是,他率领自己仅有的 1700 名士兵,奋勇追击已经离去的鞑靼敌人,在苏兹达尔大地,他的人马追上了敌人,发起冲锋,与拔都的军队展开了殊死的激战。始料不及的鞑靼人误以为来者是复活过来的梁赞士兵,感到十分惧怕,因而伤亡惨重。但是,双方兵力过于悬殊,叶夫巴季虽然竭尽全力,最终仍战死沙场。拔都十分欣赏叶夫巴季的果断勇敢,赞美道:"啊,叶夫巴季啊!假如你是我的部下,我一定将你紧紧地拥抱在我的胸口!"①为了表示尊崇,拔都把叶夫巴季的尸体还给了少数幸存的士兵,让他们将英雄的尸体带回梁赞安葬。

可见,崇尚英雄精神是作战双方共同的特性。"《拔都攻占梁赞的故事》是俄罗斯古代文学杰作之一,……体现了俄罗斯人民在蒙古人入侵时期饱受的巨大苦难以及为保卫祖国不惜牺牲一切的高尚精神。"②这部作品对于小说这一体裁在注重主题呈现和形象塑造方面,起到了一定程度的承前启后的作用。尤其在艺术形式上,《拔都攻占梁赞的故事》已经不同于《伊戈尔远征记》等 12 世纪之前的作品。这部作品不仅一改韵文趋势,以散文体进行书写,而且其中有不少生动的对话,旨在突出人物的性格特征,已经具有了小说这一艺术形式的基本要素。

---

① Д. С. Лихачев. *Повести о Николе Заразском* (тексты). Том 7. М. - Л.: ТОДРЛ, 1949, с. 295.

② 曹靖华主编:《俄苏文学史》第一卷,郑州:河南教育出版社,1992 年,第 1 页。

综上所述，自 13 世纪至 15 世纪，是古罗斯不断发生战争的一个独特的时期，正是因为战争，统一的基辅罗斯不复存在，沦为异族统治，然而古罗斯人民又经过热血奋战，从异族统治中解救出来。与此同时，"战争在文学中回荡"①。在这样的一个独特时期，文学以独到的方式，呈现了这一时期的真实历史，弘扬反抗异族侵略的爱国热忱，以及英勇奋战的尚武精神，为俄罗斯文学的战争书写构建了最初的范式，也为战争书写的现实主义传统奠定了扎实的根基。考虑到"战争写作的研究是增强文学洞察力的一个源泉"②，这一时期的战争书写不仅具有史料价值，而且在小说艺术的创新性方面，亦具有特别的价值和意义。

（原载于《俄罗斯文艺》2021 年第 1 期）

---

① Kate McLoughlin ed., *The Cambridge Companion to War Writing*, Cambridge: Cambridge University Press 2009, p. 1.

② Kate McLoughlin ed., *The Cambridge Companion to War Writing*, Cambridge: Cambridge University Press 2009, p. 1.

# 俄罗斯后现代主义小说的生成与传播

　　一些文学史家总是喜欢借用"金属"的属性来形容文学的发展,于是就有了文学的"黄金时代"等一些相应的称呼。俄苏文学也不例外,相对繁荣的文学发展时期也都被冠以金属的名称。普希金时代的文学被冠以"黄金时代",19世纪末至20世纪20年代的文学,被冠以"白银时代",20世纪六七十年代的文学被冠以"青铜时代"。按照这样的逻辑,文学的发展似乎就是从辉煌走向衰落了。即使再度辉煌,也没有合适的金属来进行形容了。

　　这一金属属性对于俄苏文学来说,倒是在一定程度上得以应验了。因为,自从1991年底苏联解体之后,俄罗斯文学无论从体量上还是从文学在社会生活的地位上,都无法与苏联时代的文学相提并论了。但是,在文学领域所发生的各种变化和转型以及相应的成就也是我们不能忽略的。尤其对在后现代主义小说创作领域所取得的辉煌成就,是应该予以充分关注的。

## 一、俄罗斯后现代主义小说生成语境

　　俄罗斯后现代主义小说创作的繁荣,是与特定的俄罗斯社会文化语境密切关联的。苏联解体之后的几十年间,"科技、媒介、政治、经济政策、艺术、普通公民的日常活动等等,都在不断地重塑着俄罗斯及其文化"①。解体后的俄罗斯文学也以新的姿态谋求在社会生活中应有的地位,努力折射社会生活的发展与变更。

随着80年代末90年代初社会政治的巨变以及苏联的解体,延续了70余年的苏联文学不复存在,被俄罗斯文学以及其他各民族文学所取代,同样,作为主导的社会主义现实主义创作方法也完成了自己的历史使命,逐渐让位于后现代主义、新现实主义等文学思潮。尤其是后现代主义小说,成就颇为突出。这一现象的出现,与苏联解体后社会语境的变更不无关系。因为苏联解体后,不仅仅是政治以及经济体制发生了变更,更为主要的,是俄罗斯人们的文化层面的身份认同危机的产生,固有的民族性格特征,以及相应的"历史使命",都发生了突然的变更,人们必然为建构新的文化身份而探寻。与此同时,即使在意识形态以及经济体制发生重大变革之后,苏联时期的一些文化传统依然根深蒂固地作用于作家的创作,尤其是影响着在苏联时期富有成就的老一辈作家的创作,从而形成了多元的文化格局。

苏联的解体,虽然是一场政治事件,但是对俄罗斯文学创作所产生的影响是翻天覆地的。文学已经不像苏联时代那样受到社会的关注,文学家本身也不再像苏联时代作为"人类灵魂的工程师"而受到人们的尊敬,而是从"高雅的殿堂"被无情地抛向了世俗的人间。正如我国学者黎皓智先生所述,"苏联解体后文学的首要变化就是:它再也不必像过去那样与国家的整体事业联系在一起,文学再也不受国家的监督、扶植与保护,而是抛向了'野蛮的'市

---

① Mark Lipovetsky and Lisa Ryoko Wakamiya eds., *Late and Post-Soviet Russian Literature: A Reader*, Boston: Academic Studies Press, 2014, p.10.

场"①。更何况作为苏联民族文学组成部分的乌克兰文学、白俄罗斯文学、拉脱维亚文学、爱沙尼亚文学等等,纷纷成为独立国家的民族文学,就连与文化生活密切相关的语言,也发生了相应的变更。这些独立的国家纷纷在文化和教育中推行自己的民族语言,不再使用统一的俄语,甚至连地名也发生了变化,纷纷恢复过去的地名,很多具有苏联以及革命色彩的地名也全都回到了十月革命以前或者沙俄时代的状态。

不过,尽管文学创作受到了相当严重的影响,但是并没有出现停滞的局面,而且随着时间的推移,一部分作家慢慢走出了政治巨变的阴影,开始意识到文学应当发挥的社会作用和教诲功能,以自己独到的眼光来重新审视社会,拓展文学创作的空间,适应时代的发展变化。由于受到时代的影响,文学从苏联时期的崇高地位中跌落下来,开始受到市场规律的支配,文学作品成为商品,文学家不再是"人类灵魂的工程师",而是降为商品的生产者。一些严肃的作家为了生存的需求,也不得不开始撰写博取眼球的低俗作品。甚至有些作家无视文学作为精神产品的属性,为适应市场需求,见风使舵,追名逐利,以凶杀、色情等强烈感官刺激的描写,来满足部分读者的低俗需求。当然,也有一些作家在新的世纪新的语境下,坚守自己的文学理想,创作出了许多重要的作品。

俄罗斯后现代主义小说,便是一批俄罗斯作家为俄罗斯文学所做出的突出贡献。这些作家在借鉴西方后现代主义文学创作手法的同时,也热衷于对俄罗斯传统文化的解构,对社会进行新的折射。

俄罗斯后现代主义小说的产生和发展,既是对流行于世界的

---

① 黎皓智:《俄罗斯小说文体论》,南昌:百花洲文艺出版社,2001年,第293页。

后现代主义思潮的一种呼应,也是适应俄罗斯社会历史语境的一种需求,所以这一思潮在一定程度上具有了俄罗斯本土文化的特性。"俄罗斯后现代主义文学作为从西方引进的一种文学品种,一方面,它保存着原有的特点,另一方面,它被移植到俄罗斯的土壤后,由于这里的社会生活基础和文学传统有所不同,就不能不发生某些变异,有时这种变异甚至是不以作家们的意志为转移而发生的。"①

## 二、俄罗斯后现代主义小说生成轨迹

俄罗斯后现代主义(постмодернизм)文学思潮的形成和发展大致经历了三个发展时期。

### (一)形成时期

俄罗斯后现代主义小说的形成时期主要是 20 世纪 60 年代末至 20 世纪 80 年代。主要小说成就有比托夫的《普希金之家》、叶罗费耶夫的《从莫斯科到佩图什基》、索罗金的《排队》等作品。

安德烈·比托夫(Андрей Георгиевич Битов,1937—   )的长篇小说《普希金之家》(Пушкинский дом)创作于 1964—1971 年,1978 年在美国出版后,在苏联被禁,直到 1987 年才获准在苏联面世。这部长篇小说被誉为"俄罗斯后现代小说的开山之作"。《普希金之家》塑造了奥多耶夫采夫一家祖孙三代知识分子的形象,"描述了三代知识分子在不同的历史时期的不同的命运和生存状态"②。

---

① 张捷:《苏联解体后的俄罗斯文学(1992—2001 年)》,北京:中国社会科学出版社,2011 年,第 188 页。
② 赵丹:《多重的写作与解读》,哈尔滨:黑龙江人民出版社,2005 年,第 18—19 页。

在这部长篇小说中，作者所着重描述的是 20 世纪 60 年代知识分子的典型代表——语言学家廖瓦·奥多耶夫采夫的形象，书写他生命中一段重要的经历：从中学毕业开始，直到他进入俄罗斯文学研究所"普希金之家"工作的这段经历。

这部长篇小说的一个显著特点是作品的整体结构极为独特，全书由"序幕"开始，以"注释"结束，主体内容共分三部，包括序幕和三个部分的篇名，都是以一部俄国文学名著的名称来命名的：序幕为《怎么办?》(*Что делать?*)；第一部为《父与子》(*Отцы и дети*)；第二部为《当代英雄》(*Герой нашего времени*)；第三部为《穷骑士》(*Бедный всадник*)。而且每一部中有不少章节直接取自俄国经典作品名称，尤其是普希金和莱蒙托夫作品的名称，如第一部中有《暴风雪》，第二部中有《宿命论者》，第三部中有《射击》等。在第一部《父与子》中，主要描述廖瓦·奥多耶夫采夫与祖父以及父亲等家庭成员之间的关系，以"父与子"的关系来折射时代的变迁。他的祖父在斯大林执政时期因学术问题而受到迫害，被流放到穷乡僻壤。但是他祖父与他父亲之间的关系并不融洽。为了能够在学术界获得他向往的地位，不惜与自己的父亲断绝关系，对其父亲的学术观点进行激烈的批判。有一次，老奥多耶夫采夫从流放地归来，他不愿见自己的儿子，只想见见孙子。于是，廖瓦·奥多耶夫采夫怀着激动的心情，前去看望祖父。为了讨好祖父，廖瓦当着祖父的面，说起了自己父亲的坏话。谁知，这一行为却触犯了大忌，像父亲当年背叛爷爷那样，这也意味着他背叛了自己的父亲。他祖父容不得家族中的背叛行为，于是将孙子轰了出去。小说的第二部《当代英雄》聚焦于"当代"，紧贴"当代"的生活，所描写的是廖瓦·奥多耶夫采夫与非家庭成员之间的人际关系，尤其是他与法伊娜、阿尔宾娜及柳芭莎等三名女性之间的暧昧关系，以其映照

"当代"的伦理道德和社会现实。在第三部《穷骑士》中，所叙述的一些内容与"普希金之家"这一场景更为有关。其中包括十月革命节节期廖瓦·奥多耶夫采夫被安排在"普希金之家"的值班。他尽管很不情愿，但是由于学位论文答辩在即，他不得不服从。在值班之夜，米季沙季耶夫和弗兰克先后来到"普希金之家"，于是值班以纵情狂饮开始，以普希金的捍卫者廖瓦·奥多耶夫采夫与亵渎普希金的米季沙季耶夫之间的决斗而告终。

　　作品在结构上还有一个有趣的特征是在小说的末尾使用了《注释》（"Комментариями"），对正文中出现的各种人物和一些历史事件进行了进一步的解释，并且对该小说的创作经历等方面进行说明。类似于学术著作的"注释"实际上是作品内容的有效组成部分。

　　叶罗费耶夫（Венедикт Васильевич Ерофеев，1938—1990）的《从莫斯科到佩图什基》（Москва—Петушки）也被誉为"俄罗斯后现代主义小说的开山之作"，写于苏联时期的 1969—1970 年间。一开始，这部小说以地下出版物的形式流传，而后于 1973 年在以色列的一家杂志上发表，随后又于 1977 年在法国出版，直到 1989年，才作为"回归文学"，正式在苏联出版。

　　作品的主人公是一个酗酒的知识分子韦涅奇卡，他从莫斯科乘坐电气火车前往一百多公里之外的佩图什基，去看望自己的恋人和三岁的儿子。作品叙写的依然是在火车上的酗酒以及各种感悟。然而，作为目的地的佩图什基，从叙述者的口中可以看出，似乎完全是一个不可能到达的乌托邦。"在佩图什基，鸟儿从未停止歌唱，不管白天还是黑夜，在佩图什基，茉莉花从未停止开放，不管春秋还是冬夏。也许世上真有原罪这么回事，但是在佩图什基，没有人会觉得有心理负担，在那儿，即使那些没把自己一天到晚泡在酒坛里的人，他们也有一双清澈见底的眼睛。"①正是因为总是处于醉酒的状态，所以即使偶尔清醒的时候，他也时常出现种种奇特的幻觉。

《排队》(*Очередь*)的作者是弗拉基米尔·格奥尔吉耶维奇·索罗金(Владимир Георгиевич Сорокин,1955—　)，他于 1985 年在巴黎出版了长篇小说《排队》。苏联解体之后，他于 1992 年 3 月在《电影艺术》杂志上发表了原来在巴黎已经出版过的但重新经过删节的《排队》，算是一种"回归"，从而赢得了广泛的读者。《排队》的基本内容是由排长队买东西的人们断断续续的对话以及队伍里发出的各种声音所体现的，作品中没有一句作者——叙述者的话，也没有说明人们排队究竟是为了买什么东西。小说的独特之处是将苏联时期人们日常的生活比拟成没完没了的排队。

### (二) 鼎盛时期

20 世纪七八十年代到苏联解体后的 90 年代，俄罗斯后现代主义文学达到了其发展的鼎盛时期。

这一时期，俄罗斯后现代主义文学最主要的代表是索罗金和佩列文两人，皮耶楚赫、叶罗费耶夫、沙罗夫、马卡宁、希什金、托尔斯泰娅等后现代主义作家也在小说创作方面有所贡献。比较重要的作品有皮耶楚赫的中篇小说《中了魔法的国家》(*Заколдованная страна*,1992)、沙罗夫的长篇小说《排演》(*Репетиции*,1992)、马卡宁的长篇小说《地下人，或当代英雄》(*Андеграунд, или Герой нашего времени*,1998)、希什金的长篇小说《攻克伊兹梅尔》(*Взятие Измаила*,1999)、索罗金的《玛丽娜的第三十次爱》

---

① 韦涅季克特·叶罗费耶夫：《从莫斯科到佩图什基》，张冰译，桂林：漓江出版社，2014 年，第 46 页。

（*Тридцатая любовь Марины*，1995）和《蓝色脂肪》（*Голубое сало*，1999），以及佩列文在 20 世纪 90 年代接连出版的《奥蒙·拉》（*Омон Ра*，1991）、《夏伯阳与虚空》（*Чапаев и Пустота*，1996）、《"百事"一代》（*Generation "П"*，1999）等长篇小说。

　　皮耶楚赫（Вячеслав Алексеевич Пьецух，1946—　）的中篇小说《中了魔法的国家》创作于 1992 年，后于 2001 年出版同名作品集。这部作品以五个人物聊天的方式，以及作品中"我"的思维活动，审视了俄罗斯的历史以及人类的历史，当然，他在审视俄罗斯历史和人类历史的时候，大多采取嘲讽、抨击甚至否定的态度。在五人聊天的间隙中，男主人公"我"展开了自身思维的漫游，在"我"的头脑中，不仅出现了 20 世纪之前的俄罗斯历史文化，还追溯到了人类的起源，以及世界上埃及、希腊、印度、中国等一些文明古国。该作品正是在聊天和思维漫游中对俄罗斯以及人类文化进行深刻的审视和讽喻。

　　我们仅仅从马卡宁（Владимир Семёнович Маканин，1937—2017）著名的长篇小说《地下人，或当代英雄》这部作品的题目来看，很容易令人联想起陀思妥耶夫斯基的《地下室手记》的主人公"地下人"以及莱蒙托夫《当代英雄》中"多余的人"毕巧林。似乎是这两部作品名称的叠加。在陀思妥耶夫斯基的《地下室手记》中，主人公是一个不得志的八等文官，可见，"地下人"是没有父母，没有姓名的"小人物"形象，而在莱蒙托夫《当代英雄》中，莱蒙托夫时代的"当代英雄"是出身于贵族家庭、受过良好教育但是没有行动能力的"多余人"。陀思妥耶夫斯基的人物与莱蒙托夫的人物似乎出自两个不同的社会阶层，因此，似乎两者很难"叠加"。不过，这部作品中的"地下人"指向是明确的，是指勃列日涅夫时代从事"地下文学"创作的作家。2004 年，在圣彼得堡与俄罗斯师范大学学生

进行交谈时,马卡宁曾经谈到这部作品的创作动机,他说:

> "地下人"—— 是一个复杂的现象,具有两面性。首先,是
> 指对当局持反对态度的人,这个当局呼出的气息让人们明白,
> 它不会长久。这是在民主社会缺失情形下俄罗斯反对派的变
> 异。一旦发生变更,这样的地下人便成为权力机构,而且以适
> 当的方式,占据我们的钱财和最高的位置。但是也有另一种
> "地下人",代表着在任何政权变更的时候都不可能占据最高
> 位置的人们。这是整整一代牺牲的,但是拥有精神力量的英
> 勇的人们。为了怀念这些人们,我创作了这部长篇小说。①

可见,"地下人"是具有 20 世纪新的时代特征的人物典型,是
在继承莱蒙托夫、陀思妥耶夫斯基等经典作家传统艺术技巧的基
础上所进行的富有特性的新的开拓。这些地下人的作品虽然得不
到发表的机会,也不被当时的社会接受和承认,因而过着似乎与世
隔绝的地下的生活,但是他们坚守自己的立场和观点,坚信自己的
创作成就,憧憬自己的未来,因而有着自己的真正的生活,也是真
正意义上的"时代的主人公"。这样的地下人的代表是彼得罗维
奇:"彼得罗维奇既不想丧失个性,又不愿与现实面对面地抗争,于
是只好转入地下。同时,他身上又有许多的缺点、劣迹,正如马卡
宁作为这部小说的题词所引用的莱蒙托夫的《当代英雄》中的话:
'英雄……是一幅肖像,但不是一个人的肖像,而是我们整整一代
人及其全部发展史上的劣迹所构成的肖像。'"②彼得罗维奇也像陀

---

① 《Учительская газета》,(14 декабря 2004).
② 侯玮红:《自由时代的"自由人"——评马卡宁的长篇新作〈地下人,或当代英雄〉》,《俄罗斯文艺》2002 年第 4 期,第 73 页。

思妥耶夫斯基笔下的人物一样崇尚超人，并且两次杀人，不过他没有悔意，反而有拉斯科尔尼科夫最初所坚持的"杀人者未必有罪"的超人理论的意味。"大家都在杀人。在世界上，现在杀人，过去也杀人，血像瀑布一样地流，像香槟酒一样地流，为了这，有人在神殿里戴上桂冠，以后又被称作人类的恩主。"①当然，与陀思妥耶夫斯基的"地下人"相比，马卡宁的"地下人"已经赋予了当代的特色，内涵已经得以深化。马卡宁也在作品中不断探索"地下人"新的确切定义："地下人是社会的潜意识。地下人的意见无论怎样都是集中的。它无论怎样都是有意义的，有影响的。即使它永远（哪怕以流言的形式）也不会出现在光天化日之下。"②作者有关"地下人是社会的潜意识"的观念是非常重要的定义。

希什金（Михаил Павлович Шишкин，1961—　）的长篇小说《攻克伊兹梅尔》，是后现代主义文学的一部力作，为希什金赢得了巨大的文学声誉，2000年，该作品获得俄罗斯布克文学奖。伊兹梅尔是乌克兰的港口城市，"攻克伊兹梅尔"是一种寓意象征，表示主人公战胜生活。这部小说涉及的内容很广，虽是一部多线条情节结构的小说，但是没有主要的情节线索，从最开始描述的法律案件，到奥尔加死于癌症以及病理解剖学家莫得因见死不救而被判刑，整部作品没有首尾相贯的情节，线索似乎很多，但总是中途中断。如果说该作品一定有一个什么主题的话，那么这个主题就是相互审判。如果说这部作品有什么思想意义的话，那么正如该作品的中译本译者所言，这部小说"所影射的是俄罗斯20世纪的历

---

　①　马卡宁：《地下人，或当代英雄》，田大畏译，北京：外国文学出版社，2002年，第512页。

　②　马卡宁：《地下人，或当代英雄》，田大畏译，北京：外国文学出版社，2002年，第633页。

史，尽管由于时空排序的错位，情节线索的杂交，历史构图显得'杂乱无章'，但作者笔到之处的事件和场景都不难让人想起 20 世纪的俄罗斯：战争年代的饥饿与寒冷、鲜血与死亡，和平年代的镇压与流放、冤假错案，七八十年代的性病、酗酒、贫穷、杀人放火、道德滑坡等等，所有这些构成一个非人的环境"①。

索罗金的《玛丽娜的第三十次爱》写于 1982 年至 1984 年，于 1995 年在俄罗斯首次面世。这部作品讲述女主人公玛丽娜通过被拯救而逐步丧失个性的故事。这位音乐教师，尽管有着多次性体验，但是真正使得她感到满足的是女伴，尤其是第二十九次恋情。

《蓝色脂肪》是最为典型的后现代主义小说。作品的主人公就是"蓝色脂肪"，这是一种在作家进入休眠状态才能流出的物质，是创作的源泉，也是引起人们纷争的一种物质。

佩列文在 20 世纪 90 年代出版的一系列长篇小说，使得他声名远扬，成为俄罗斯文坛耀眼的新星，在俄罗斯文化界产生了一定的影响。

《奥蒙·拉》是佩列文所创作的第一部长篇小说，属于成长小说的范畴，其基本情节是作者所认为的一个惊天骗局。同名主人公奥蒙·克里沃玛佐夫（Омон Кривомазов）中"奥蒙"是特警队的缩写，而书名中的"拉"（Pa）则是古代埃及太阳神的名称。小说从奥蒙的童年时代开始写起，他出生在第二次世界大战之后，十多岁的时候，他就产生了一种要冲破地球的引力，前往太空，以摆脱苏联社会限定的愿望。中学毕业后，他考入一所培养飞行员的军事学院。但是他很快发现，这所学校里根本培养不了飞行员，为了被培养成像阿列克赛·马列西耶夫一样的"无腿飞将军"和"真正的

---

① 希什金：《攻克伊兹梅尔》，吴嘉佑译，桂林：漓江出版社，2003 年，第 19 页。

人”,学员将要截去下肢,不过,奥蒙被选拔到由莫斯科克格勃总部管理的绝密军事基地,开始接受“无人驾驶”的登月训练。实际上,本来应该以机器进行实验的项目,苏联政府却用人来代替,以便训练其“英雄主义”。奥蒙也是一样,本以为真的驾驶宇宙飞船奔向月球,历经艰险,谁知只是在一段被废弃的地铁隧道内的虚假的表演,而为了这虚假的表演,学员们所付出的是真实的生命。他是因为执行自杀指令的枪支启动失败才免于灾难,死里逃生。可见,这部作品有着对苏联时代的意识形态中的“真正的人”以及“英雄主义”的戏仿。

在长篇小说《夏伯阳与虚空》中,作品展现出两个时空层面,即十月革命不久后的夏伯阳部队和苏联解体后的莫斯科疯人院。1919 年的历史事件中,折射着发生在当代的 1991 年的转变。

这部长篇小说是以第一人称叙事的。作品的主人公彼得·虚空在 1919 年的时候,是夏伯阳红军师里的一个政委,可是在 1991 年的时候,他则是疯人院里的一个患者。两种存在的对比,突出主人公的身份含混和自我迷失,以及对内在现实与周围外在真实的迷惑。

这部作品中的“我”不断地做梦,作品也是在两个时空层面展开情节,“我”既与夏伯阳讨论着什么是真实、什么是虚空的话题,也与精神病院里的几个病友讨论和交流各自的梦境,在寻找精神寄托时,也总是陷于虚空之中。

而且,与真实和虚空相对应的是,作品中的梦境描绘也经常充满着不同时空的对照:

> 前方横亘着两座不高却陡峭的山丘,中间是一条狭窄的
> 过道。两座山丘构成一道浑然天成的大门,而且相当对称,俨

然两座耸立了许多世纪的古塔。它们犹如一条分界线,过了这条分界线地形与这边的就不一样,尽是连绵起伏的山冈。好像不一样的不只是地形,一方面,我分明感觉到有风扑面而来,另一方面,却又分明看到显然离我们已经很近的篝火升起的烟柱是笔直笔直的,这让我困惑不已。①

真实与幻境,过去与现在,无论是否有着对应的经历,但是给人一种对应的感悟。如西方学者所说:"小说中的大部分内容无疑是以对偶这一'诗学'原则进行组织的,一系列的联结并不构成线型情节,而是强调俄罗斯历史上的两个历史时期的相似性和类比性。当然,最为突出的回声是心理层面的,以及伴随这两个社会政治变革时期所出现的社会断层和迷惑。"②

《"百事"一代》所描写的是选择喝"百事可乐"的年轻一代。作品通过神话时空与现实时空的相互交织,糅合了神话要素,书写了小说主人公瓦维连·塔塔尔斯基从一个颇有潜质的文学青年变身为广告界首富的经历。出于对文学的喜爱,他从一所技术学校毕业后,考上了文学院。然而,在苏联解体之后,他发现文学的意义已经丧失,于是抛开了文学事业,做起了售货员的工作,后来又通过同学的引荐,进入一家公司,在广告公司担任策划,在权力与欲望所主宰的都市社会里,他经过磨炼,终于获得事业上的成功。

佩列文作为俄罗斯后现代主义代表作家之一,其作品"以鲜明的后现代主义风格颠覆了强权主义的话语模式,但在其荒诞的艺

① 佩列文:《夏伯阳与虚空》,郑体武译,转引自黄铁池主编:《外国小说鉴赏辞典·20世纪后期卷》,上海:上海辞书出版社,2010年,第280页。

② Boris Noordenbos, *Post-Soviet Literature and the Search for a Russian Identity*, New York: Palgrave Macmillan, 2016, p. 34.

术世界背后隐藏着俄罗斯作家所特有的对民族历史、对俄罗斯人的悲剧性命运的探索和体悟"①。他的作品以后现代主义的情节结构以及荒谬的风格见长，混杂着佛教母题，汲取了神秘主义传统以及讽刺科幻小说的营养，从而受到读者一定的追捧，作品被翻译成多种文字出版。佩列文以自己的创作力图传达他所理解的 20 世纪以及苏联解体后的俄罗斯社会生活的现实图景，"流露出作者对整个 20 世纪俄罗斯社会历史的虚无主义态度"②。

### （三）衰落时期

进入 21 世纪之后，俄罗斯后现代主义热潮开始逐渐消退，但是在其衰退过程中，也有一些较为出色的作品面世。其中包括托尔斯泰娅的长篇小说《野猫精》(Кысь, 2001)、斯拉夫尼科娃的长篇小说《不朽的人》(Бессмертный, 2001)、索罗金的《暴风雪》(Метель, 2010)等等。

托尔斯泰娅(Татьяна НикитичнаТолстая, 1951—    )的《野猫精》是她倾注了十多年的心血而创作的一部长篇小说。这部作品以国家政权作为情节得以展开的语境，并以童话语体的形式，对历史上的重要事件进行影射，对俄罗斯历史文化进行深刻的反思。小说中所叙述的重要事件是一场大爆炸，在大爆炸之后，整个俄罗斯退回到了蛮荒时代，不仅人们生活在爆炸之后的恶劣环境中，而且社会道德极度退化，甚至人的身体也发生了蜕化和变异。于是，故事又充满着神秘色彩：

---

① 赵杨：《维克多·佩列文和他的自由王国——后现代元素与民族文化底蕴的结合》，森华编：《当代俄罗斯文学：多元、多样、多变》，北京：外语教学与研究出版社，2010年，240 页。

② 李新梅：《现实与虚幻：维克多·佩特文后现代主义小说的艺术图景》，上海：复旦大学出版社，2012 年，第 68 页。

费多尔-库兹米奇斯克城坐落在七个山丘上,周围是无边无际的原野,神秘莫测的土地。北方是昏昏欲睡的森林,被狂风吹折的树木,枝干交错,难以通行;带刺的灌木抓住裤子不放,枯枝把人头上的帽子扯下来。老人们说,有一只野猫精就住在这样的森林中。他蹲在黑糊糊的树枝上,粗野地、怨声怨气地叫喊:"咪——噢! 咪——噢!"可是没人能看见他。若是有人走进森林,他就呼的一声从后面扑到他的脖子上,用锋利的牙齿咯吱一声咬下去,用爪子摸到主动脉,将它抓断,而人马上就变得神志模糊。他若是回家去,人不再是原来的人,眼睛不再是原来的眼睛;他认不出道路,活像月光下的梦游者,伸着双手,手指不住颤抖:人在行走,真实是在睡觉。[①]

发生蜕化和变异之后,有人浑身长满耳朵,有人长着鸡冠,还有人长着猫爪。人们的生活习性也发生了巨大的变化,他们喜欢食用老鼠,饮用铁锈水。在伦理道德方面,更是发生了根本的变化,人们变得残忍,以别人的苦难为乐,对权贵者阿谀奉承,对弱小者无端欺凌。小说打破时空界限,以蛮荒时代的种种荒诞的故事来影射当代人们的生存困境以及人性的扭曲,审视如何传承俄罗斯传统精神文化等命题。

斯拉夫尼科娃(Ольга Александровна Славникова,1957—    )的长篇小说《不朽的人》发表于《十月》杂志 2001 年第 6 期。这部作品所讲述的是苏联解体后普通百姓的艰难现实生活以及与命运抗争的故事。作品中的老退伍军人哈利托诺夫,曾经浴血奋战,在卫

---

① 塔吉亚娜·托尔斯泰娅:《野猫精》,陈训明译,上海:上海译文出版社,2005 年,第 3 页。

国战争中英勇杀敌,建立了功勋,然而,这样的"老革命",与妻子尼娜以及尼娜的非婚生女儿玛利亚生活在狭小的住房里,在勃列日涅夫的改革时代,他中风偏瘫之后,就卧床不起。苏联解体之后,他的生活越发艰难。家人害怕社会生活的巨变超出老人的心脏承受能力,于是就想方设法在家里尽可能地营造苏联时期的生活氛围,墙上挂着苏联时期的领导人勃列日涅夫的肖像,电视里也播放着经过家人剪辑的过去人们为建设发达的社会主义事业而努力奉献的苏联新闻,使得这个老军人生活在虚拟的"红色角落"。在艰难的社会现实面前,甚至连尼娜等人也在虚幻的时空中寻求心灵的慰藉。然而,虚幻毕竟是虚幻,最后这位"不朽的人"还没有来得及做自我了结,就因听到了关于俄罗斯现实的谈话,超出了他心脏所能承受的能力,便告别了真实的世界。

索罗金著名的中篇小说《暴风雪》(Метель,2010)承袭传统题材,尤其是承袭了普希金、托尔斯泰、帕斯捷尔纳克等优秀俄罗斯作家的传统,甚至连作品名称也与 19 世纪的经典作家普希金、托尔斯泰的作品以及 20 世纪的经典作家布尔加科夫的作品相同,在创作手法方面,他在承袭传统的同时,更强调具有创新意识。我国有学者在评价《暴风雪》时认为:"索罗金的《暴风雪》糅合了真实与虚幻,在不失经典味道的同时又加入了后现代的元素。"①

后现代因素充分体现在作品的结构方面,小说尽管承袭了 19 世纪的文学传统,但多半是对 19 世纪文学经典的戏仿。甚至在时空方面,也充分体现了"无序"的特性,完全颠覆了传统文学中的逻辑概念。19 世纪的"驿站",20 世纪的电话、电视频道,以及 21 世

---

① 任明丽:《〈暴风雪〉译者前言》,索罗金:《暴风雪》,任明丽译,北京:人民文学出版社,2012 年,第 3 页。

纪的一些要素都同时出现在作品的时空中,通过过去时空、现实时空、未来时空的交织,体现西方后现代主义文学中对传统思维模式进行颠覆、否定和重构的特性。

后现代性也体现在知识分子形象加林身上,主要通过这一形象来展现人性和道德的荒谬。作品的开篇,是俄罗斯大地的冬天,42岁的加林医生必须乘车出诊,他拿着手提包,前往流行病爆发的偏远乡村。他本是一位心系病人的医生。由于下起了暴风雪,驿站又没有马车了,尽管病人在等着他,可是他无法乘车给自己的病人送去疫苗,因而心急如焚。他思考着人们的病情,以及如何拯救村庄。因为村里所感染的是"玻利维亚黑死病"(боливийская чёрна),患上这种病的人会具有一种特殊的魔力,能从坟墓里钻出来,吃自己的同类。

他们想方设法,终于乘上了由50匹袖珍马所拉着的雪橇车。路途艰难,在途中,雪橇车撞了一个透明物体——金字塔,并且撞坏了滑板前端。雪橇车出现了故障,只得在磨坊主家过夜。这时,急于赶路救人的医生,却全然不顾自己的职责以及道德底线,对磨坊主的妻子产生了性欲,他一看到并不好看的磨坊主的妻子,就感到"心怦怦乱跳,饥渴的热血不断翻涌着"①。加林医生未能抵御诱惑,从而与30来岁的磨坊主的妻子发生了一夜情。对于金钱,他同样怀有贪婪之心。当他得知在途中所扔掉的"金字塔"就是维他命人研发的新型毒品时,他则因为失去了赚钱的机会而感到十分难受。

这部作品于2010年面世之后,引起了强烈反响。关于这部作

---

① 弗拉基米尔·索罗金:《暴风雪》,任明丽译,北京:人民文学出版社,2013年,第51页。

品中"暴风雪"意象,索罗金在一次采访中说:"暴风雪既是主体又是客体,既是人物又是舞台,既是主人公又是布景,在暴风雪中一切得以发生。这是一种决定人类生存及命运的要素,我主要想阐述的并不是国家制度而是某些原质的事物,是俄罗斯广袤的空间在这种空间内人的自我迷失,暴风雪定是这种空间所酝酿出来的唯一主角。"①可见,索罗金赋予暴风雪这一意象多重的文化内涵。

## 三、俄罗斯后现代主义小说在中国的传播

俄罗斯后现代主义小说在中国受到了较大的关注。它在中国的传播主要体现在两个方面:一是俄罗斯后现代主义理论探索以及文本阐释,二是代表性作品的系统翻译。

在理论探索方面,郑永旺等著的《俄罗斯后现代主义文学研究——理论分析与文本解读》一书,在研究的过程中,注重探讨俄罗斯后现代主义文学的理论模式与西方的后现代主义文化思潮之间的关系,并且以文本为依据,力图勾勒俄罗斯后现代主义文学的诗学体系。当然,作者也从俄罗斯社会文化语境中探讨俄罗斯后现代主义思潮的生成,该书作者认为:"俄罗斯后现代主义文学是在独特的意识形态语境中孕育并在市场经济时代疯狂生长的具有反极权主义色彩的文学形态。"②

李新梅的《俄罗斯后现代主义文学中的文化思潮》一书,2012年由中国社会科学出版社出版,全书共分四章,作者通过对不同时

---

① 弗拉基米尔·索罗金:《暴风雪》,任明丽译,北京:人民文学出版社,2013年,第51页。

② 郑永旺等:《俄罗斯后现代主义文学研究——理论分析与文本解读》,北京:人民文学出版社,2017年,第1页。

期具有代表性的俄罗斯后现代主义文学文本的具体阐释，探究其中所蕴含的文化思潮。作者认为，作用于俄罗斯后现代主义的文化思潮主要包括虚无主义思潮、宗教文化思潮、反乌托邦思潮和大众文化思潮。

侯玮红的《当代俄罗斯小说研究》，2013 年由中国社会科学出版社出版，全书共分七章，重点以苏联解体以后 20 年的小说为研究对象，其中的第六章论述了当代俄罗斯后现代主义小说，分别对佩列文、索罗金的后现代主义创作特性以及代表性作品进行了详尽的分析研究。

赵杨的《颠覆与重构：论俄罗斯后现代主义文学的反乌托邦性》（黑龙江人民出版社，2009），对于反乌托邦性在俄罗斯后现代主义文学中的体现，做了较为深入的探究，认为"反乌托邦性是俄罗斯后现代主义文学的天然本性"。

李新梅的《现实与虚幻：维克多·佩特文后现代主义小说的艺术图景》（复旦大学出版社，2012）旨在对佩列文创作进行整体和综合研究。该书选择了佩列文《奥蒙·拉》《昆虫的生活》《夏伯阳与虚空》《"百事"一代》等四部重要的作品，运用文化批评等理论视角，结合当代俄罗斯文化语境，对佩列文作品的创作理念、语言风格以及诗学手段等，进行了较为透彻的探讨。

俄罗斯后现代主义小说在中国的传播，除了理论与批评的引导，这类小说的系统翻译功不可没。

在俄罗斯后现代主义小说的中文译介过程中，刘文飞等学者组织翻译的《俄罗斯当代长篇小说丛书》《俄语布克奖小说丛书》等，这两套丛书收了佩列文、索罗金、马卡宁、希什金等多位后现代主义小说家的代表性作品，在传播俄罗斯当代小说方面，都具有一定的学术影响,丛书中所选译的小说作品,代表着包括后现代主义小说在内的最新创作成就。

在俄罗斯后现代主义小说翻译方面,刘文飞所译的佩列文《"百事"一代》(人民文学出版社,2001)、郑体武所译的佩列文《夏伯阳与虚空》(上海译文出版社,2004)、吴嘉佑所译的希什金《攻克伊兹梅尔》(漓江出版社,2003)、张冰所译的叶罗费耶夫《从莫斯科到佩图什基》(漓江出版社,2014)、田大畏所译的马卡宁《地下人,或当代英雄》(外国文学出版社,2002)、陈训明所译的塔吉亚娜·托尔斯泰娅《野猫精》(上海译文出版社,2005)、任明丽所译的索罗金《暴风雪》(人民文学出版社,2012)等等,都为俄罗斯后现代主义小说在我国的传播做出了积极的贡献。尤其是刘文飞、郑体武等译者的译本,译文既忠实地传达了原文的风采,又兼顾我国读者的阅读习惯,译者充分发挥译入语的优势,积极探索,力求归化与异化并举,为俄罗斯后现代主义小说在我国的传播以及为我国读者所接受,为我国文学界借鉴俄罗斯当代文学艺术的精华,做出了卓越的贡献。


综上所述,1991 年苏联解体之后,俄罗斯文学一度陷入低谷,由于社会政治生活的极度转型,俄罗斯很多作家也一度陷入迷茫,无论对于创作思想还是对于作家本身,都面临着一个新的抉择。由于身份认同、原先所坚持的文学主张和所想象的作家的"历史使命",都遭遇到了前所未有的全面的危机,于是,传统的现实主义创作方法以及相应的创作主题都受到了严重的冲击,后现代主义等各种文学思潮和创作方法开始波及整个俄罗斯文坛,与原有的格局形成了强烈的冲撞。经过一段时间的徘徊,经过后现代主义小说家等人的努力，俄罗斯小说创作逐渐恢复元气，走出低谷，许多小说家的作品从传统的审美转向了文化认知，而年轻的作家群的涌现更为解体后的俄罗斯文学的生存与开拓努力探寻着新的途径。

（原载于《中文学术前沿》第 16 辑，杭州：浙江大学出版社，2019 年）

下编

# 序跋书评

# 《外国文学经典生成与传播研究》总序

文学经典的价值是一个不断发现的过程，也是一个不断演变和深化的过程。自从"经典"一词作为一个重要的价值尺度而对文学作品开始进行审视时，学界对经典的意义以及衡量经典的标准进行过艰难的探索，其探索过程又反过来促进了经典的生成与传播。

## 一、外国文学经典生成缘由

文学尽管是非功利的，但是无疑具有功利的取向，文学尽管不是以提供信息为己任，但依然是我们认知人类社会的一个非常重要的参照。所以，尽管文学经典通常传播的并不是我们一般所认为的有用的信息，但是有着追求真理、陶冶情操、审视时代、认知社会的特定价值。外国文学经典的生成缘由应该是多方面的，但是，其基本缘由是满足人们的精神需求，适应各个不同时代人类生存和发展的需要。

首先，文学经典的生成缘由与远古时代的原始状态的宗教信仰密切相关。古埃及人的世界观是"万物有灵论"（Animism），促使了诗集《亡灵书》（*The Book of the Dead*）的生成，这部诗集从而被认为是人类最古老的书面文学。与原始宗教相关的还有"巫术说"。不过,从"巫术说"中虽然也可以发现人类早期诗歌(如《吠陀》等)与巫术之间的一定的联系,但巫术作为人类早期的重要的社会活动,对诗歌的发展所起到的也只是"中介"作用。而"经典"(canon)一词最直接与宗教发生关联,杰勒米·霍桑(Jeremy Hawthorn)就坚持认为"经典"起源于基督教会内部关于希伯来圣经和新约全书书籍的本真性(authenticity)的争论。他写道:"在教会中认定具有神圣权威而接受的,就被称作经典,而那些没有权威或者权威可疑的,就被说成是伪经。"[1]从中也不难看出文学经典以及经典研究与宗教的关系。

其次,经典的生成缘由与情感传达以及审美需求密切相关。主张"摹仿说"的,其实也包含着情感传达的成分。"摹仿说"始于古希腊哲学家德谟克利特和亚里士多德等人。德谟克利特认为诗歌起源于人对自然界声音的模仿,亚里士多德在《诗学》中写道:"一般说来,诗的起源仿佛有两个原因,都是出于人的天性。"[2]他接着解释说,这两个原因是摹仿的本能和对摹仿的作品总是感到快感。他甚至指出:比较严肃的人摹仿高尚的行动,所以写出的是颂神诗和赞美诗,而比较轻浮的人则摹仿下劣的人的行动,所以写的是讽刺诗。"情感说"认为诗歌起源于情感的表现和交流思想的需要。这种观点揭示了诗歌创作与情感表现之间的一些本质的联系,但并不能说明诗歌产生的源泉,而只是说明了诗歌创作的某些动机。世界文学的发展历程也得以证明,最早出现的人类文学作品是劳动歌谣。劳动歌谣是沿袭劳动呼声的样式而出现的,所谓

---

① Jeremy Hawthorn, *A Glossary of Contemporary Literary Theory*, p. 34. 此处转引自阎景娟:《文学经典论争在美国》,北京:社会科学文献出版社,2010 年,第 27 页。

② 亚里士多德:《诗学》,《诗学·诗艺》,北京:人民文学出版社,1962 年,第 11 页。

劳动呼声,是指从事集体劳动的人们伴随着劳动动作节奏而发出的有节奏的呐喊。这种呐喊既有协调动作,也有情绪交流、消除疲劳、愉悦心情的作用。这样,劳动也就决定了诗歌的形式特征以及诗歌的功能意义,使诗歌与节奏、韵律等联系在一起。由于伴随着劳动呼声的还有工具的挥动和身姿的扭动,所以原始诗歌的一个重要特征便是诗歌、音乐、舞蹈这三者的合一(三位一体)。朱光潜先生就曾指出中西都认为诗的起源以人类天性为基础,认为诗歌、音乐、舞蹈原是三位一体的混合艺术,其共同命脉是节奏。"后来三种艺术分化,每种均仍保存节奏,但于节奏之外,音乐尽量向'和谐'方面发展,舞蹈尽量向姿态方面发展,诗歌尽量向文字方面发展,于是彼此距离遂日渐其远。"[1]这也从一个方面说明,文学的产生是情感交流和愉悦的需要。"单纯的审美本质主义很难解释经典包括文学经典的本质。"[2]

再次,经典的生成缘由与伦理教诲以及伦理需求有关。所谓文学经典,必定是受到广泛尊崇的具有典范意义的作品。这里的"典范",就已经具有价值判断的成分。实际上,经过时间的考验流传下来的经典艺术作品,并不仅仅依靠其文字魅力或者依靠审美情趣而获得推崇,伦理价值在其中起着极其重要的作用。正是人们所需的伦理选择,才使得人们一遍又一遍地企盼从文学经典中获得答案和教益,从而使得文学经典具有了经久不衰的价值和魅力。文学作品中的伦理价值与审美价值并不相悖,但是无论如何,审美阅读不是研读文学经典的唯一选择,正如西方评论家所言,在顺利阅读的过程中,我们允许各种其他兴趣从属于阅读的整

---

① 朱光潜:《诗论》,北京:生活·读书·新知三联书店,1984年,第11页。
② 阎景娟:《文学经典论争在美国》,北京:社会科学文献出版社,2010年,第1页。

体经验。[①] 在这一方面,哈罗德·布鲁姆关于审美创造性的观念则过于偏颇,他过于强调审美创造性在西方文学经典生成中的作用,反对新历史主义等流派所做的道德哲学和意识形态批评。审美标准固然重要,然而,如果只是将文学经典的审美功能看成唯一的功能,显然削弱了文学经典存在的理由,而且文学的政治和道德价值更不是布鲁姆先生所认为的是"审美和认知标准的最大敌人"[②],而是相辅相成的,更何况文学经典的认知功能正是其伦理价值所在,我们平时所说的阅读文学作品是为了陶冶道德情操,这其中就已经有了一定的伦理需求。聂珍钊在其专著《文学伦理学批评导论》中,既有关于文学经典伦理价值的理论阐述,也有文学伦理学批评在小说、戏剧、诗歌等文学类型中的实践运用。就布鲁姆的上述观点而言,相比之下,聂珍钊的观点无疑更为科学、客观。在审美价值和伦理价值的关系上,聂珍钊在该专著中坚持认为:"文学经典的价值在于其伦理价值,其艺术审美只是其伦理价值的一种延伸,或是实现其伦理价值的形式和途径。因此,文学是否成为经典是由其伦理价值所决定的。"[③]

可见,没有伦理,也就没有审美,没有伦理选择,审美选择更是无从谈起。追寻斯芬克斯因子的理想平衡,发现文学经典的伦理价值,培养读者的伦理意识,从文学经典中得到教诲,无疑也是文学经典得以存在的一个重要方面。正是意识到文学经典的教诲功能,所以美国著名思想家布斯认为,一个教师在从事文学教学时,"如果从伦理上教授故事,那么他们比起最好的拉丁语、微积分或

---

① 布鲁克斯:《精致的瓮》,郭乙瑶等译,上海:上海人民出版社,2008 年,第 232 页。

② 布鲁姆:《西方正典》,江宁康译,南京:译林出版社,2005 年,第 28 页。

③ 聂珍钊:《文学伦理学批评导论》,北京:北京大学出版社,2014 年,第 142 页。

历史教师来说,对社会更为重要"①。文学经典的一个重要使命是对读者的伦理教诲功能,特别是对读者伦理意识的引导。其实,在作者与读者的关系上,18世纪英国著名批评家塞缪尔·约翰逊就坚持认为,作者具有伦理责任:"创作的唯一终极目标就是能够让读者更好地享受生活,或者更好地忍受生活。"②20世纪的法国著名哲学家伊曼纽尔·勒维纳斯构建了一种'为他人'(to do something for the other)的伦理哲学观,认为:"与'他者'的伦理关系可以在论述中建构,并且作为'反应和责任'来体验。"③当今加拿大学者珀茨瑟更是强调文学伦理学批评的实践,以及对读者的教诲作用,认为:"作为批评家,我们的聚焦既是分裂的,同时又有可能是平衡的。一方面,我们被邀以文学文本的形式来审视各式各样的、多层次的、缠在一起的伦理事件,坚守一些根深蒂固的观念;另一方面,考虑到文学文本对'个体读者'的影响,也应该为那些作为'我思故我在'的读者做些事情。"④可见,文学经典的使命之一应该是强调伦理责任和教诲功能的。文学经典的生成与伦理选择以及伦理教诲的关联不仅可以从《俄狄浦斯王》等经典戏剧中深深地领悟到,还可以从古希腊的《伊索寓言》以及中世纪的《列那狐传奇》等动物史诗中具体地感知到。文学经典的教诲功能在古代外国文学中显得特别突出,甚至很多文学形式的产生,也都是源自教诲功

---

① 布斯:《修辞的复兴——韦恩布斯精粹》,穆雷等译,南京:译林出版社,2009年,第230页。

② Samuel Johnson, "Review of a Free Inquiry into the Nature and Origin of Evil," *The Oxford Authors: Samuel Johnson*, Donald Greene ed., London: Oxford University Press, 1990, p. 536.

③ Emmanuel Levinas, *Ethics and Infinity*, Trans. Richard A. Cohen, Pittsburgh: Duquesne University Press, 1985, p. 88.

④ Markus Poetzsch, "Towards an Ethical Literary Criticism: the Lessons of Levinas," *Antigonish Review*, Issue 158, Summer 2009, p. 134.

能。埃及早期的自传作品中,就有强烈的教诲意图。如《梅腾自传》《大臣乌尼传》《霍尔胡夫自传》等,大多陈述帝王大臣的高尚德行,或者炫耀如何为帝王效劳,并且灌输古埃及人们心中的道德规范。"这种乐善好施美德的自我表白,充斥于当时的许多自传铭文之中,对后世的传记文学亦有一定的影响。"[①]相比自传作品,古埃及的教谕文学更是直接体现了文学所具有的伦理教诲功能。无论是古埃及最早的教谕文学《王子哈尔德夫之教谕》(*The Instruction of Prince Hardjedef*),还是古埃及迄今为止保存最完整的教谕文学作品《普塔荷太普教谕》(*The Instruction of Ptahhotep*),内容都涉及了社会伦理的方方面面。

最后,经典的生成缘由与人类对自然的认知有关。文学经典在一定意义上是人类对自然认知的记录。尤其是古代的一些文学作品,甚至是古代自然哲学的诠释。几乎每个民族都有自己的神话体系,而这些神话,有相当一部分是解释对自然的认知。无论是希腊罗马神话,或是东方神话,无不体现人对自然力的理解,以及人与自然关系的探索。

## 二、外国文学经典的传播途径的演变

在漫长的岁月中,外国文学经典经历了多种传播途径,经历了象形文字、楔形文字、拼音文字等多种书写形式,历经了从纸草、泥板、竹木、陶器、青铜直到活字印刷术,以及从平面媒体到跨媒体等多种传播媒介的变换和发展,但是每一种传播手段都伴随着科学

---

① 令狐若明:《埃及学研究:辉煌的古代埃及文明》,长春:吉林大学出版社,2008年,第286页。

技术的进步以及人类文明发展的进程。

　　人类的文学经典的生成与传播，概括起来，经历了七个重要的传播阶段或传播形式，大致包括口头传播、表演传播、文字传播、印刷传播、组织传播、影像传播、网络传播等类型。

　　第一，文学经典的生成与传播经历的是口头的生成与传播，这一生成与传播是以语言的产生为特征的。外国古代文学经典中，有不少著作经历了漫长的口头传播的阶段，如古希腊的《伊利昂纪》等英雄史诗，或《伊索寓言》，都经历了漫长的口头传播，待到文字产生之后，才由一些文人整理记录下来，形成固定的文本。这一演变和发展过程，其实就是脑文本转化为物质文本的具体过程。"脑文本就是口头文学的文本，但只能以口耳相传的方式进行复制而不能遗传。因此，除了少量的脑文本后来借助物质文本被保存下来之外，大量的具有文学性质的脑文本都随其所有者的死亡而永远消失湮灭了。"①可见，作为口头文学的脑文本，只有借助于声音或文字等形式转变为物质文本或当代的电子文本之后，才会获得固定的形态，才有可能得以保存和传播。

　　第二，文学经典的生成与传播经历了表演传播，尤其是在剧场等空间内的传播。在外国古代文学经典的传播过程中，尤其是在古希腊的文学经典生成和传播过程中，剧场发挥了极其重要的作用。古希腊埃斯库罗斯、索福克勒斯、欧里庇得斯等三大悲剧作家的作品，当时都是靠剧场来进行传播的。当时的剧场大多是露天剧场，如古希腊雅典的狄奥尼索斯剧场，规模庞大，足以容纳 30000 名观众。

---

　　① 聂珍钊：《文学伦理学批评：口头文学与脑文本》，《外国文学研究》2013 年第 6 期，第 8 页。

除了剧场对于戏剧作品的传播之外，为了传播一些诗歌作品，吟咏和演唱传播这一形式也是表演传播的一个重要部分。古代希腊的很多抒情诗，就是在笛歌和琴歌这些乐器的伴奏下，通过吟咏而得以传播的。在古代波斯，诗人的作品则是靠"传诗人"而传播的。"传诗人"便是通过吟咏和演唱的方式来传播诗歌作品的人。

第三，文学经典经历了文字形式的生成与传播。这是继口头传播之后的又一个重要的发展阶段，也是文学经典得以生成的一个关键阶段。文字产生于奴隶社会初期，大约在公元前三四千年，中国、埃及、印度和幼发拉底、底格里斯两河流域，分别出现了早期的象形文字。英国历史学家巴勒克拉夫在《泰晤士报世界历史地图集》中指出："公元前 3000 年文字发明，是文明发展中的根本性的重大事件。它使人们能够把行政文字和消息传递到遥远的地方，也就是中央政府能够把大量的人力组织起来，它还提供了记载知识并使之世代相传的手段。"[1]从巴勒克拉夫的这段话中，可以看出文字媒介对于人类文明的重要意义。因为文字媒介克服了声音语言转瞬即逝的缺点，能够把文学信息符号长久而精确地保存下来。从此，文学成果的储存不再单纯地依赖人脑的有限记忆，并且突破了文学经典在口头传播时空间和时间的限制，从而极大地改善和促进了文学经典的传播。

第四，文学经典的生成与传播经历了活字印刷的批量传播。仅仅有了文字，而没有文字得以依附的载体，经典依然是不能传播的，而早期的文字载体，对于文学经典的传播所产生的作用又是十分有限的。文字形式只能记录在纸草、竹片等植物上，或是刻在泥

---

① 转引自文言主编：《文学传播学引论》，沈阳：辽宁人民出版社，2006 年，第 55 页。

板、石板等有限的物体上。随着活字印刷术的产生,文学经典才真正形成了得以广泛传播的条件。

第五,文学经典的生成与传播还经历了组织传播。由于科学技术的发展,尤其是印刷术的发明,使得"团体"的概念更为明晰。这一团体,既包括受众的扩大,也包括作家自身的团体。有了印刷方面的便利,文学社团、文学流派、文学刊物、文学出版机构等组织便应运而生。文学经典在各个时期的传播,离不开特定的媒介。不同的传播媒介,体现了不同时代的精神和科技的进步。我们所说的"媒介"一词,本身也具有多义性,在不同的情境、条件下,具有不同的意义属性。"文学传播媒介大致包含两种含义:一方面,它是文学信息符号的载体、渠道、中介物、工具和技术手段,例如'小说文本''戏剧脚本''史诗传说''文字网页'等;另一方面,它也可能指从事信息的采集、符号的加工制作和传播的社会组织……这两种内涵层面所指示的对象和领域不尽相同,但无论作为哪种含义层面上的'媒介',都是社会信息系统不可或缺的重要环节。"①

第六,文学经典的生成与传播经历了影像传播。20 世纪初,电影开始产生。文学经典以电影改编的形式获得关注,成为影像改编的重要资源,经典从此又有了新的生命形态。20 世纪中期,随着电视的产生和普及,文学经典的影像传播更是成为一个重要的传播途径。

第七,文学经典的生成与传播在 20 世纪后期所经历的一个特别的传播形式是网络传播。网络传播以计算机通信网络为平台,利用图像扫描和文字识别等信息处理技术,将纸质文学经典电子化,以方便储存,同时也便于读者阅读、携带、交流和传播。外国文

---

① 文言主编:《文学传播学引论》,沈阳:辽宁人民出版社,2006 年,第 52 页。

学经典是网络传播的重要资源，正是网络传播，使得很多本来仅限于学界研究的文学经典得以普及和推广，赢得更多的受众，也使得原来仅在少数图书馆储存的珍稀图书得以电子的版本形式为更多的读者和研究者所使用。

从纸草、泥板到网络电子，文学经典的传播途径的变化与人类的进步以及科学技术的发展是同步而行的，传播途径的变化不仅促使了文学经典的流传和普及，也在一定的意义上折射了人类文明的历史进程。

### 三、外国文学经典的翻译及历史使命

外国文学经典得以代代流传，是与文学作品的翻译活动和翻译实践密不可分的。可以说，没有文学翻译，就不可能存在外国文学经典。文学经典正是从不断的翻译过程中获得再生，获得流传。譬如，古代罗马文学就是从翻译开始的，正是有了对古希腊文学的翻译，古罗马文学才有了对古代希腊文学的承袭。同样，古希腊文学经典通过拉丁语的翻译，获得新的生命，以新的形式，渗透到其他的文学经典中，并且得以流传下来。而古罗马文学，如果没有后来其他语种的不断翻译，也就必然随着拉丁语成为死的语言而失去自己的生命。

所以，翻译所承担的使命就是真正意义上的文化传承的使命。要正确认识文学翻译的历史使命，我们必须重新认知和感悟文学翻译的特定性质和基本定义。

在国外，英美学者关于翻译是艺术和科学的一些观点具有一定的代表性。美国学者托尔曼在其《翻译艺术》一书中认为："翻译是一种艺术。翻译家应是艺术家，就像雕塑家、画家和设计师

一样。翻译的艺术,贯穿于整个翻译过程之中,即理解和表达的过程之中。"①

英国学者纽马克将翻译定义为"把一种语言中某一语言单位或片段,即文本或文本的一部分的意义用另一种语言表达出来的行为"②。

而苏联翻译理论家费达罗夫认为:"翻译是用一种语言把另一种语言在内容和形式不可分割的统一中业已表达出来的东西准确而完全地表达出来。"苏联著名翻译家巴尔胡达罗夫在他的著作《语言与翻译》中声称:"翻译是把一种语言的语言产物在保持内容也就是意义不变的情况下改变为另外一种语言的言语产物的过程。"③

在我国学界,一些工具书对"翻译"这一词语的解释往往是比较笼统的。《辞源》对翻译的解释是:"用一种语文表达他种语文的意思。"《中国大百科全书·语言文字卷》对翻译下的定义是:"把已说出或写出的话的意思用另一种语言表达出来的活动。"实际上,对翻译的定义在我国也由来已久。唐朝《义疏》中提道:"译及易,谓换易言语使相解也。"④这句话清楚表明:翻译就是把一种语言文字转换成另一种语言文字以达到彼此沟通、相互了解的目的。

所有这些定义所陈述的是翻译的文字转换作用,或是一般意义上的信息的传达作用,或是"介绍"作用,即"媒婆"功能,而忽略了文化传承功能。实际上,翻译是源语文本获得再生的重要途径,纵观世界文学史的杰作,都是在翻译中获得再生的。从古埃及、古巴比伦、古希腊罗马等一系列文学经典来看,没有翻译,就没有经

---

① 郭建中编著:《当代美国翻译理论》,武汉:湖北教育出版社,2000 年,第 4 页。
② P. Newmark, *About Translation*, Clevedon: Multilingual Matters Ltd., 1991, p. 27.
③ 转引自黄忠廉:《变译理论》,北京:中国对外翻译出版公司,2002 年,第 21 页。
④ 罗新璋编:《翻译论集》,北京:商务印书馆,1984 年,第 1 页。

|《外国文学经典生成与传播研究》总序                                      | 239 |

典。如果说源语创作是文学文本的今生,那么今生的生命是极为短暂的,是受到限定的,正是翻译,使得文学文本获得今生之后的"来生"。文学经典在不断的翻译过程中获得"新生"和强大的生命力。因此,文学翻译不只是一种语言文字符号的转换,而是一种以另一种生命形态存在的文学创作,是本雅明所认为的原文作品的"再生"(afterlife on their originals)。

文学翻译既是一门艺术,也是一门科学。作为一门艺术,译者充当着作家的角色,因为他需要用同样的形式、同样的语言来表现原文的内容和信息。文学翻译不是逐字逐句的机械的语言转换,而是需要译者的才情,需要译者根据原作的内涵,通过自己的创造性劳动,用另一种语言再现出来原作的精神和风采。翻译,说到底是翻译艺术生成的最终体现,是译者翻译思想、文学修养和审美追求的艺术结晶,是文学经典生命形态的最终促成。

因此,翻译家的使命无疑是极为重要、崇高的,译者不是一般意义上的"媒婆",而是生命创造者,实际上,翻译过程就是不断创造生命的过程。翻译是文学的一种生命运动,翻译作品是原著新的生命形态的体现。这样,译者不是"背叛者",而是文学生命的"传送者"。源自拉丁语的谚语说:Translator is a traitor.(译者是背叛者。)但是我们要说:Translator is a transmitter.(译者是传送者。)尤其是在谈到诗的不可译性时,美国诗人罗伯特·弗罗斯特断言:"诗是翻译中所丧失的东西。"然而,世界文学的许多实例表明:诗歌是一种值得翻译的东西,杰出的作品正是在翻译中获得新生,并且生存于永恒的转化和永恒的翻译状态,正如任何物体一样,当一首诗作只能存在于静止状态,没有运动的空间时,其生命在某种意义上来说也就停滞或者死亡了。

认识到翻译所承载的历史使命,那么我们的研究视野也应相应发生转向,即文学翻译研究朝翻译文学研究转向。

文学翻译研究朝翻译文学研究的这一转向,使得"外国文学"不再是"外国的文学",而是我国民族文化的一个有机的组成部分,而是将外国文学从文学翻译研究的词语对应中解救出来,从而审视与系统反思外国文学经典生成与传播中的精神基因、生命体验与文化传承。中世纪波斯诗歌在 19 世纪英国的译介就是一个典型的例子。菲茨杰拉德的英译本《鲁拜集》之所以成为英国民族文学的经典,就是因为菲氏认识到了翻译文本与民族文学文本之间的辩证关系,认识到了一个译者的历史使命以及为实现这一使命所应该采取的翻译主张。所以,我们关注外国文学经典在中国的传播,目的是探究"外国的文学"怎样成为我国民族文学构成中的重要组成部分以及对文化中国形象重塑方面所发挥的重要作用。因此,既要宏观地描述外国文学经典在原生地的生成和在中国传播的"路线图",又要研究和分析具体的文本个案;在分析文本个案时,既要分析某一特定的经典在其原生地被经典化的生成原因,更要分析它在传播过程中,在次生地的重生和再经典化的过程与原因,以及它所产生的变异和影响。

因此,外国文学经典研究,应结合中华民族的现代化进程、中华民族文化的振兴与发展,以及我国的外国文学研究的整体发展及其对我国民族文化的贡献这一视野来考察经典的译介与传播。我们应着眼于外国文学经典在原生地的生成和变异,汲取为我国的文学及文化事业发展所积累的经验,为祖国文化事业服务。我们还应着眼于外国文学经典在中国的译介和其他艺术形式的传播,树立我国文学经典译介和研究的学术思想的民族立场,通过文学经典的中国传播,以及面向世界的学术环境和行之有效的中外文化交流,重塑文化中国的宏大形象,将外国文学译介与传播看成中华民族思想解放和发展历程的折射。

其实,"文学翻译"和"翻译文学"是两种不同的视角。文学翻译的着眼点是文本,即原文向译文的转换,强调的是准确性。文学翻译也是媒介学范畴上的概念,是世界各个民族和各个国家之间进行交流和沟通思想感情的重要途径、重要媒介。翻译文学的着眼点是读者对象和翻译结果,即所翻译的文本在译入国的意义和价值,强调的是接受与影响。与文学翻译相比较,不只是词语位置的调换,而是研究视角的变更。

翻译文学是文学翻译的目的和使命,也是衡量翻译得失的一个重要标准,它属于"世界文学-民族文学"这一范畴的概念。翻译文学的核心意义在于不再将"外国文学"看成"外国的文学",而是将其看成民族文学的一个组成部分,将所翻译的文学作品看成我国民族文化事业的一个重要的组成部分。可以说,文学翻译的目的,就是建构翻译文学。

正是因为有了这一转向,我们才更应该重新审视文学翻译的定义以及相关翻译理论的合理性。我们也要尤其注意翻译研究的文化转向,在翻译研究领域发现新的命题。

## 四、外国文学的影像文本与新媒介流传

外国文学经典无愧为人类的文化遗产和精神财富,20 世纪以来,当影视传媒开始相继涌现,并且在人们的日常生活中占据重要位置的时候,外国文学经典也相应地成为影视改编以及其他新媒体传播的重要的素材,对于新时代的文化建设以及人们的文化生活,依然起着极其重要的作用。

外国文学经典,是影视动画改编的重要渊源,为许许多多的改

编者提供了灵感和创作的源泉。自从1900年文学经典《灰姑娘》搬上荧屏之后,影视创作就开始积极地从文学中汲取灵感。据美国学者林达·赛格统计,85%的奥斯卡最佳影片改编自文学作品。[①] 从根据古希腊荷马史诗改编的《特洛伊》等影片,到根据中世纪《神曲》改编的《但丁的地狱》等动画电影;从根据文艺复兴时期《哈姆雷特》而改编的《王子复仇记》和《狮子王》,到18世纪根据《少年维特的烦恼》而改编的同名电影;从根据19世纪狄更斯作品改编的《雾都孤儿》和《孤星血泪》,到帕斯捷尔纳克的《日瓦戈医生》等20世纪经典的影视改编作品;从外国根据中国文学经典改编的《功夫熊猫》和《花木兰》,到中国根据外国文学经典改编的《钢铁是怎样炼成的》……文学经典不仅为影视和动画的改编提供了丰富的素材,也通过这些新媒体使得文学经典得以传承,获得普及,从而获得新的生命。

考虑到作为文学作品的语言艺术与作为电影的视觉艺术有着各自不同的特点,在论及文学经典的影视传播时,我们不能以影片是否忠实于原著为评判其成功与否的绝对标准,我们实际上也难以指望被改编的影视作品能够完全"忠实"原著,全面展现文学经典所表现的内容。但是,将处于纸张上的语言符号转换成银幕上的视觉符号,不是一般意义上的转换,而是从一种艺术形式到另一种艺术形式的"翻译"。既然是"媒介学"意义上的翻译,那么,忠实于原著,尤其是忠实原著的思想内涵,是"译本"的一个不可忽略的重要目标,也是衡量"译本"得失的一个重要方面。

对于文学作品改编成电影应该持有什么样的原则,国内外的

---

① 转引自陈林侠:《从小说到电影——影视改编的综合研究》,北京:中国社会科学出版社,2011年,第1页。

一些学者存在着不近相同的观点。我们认为夏衍所持的基本原则具有一定的科学性。夏衍先生认为："假如要改编的原著是经典著作，如托尔斯泰、高尔基、鲁迅这些巨匠大师们的著作，那么我想，改编者无论如何总得力求忠实于原著，即使是细节的增删改作，也不该越出以至损伤原作的主题思想和他们的独特风格，但，假如要改编的原作是神话、民间传说和所谓'稗官野史'，那么我想，改编者在这方面就可以有更大的增删和改作的自由。"①可见，夏衍先生对文学改编所持的基本原则是应该按原作的性质而有所不同。而在处理文学文本与电影作品之间的关系时，夏衍的态度是："文学文本在改编成电影时能保留多少原来的面貌，要视文学文本自身的审美价值和文学史价值而定。"②

　　文学作品和电影毕竟属于不同的艺术范畴，作为语言艺术形式的小说和作为视觉艺术形式的电影有着各自特定的表现技艺和艺术特性，如果一部影片不加任何取舍，完全模拟原小说所提供的情节，这样的"译文"充其量不过是"硬译"或"死译"。从一种文字形式向另一种文字形式的转换被认为是一种"再创作"，那么，从艺术的一种表现形式朝另一种表现形式的转换无疑更是一种艺术的"再创作"，但这种"再创作"无疑又受到"原文"的限制，理应将原作品所揭示的道德的、心理的和思想的内涵通过新的视觉表现手段来传达给电影观众。

　　总之，根据外国文学经典改编的许多影片，正是由于文学文本的魅力所在，才同样感染了许多观众，而且激发了观众阅读文学原

　　① 夏衍：《杂谈改编》，《中国电影理论文选》上册，北京：文化艺术出版社，1992年，第498页。
　　② 颜纯钧主编：《文化的交响：中国电影比较研究》，北京：中国电影出版社，2000年，第329页。

著的热忱,在新的层面为经典的普及和文化的传承做出了应有的贡献,也为其他时代的文学经典的影视改编和新媒体传播提供了借鉴。

《外国文学经典生成与传播研究》涉及面广,时间跨度大,在长达数千年的历史长河中,对后世产生影响的文学经典浩如烟海。在有限的篇幅中,难以面面俱到,逐一论述,我们只能选择最具代表性的经典作品或经典文学形态进行研究,所以有时难免挂一漏万。在撰写过程中,我们紧扣"生成"和"传播"两个关键词,力图从源语社会文化语境以及在跨媒介传播等方面再现文学经典的文化功能和艺术魅力。

(本文是为八卷集系列专著《外国文学经典生成与传播研究》所写的总序,北京:北京大学出版社,2019 年)

《外国文学经典生成与传播研究》书影
(吴笛主编,北京:北京大学出版社,2019 年)

# 普希金：俄罗斯民族精神的象征

　　浙江文艺出版社出版的十卷集《普希金全集》，是全面译介普希金艺术成就的作品全集，不仅包括普希金所创作的抒情诗、长诗、诗剧、诗体长篇小说、诗体童话、中短篇小说、传记等全部文学作品，还包括他的全部批评著作、全部书信、杂记，甚至包括他的全部书画作品，从而展现了普希金作为文学家、思想家、艺术家的全貌。

　　普希金在浪漫主义的抒情诗和叙事诗的创作中，十分注意书面语与口头语的完美结合，广泛吸取民间语言的精华，使文学接近民族的生活和周围的现实，不仅为俄罗斯文学语言的最终形成做出了独特的贡献，而且在俄罗斯文学并非处于优势的前提下，充分发挥民族语言的长处，解决了文学的民族性问题，使得 19 世纪的俄罗

普希金

斯文学走向了世界文学的前列。

一

　　普希金是俄罗斯的民族诗人，也是一位对世界文学有着广泛而浓厚的兴趣并且具有深刻的世界意识的作家。这是他取得成功并且为世界各国所尊崇的一个重要因素。他从古希腊罗马文学、法国古典文学、英国浪漫主义等各种文学思潮中汲取营养，服务于自己的创作，在各个创作领域都取得了辉煌的成就。

　　在抒情诗创作方面，普希金注意汲取英国拜伦等诗人的艺术精华，扩大题材范围，并且打破了古老的诗歌体裁的约束，使得诗歌语言日益与口头语接近。他从社会政治、人生体验、风景抒情等多个方面介入，创作了多首风格独特、清新优美、哲理深邃的抒情诗作，为后世留下了丰厚的文化遗产。在普希金身上，俄罗斯民族精神与时代精神得到了充分的展现。他的政治抒情诗传达了当时进步人士的思想情感和社会历史特征，更表达了人民大众对民主和自由的渴望，诗句豪迈，富有激情和乐观主义信念，对俄罗斯的民族解放运动起到了激励作用。普希金也是一位个性化很强的诗人，他善于抒写自我，他的以人生感悟和爱情为题材的诗，构思精巧、思想深邃、风格清新，受到了普遍的欢迎。他的以自然为主题的诗篇，充分吸收自古希腊哲学以来的对自然的感悟，对大自然中的一切物体都有着极其敏锐的感受力，对自然意象的歌颂不只是为了诗情画意的渲染或展现自己的艺术才华，而是借外部自然意象来表现内心世界的感受，或通过自然意象来反映人类社会的理想情怀。总之，在抒情诗创作中，他强调"情感—思想—审美"三者之间的和谐，追求在思想中包含丰富的情感，情感中具有高尚的审美。

在小说创作领域，普希金同样为俄罗斯文学的发展提供了典范。他的诗体长篇小说《叶甫盖尼·奥涅金》在俄国文学史上首次塑造了"多余的人"这一系列形象，直接影响了莱蒙托夫、屠格涅夫、冈察洛夫等作家的创作。

这部历时 8 年的作品广泛、深刻地展示了 19 世纪 20 年代俄罗斯社会生活的画卷，同时通过奥涅金悲剧命运的描写，表达了当时俄罗斯先进的、觉醒的贵族青年在探索过程中的思想上的苦闷和迷惘以及找不到出路的悲剧。

他创作的《上尉的女儿》等中短篇小说，情节优美，结构明晰，语言质朴、风格简洁，以质朴的美学原则为特色，从各个不同的角度展现了 19 世纪 20 年代俄罗斯广阔的社会生活场景，洋溢着浓郁的人道主义精神，并且富有重要的艺术价值。

中篇小说《上尉的女儿》将真实的历史事件和历史人物与虚构的故事情节和男女主人公巧妙地交织起来，显得既真实可信又曲折动人。作品通过在特定的历史条件和自然环境下人们的彼此交往和彼此关怀，反映和刻画了人情之美与人性之美，成为这部小说感人肺腑的一个重要因素。

短篇小说《驿站长》描写了十四等文官驿站长维林的悲惨遭遇，充满了深切的同情和人道主义关怀，描写了一个处于社会底层的小人物的遭遇，从而开创了俄国文学史上描写"小人物"形象的先河，直接影响了其后的果戈理、陀思妥耶夫斯基、契诃夫等著名作家的创作。

作为书画家的普希金，他的作品同样有着很高的艺术价值和独特的品质。普希金所画的不仅有肖像画，也有风景画。俄国学者将他的画分为"人像画""自画插图及扉页画""风景画及室内陈设画"等八个部分。他尤其擅长肖像画。无论是他的自画像,还是拜伦、雷里耶夫、恰达耶夫的画像,或是沃隆佐娃、凯恩等女性的画像,寥寥数笔,就能勾画出人物典型的特征,而且极为传神,惟妙惟肖,栩栩如生。

而且,有些画透露了他文学创作构思的轨迹,或是他对人物形象独特的视觉展现。而那些描绘得形态丰富的自画像,更是蕴含着他创作心理的变化发展和思绪起伏,展现了他创作过程中复杂丰富的内心世界。普希金不仅在美术本身,而且在文学作品中体现了画家的技巧以及画家的视野。他的文学作品中,常常有着惊人的风景描绘,但这种描绘,绝不只是作为诗情画意的点缀,而是与情节的展开和思想的推进融为一体。

可见,作为俄罗斯民族作家,普希金在各个文学领域为俄罗斯文学树立了典范,他的创作影响了许多俄罗斯作家。他的诗歌风格不仅影响了同时代的莱蒙托夫、丘特切夫等众多诗人,而且他的散文体作品深深影响了托尔斯泰等小说家。托尔斯泰早期重要作品《哥萨克》无疑在精神以及叙事方面受到了《茨冈》的启发。托尔斯泰的史诗性著作《战争与和平》也同样受到了《上尉的女儿》的结构艺术的影响,即由普通的家庭故事发展成描绘恢宏的时代历史悲剧。托尔斯泰评价普希金说:"美的感情被他发展到登峰造极的地步,这一点是谁也难以企及的。"

二

普希金不仅是俄罗斯文学和民族精神的象征,也是中国读者喜爱的作家。他的中篇小说《上尉的女儿》是我国翻译介绍的第一部俄国文学作品(最早的中译本出版于 1903 年,书名为《俄国情史》),普希金的作品译介到中国之后,感染了一代又一代的中国读者。对普希金作品的研究同样取得了辉煌的成就,成为我国外国文学界普遍关注的一个重要研究领域。自 20 世纪初普希金的作品开始介绍到我国,在 110 多年后的今天,我国终于翻译出版了真正意义上的《普希金全集》。可以说,这套全集积聚了数十位著名翻译家的心血,是共同智慧的结晶。

在俄罗斯,"普希金学"是一门重要的学术研究,普希金精神被视为俄罗斯民族精神的象征。普希金生前尽管没有到过中国,没有在辽阔的中国大地上留下足迹,但是普希金的译介与中国的思想解放和民族文化建设同步发展,普希金的作品及其艺术精神在中国留下了深深的痕印,其经典作品经过一代又一代翻译家和学者的努力,已经成为中国可资借鉴的文化资产。这套十卷集《普希金全集》便是这一文化资产的具体体现,是普希金精神之旅的重要驿站。

(原载于《光明日报》2013 年 9 月 22 日第 5 版)

《普希金全集》书影
(沈念驹、吴笛主编,杭州:浙江文艺出版社,2012 年)

# 《苔丝》译序：诗化的小说 诗化的形象

  《苔丝》的作者哈代，这位跨世纪的文学巨匠，其地位是举世公认的，他既是英国 19 世纪后期批判现实主义小说家的代表，又是英国 20 世纪大胆探索和开拓的"现代诗歌之父"①，在小说和诗歌这两个领域都为人类的艺术做出了杰出的贡献。

  托马斯·哈代(Thomas Hardy)于 1840 年 6 月 2 日出生在英格兰西南部多塞特郡的一个村庄——上博克汉普顿，出生在一个没落的贵族之家，他出生的这一带地方，在英国历史上曾经是赫赫有名的西撒克逊王国，环境古朴，景色幽静，独具一种神秘的色彩，而且到处都是历史遗迹和古代逸事。哈代的父亲是石匠，同时爱好音乐，是教堂乐队的成员。这对哈代的音乐才能产生了很大的影响，使得哈代在孩提时代就对音乐心醉神迷，有着出奇的敏感。哈代的母亲是一位非常聪慧的女人，可以说是哈代的启蒙教师。哈代长期生活在牛鸣羊咩、鸟语花香的多塞特郡的自然环境里，直到 22 岁才离开此地。他先在村里上学，后来又转到郡城上学。1856 年，他 16 岁时，开始在一名教堂建筑师身边当学徒，靠自己的劳动维持生计。同时，他刻苦自学拉丁语和法语，又在朋友的帮助

---

  ① Norman Page ed. , *Thomas Hardy*, London：Bell Hyman，1979，p. 165.

下学习希腊语，并开始写诗。在此期间，他认识了当时多塞特郡著名的语言学家和诗人威廉·巴恩斯，在他的影响下，哈代对诗歌的兴趣得到了激发。1862 年，他到了伦敦，仍旧学建筑和从事建筑工作，同时在自学成长的道路上奋力拼搏，继续从事诗歌创作。但他没有获得发表诗作的机会，于是转而从事小说创作，并以自己的实践证明，一个诗人能用富有诗意的语言来获得小说创作的成功。

在文学领域获得成功之后，他放弃了作为谋生手段的建筑工作，专门从事小说创作，自 1871 年发表第一部长篇小说《计出无奈》之后，他始终保持着旺盛的创作激情，以惊人的力量写下了《卡斯特桥市长》《苔丝》等 14 部长篇小说和 4 部短篇小说集。后来，在 1895 年《无名的裘德》出版之后，他又毅然放弃小说创作，集中精力写诗，用诗歌形式来抒发他的意志和情感，以晚期 30 多年的诗歌创作与早期近 30 年的小说创作平分秋色。他出版了诗集八卷，近千首抒情诗，此外，还有记述拿破仑时代的史诗剧《列王》。直到他去世的 1928 年，当他已是 88 岁高龄的时候，还编定出版最后一部诗集《冬天的话》，这在英国文学史上是绝无仅有的。

由此可见，哈代的创作可以分为小说创作和诗歌创作两个部分，但无论是小说还是诗歌，他都满怀深情地描绘了威塞克斯的悲凉和自然风光以及自然中的人类与宗教、法律、伦理道德、遗风旧俗的悲剧性冲突。

在小说创作方面，哈代将自己的作品分为三类，第一类是"性格与环境小说"，这是他具有独特风格的作品，标志着他现实主义创作的最高成就，包括《远离尘嚣》(1874)、《还乡》(1878)、《卡斯特桥市长》(1886)、《苔丝》(1891)、《无名的裘德》(1895)等著名小说。

第二类称为"罗曼史和幻想"，包括《一双湛蓝的眼睛》(1873)、《号兵长》(1880)等作品。

第三类是"爱情阴谋故事",包括他的第一部公开发表的小说
《计出无奈》(1871)、《埃塞贝塔的婚姻》(1876)等。哈代认为,这类
小说所注重的主要是事件本身,有矫揉造作的情节描写,但有些场
景并不排斥对生活的忠实。[①]

最能代表哈代创作精神的"性格与环境小说"也被称为"威塞
克斯小说",因为这类作品都是以哈代的故乡"威塞克斯"为背景,
抒写了 19 世纪末资本主义侵入英国农村后,小农经济的解体和农
民生活的贫困,它们既是英国社会中资本主义逐渐向垄断资本主
义过渡时期的农村衰落景象的挽歌,又是对这一社会的法律、宗
教、伦理、习俗进行批判的檄文。

尽管他因《苔丝》和《无名的裘德》遭到强烈抨击之后而放弃了
小说创作,但在诗歌创作方面,他那颗悲哀的心灵仍旧背负着人间
的苦难,文体的改变,并不意味着他放弃了对人类悲剧命运的关
注,而是继续描写一些悲惨的偶然细节和悲惨的必然结局。而且,
场景范围更加扩大,悲剧意识更加深沉。

哈代的小说创作与诗歌创作也有着一定的联系,在主题和手
法方面,他的小说和诗歌都是相互渗透、互为补充的,他的抒情诗
有着小说的情节性(如《新婚之晨》等),小说家的叙事才能使他得
以巧妙地把自己的情感通过不同的人物抒发出来,而不是由诗人
直接发言,因而有着明显的戏剧性,所以有的论者说他的许多诗篇
是小说化的抒情诗(fictional poems),评论家利顿·斯特雷奇在认
真地研究了哈代诗歌之后,就曾认为"他诗歌的独特之处在于诗里
随处可见一个小说艺术大师的痕迹"[②]。反之,他的小说有着诗一

---

① 以上三种划分可参见哈代《1912 年威塞克斯版作品集总序》。
② Lytton Strachey, *Literary Essays*, New York: Knopf, 1949, p. 222.

般的语言、诗一般的意境,有着小说诗化的倾向,哈代"在长篇小说里,依照这种或那种比例,永远存在着与抒情因素和戏剧因素相结合的史诗因素"①。《绿荫下》(又译为《绿荫之下》)《林地居民》等小说就是有着诗化倾向的典型例子,英国评论家在评《绿荫之下》时说:"《绿荫之下》是我们多年以来难以见到的一部最精彩的散文田园诗。"②至于他的《苔丝》,人们认为"基本上是一部诗化小说(a poetical novel)"。

《苔丝》是哈代的代表作,也是世界文学宝库中的一颗明珠,问世 100 年来,一直深受读者喜爱,"已经感染了一代又一代的读者"③,它"不仅是哈代最杰出的作品,也是英语文学中最伟大的作品之一"④。

这部小说以女主人公苔丝的遭遇为主线,描述了美丽的诗化形象与周围阴暗现实的冲突,具体生动地描写了 19 世纪末资本主义侵入英国农村之后小农经济的解体以及个体农民走向贫困和破产的痛苦过程;小说通过一个纯洁的女子在精神和肉体上所遭受双重迫害的描写,通过对一个女性的丰富深刻的精神世界的揭示,对资本主义社会的法律、宗教、伦理道德、婚姻制度以及资本主义实质等做了大胆而无情的揭露和控诉。

这部小说的杰出成就之一就在于作者以生动的笔触、深挚的情感塑造了一个纯朴美丽的少女苔丝的形象。人们认为:"这部小

---

① 苏联科学院高尔基世界文学研究所编:《英国文学史》(1870—1955),秦水译,北京:人民文学出版社,1983 年,第 226 页。
② Robert Gittings, *Young Thomas Hardy*, Boston: Little, Brown and Co., 1975, p. 168.
③ 埃文斯:《英国文学简史》,蔡文显译,北京:人民文学出版社,1984 年,第294 页。
④ Carl J. Weber, *Hardy of Wessex: His Life and Literary Career*, New York: Columbia University Press, 1940, p. 133.

说的巨大力度,就在于苔丝的典型性格。"①苔丝是哈代在人物塑造方面的高峰。这个形象被刻画得极为成功,性格也鲜明丰满,在精神生活、思想感情、外部肖像等方面,都写得栩栩如生,令人叹服,成了世界文学画廊中最优美迷人的女性形象之一。著名评论家欧文·豪甚至认为,"苔丝是文明世界的最伟大的成功","是哈代对人类世界的最伟大的贡献"。②

　　正如这部小说是诗化的小说,苔丝这一形象也是诗化的形象。她有着诗一般优美、清新的气韵,也有着诗一般的激情,她本身就是一首非人工的抒情诗,被大自然所创造,被人类文明所扼杀;她本人就是美的化身,被大自然所赋予,被社会习俗所毁灭。作者在书中通过各种不同的方式,借各种不同的人物之口,塑造了这一诗化形象,还多次直截了当地把她比作诗歌,如在第二十六章中写道:

　　　　她周身洋溢着诗意,她的一举一动都是诗……她把诗人只在纸上写写的诗,活生生地显现出来了……

　　作者尤其是通过克莱尔和亚雷克,来突出展现了她"周身洋溢着"的诗的特征,展现了她火热的爱和强烈的恨,并且通过这两个男性主人公与她的交往,集中丰富、完善了这一形象。克莱尔和亚雷克都以各自不同的方式,在苔丝性格典型化的过程中,在对苔丝奇异特性和诗歌力度的认知中,发生了作用。

---

　　①　Dale Kramer ed., *Critical Approaches to the Fiction of Thomas Hardy*, Barnes & Noble Books, 1979, p.136.

　　②　Irving Howe, *Thomas Hardy*, London: Weidenfeld & Nicolson, 1968, pp. 130-131.

克莱尔形象的意义在于展现了苔丝爱与激情的一面,展现了她既追求幸福又坚忍克制的美好品质,展现了她这首抒情诗中的优美迷人、耽于空幻的特性,并以他这个"习俗和成见的奴隶"(第三十九章)来对照苔丝超尘脱俗的自然形象。

苔丝与克莱尔的第一次相遇是在苔丝故乡马洛特的游行舞会上,克莱尔那出众的身姿和不同凡响的谈吐,加上没有邀苔丝共舞,使苔丝产生了诗一般朦胧的惆怅。她第二次与克莱尔相遇是在几年以后的一个奶牛场上,这时苔丝已是"失了身的女人"了。但是,沉重的打击并没有使她失去诗的气韵,并没有把她压垮下来;作者通过她与克莱尔在塔尔勃塞奶牛场的相处,揭示了她那丰富深刻的精神世界,使她成了更加充满诗情画意的姑娘。作者以克莱尔的目光、以诗一般的比喻,来描绘苔丝,认为苔丝是"玫瑰色的温暖的幻影"(第二十章),认为她是"女性空幻的精华——从全体女性中提炼出来的一个典型形态"(第二十章)。正是因为有了这番爱情,苔丝的生命才更加放射出诗的光彩。作者写道:

> 苔丝对克莱尔的爱情,现在已成了她血肉之躯的生命力,使她粲然生辉,过去的悲哀的阴影被照得不见踪迹,坚持对她进攻的阴郁的幽灵——怀疑、恐惧、忧郁、烦恼、羞耻——也被一一击败。她知道它们就像嗷嗷待哺的野狼,可她有非凡的符咒把它们镇服在饥渴之中。

然而,"习俗和成见的奴隶"出于自私的用心,在新婚之夜得知苔丝"失贞"之后,狠心地抛弃了她。

苔丝与克莱尔的第三次相遇是在一年以后,这时的苔丝,不但没有沉沦,反而更加光焰夺目,她在克莱尔的眼中变得更加妩丽迷人、绰约多姿、闪闪发光了。作者在第四十九章中写道：

>　……如今，克莱尔一遍又一遍地回想着苔丝的容颜，他觉得在苔丝的脸上能够看出庄严的闪光，这一定是从她远祖那儿继承而来的。正是这种回想，使他又体验到了以前所经历过的那种像电流通过全身的感觉，使他觉得都快要晕倒了。

>　尽管苔丝的过去受到了玷污，像她这样的女人，就凭她身上现在所存的东西，也远远胜过别的处女的清新。

这时，克莱尔的世俗偏见在美丽的光彩下被照得荡然无存了，"爱情全都恢复了"！他们在一起度过了短暂的充满激情、像大自然一般粗犷和质朴的生活。苔丝终于得到并且奉献了作为一个活生生的女人应该得到和应该奉献的一切。

与苔丝形象进行强烈对照的另一个人物是亚雷克·德伯维尔。对于这个人物，也不能像一般论者提到他时那样简单地下个定义，说他是个"肉欲主义者""纨绔子弟""阶级敌人"。亚雷克·德伯维尔的性格也是发展变化的，而这种发展变化正是对苔丝性格的一种烘托和间接刻画。一方面通过他来表现苔丝这一诗化形象对其他人物所产生的影响和感化，另一方面又借助于这一形象来表现苔丝性格中疾恶如仇的一面。亚雷克·德伯维尔第一次见到苔丝的时候，他笑声淫荡、举止轻浮，从语言到行动都是"邪恶"的化身，而他在小说后半部分则经历了"弃恶从善"和再次"堕落"的过程。所以，他既作为对立面来突出苔丝的纯洁与善良，又作为感化的客体来反射苔丝形象的光彩和力度。他作为"邪恶"的化身，在第十一章苔丝受害的场景中表现得尤为突出：

这样一个优美的女性，像游丝一样敏感，像白雪一样纯洁。为什么偏要在她身上绘上粗野的图案，仿佛是命中注定的一样？为什么常常是粗野的把精美的占有，邪恶的男人玷污纯洁的女人……

由此可见，哈代是用对立面烘托和对照的手法，以粗野、庸俗的形象来突出精美、纯净的诗化形象。从这个意义上来说，亚雷克·德伯维尔如同歌德笔下的魔鬼靡菲斯特，是"作恶造善"，他越是对苔丝行恶，就越使苔丝显现出非同寻常的力量和魅人之处。苔丝面对亚雷克的蹂躏、面对他的邪恶、面对四处流传的毁谤和流言，毫不屈从，顽强地生存着。

作者又借助于亚雷克这一形象的反复变化，来反射苔丝形象的内在的光彩和威力。在苔丝这一纯洁形象遭受蹂躏之后，亚雷克为了抵消内心的罪恶感，一度成了虔诚的宗教狂。他曾对苔丝说："你一走开，我就马上意识到，既然我有责任有愿望拯救世界上所有的人，使他们将来免遭天罚，那么，头一个该救的，就是被我严重伤害的那个女人。"可是，亚雷克心血来潮也罢，脱胎换骨也罢，在苔丝的圣洁的形象面前，他那布道的热情却被扑灭了，一见到苔丝这一诗化形象，他便不能自主了，他觉得自夏娃以来，人世间就从未出现过像苔丝那样令人发狂的嘴唇、令人发狂的眼睛！于是他彻底丢弃了自己的宗教信仰，失却了自己的意志力，拜倒在苔丝这圣洁的形象之下。亚雷克反复无常的变化，正好说明了苔丝力量的奇异与强大。他最后在沙埠被苔丝所杀，更是证明了苔丝满腔仇恨的迸泄和狂热激情的冲动。

所以，两个男主人公都以不同的方式完善了苔丝的诗化形象，展现了苔丝性格中的火热的爱和强烈的恨交汇一体的特征，说明了苔丝这一形象的奇异、独特、自然、清新、圣洁以及富有激情。通过这两个男主人公的感受,集中展现了苔丝身上所具有的女性的丰富深邃的精神世界和内心生活,也借用这两个人物对她的反应甚至他们的言语,来突出描绘她那美丽纤巧的容颜和诗的气质。总之,苔丝这一诗化形象的典型性格和本质特征,在与两个男主人公的交往之中,得到了最充分的展现。

苔丝的本质特征首先在于她的纯洁,正如本书副标题"一个纯洁的女人"所下的定义。哈代认为,副标题中的"纯洁"二字是"一个胸怀坦荡的人对女主人公所做的评判",这个形容词具有一种"自然"的属性,它具有自身的"美学特征",是与"文明礼法中衍生而出的、纯属人为的意思"毫不相连的。① 她代表了哈代心目中理想的妇女形象。这个生长在古老的威塞克斯土地上的乡村少女,周身洋溢着大自然儿女的清新的气息,有着"大自然女儿"的优秀品德,自食其力,朴实顽强,不慕虚荣,心地善良,热爱生活,感情真挚,并且有着无私奉献的精神。在哈代的笔下,有着非常丰富的诗情的苔丝,无疑是"纯洁之美"的化身。

其次在于她的反抗性。她身上闪烁着敢于冲破旧礼教的一切束缚的反抗精神,大胆地追求和争取爱的权利,她坚忍地承受着生活对她的一连串沉重的打击和世俗道德的压力,在艰难困苦之中从不乞求神灵,从不向邪恶势力屈服。如她见到亚雷克·德伯维尔皈依宗教时,就曾一针见血地指出了宗教骗子的罪恶与虚伪,她对亚雷克·德伯维尔说:

　　　　你,还有你们那号人,在人世间拿我这样的人开心取乐,

---

① 见哈代为《苔丝》第五版及以后各版所写的《序言》。

让我伤透了心，受够了罪，可你呢，作孽作够了，开心开够了，就想着变换花样，皈依宗教，准备着以后享天国之福了，想得多美啊！真不害臊！

在哈代的小说中，这样具有反抗精神的女性形象，是有一个系列的，如《远离尘嚣》中的芭斯希芭、《还乡》中的尤思塔西娅、《无名的裘德》中的淑等等。她们都追求个性解放，蔑视传统的道德观念和宗教的伪善，可以说，是旧时代的新女性。哈代所塑造的这些妇女形象，是他"最可信、最迷人的人物形象。而苔丝则是他全部妇女形象的'王冠'"①。在这一系列叛逆女性形象中，苔丝是最杰出的代表，她和托尔斯泰笔下的安娜一样，都是腐朽堕落的社会道德的强烈反抗者，都是采用个人反抗的形式，都把爱情看得高于一切，也都在追求中永远遭受痛苦。正因如此，托尔斯泰才特别注意哈代的这部作品，显然感觉到这位作家的天才跟他有着血缘关系，②高尔基也肯定地认为《苔丝》中有"列夫·托尔斯泰对哈代的影响"③。

当然，她的反抗精神也是很不彻底的，有时候也有顺从命运安排的一面，有时候又以自我牺牲的态度去接受一切，并且把自己的希望和幸福全部维系在克莱尔的爱情上，这必然导致个人反抗的失败和个人追求的幻灭。

再次，她表现了在"文明社会"里的爱的毁灭，是一个被损害者

---

① Joseph Warren Beach, *The Technique of Thomas Hardy*, New York: Russell and Russell, 1922, p. 207.

② 苏联科学院高尔基世界文学研究所编:《英国文学史》(1870—1955)，秦水译，北京:人民文学出版社，1983 年，第 248 页。

③ Максим Горький. *Собрание сочинений В 30 томах*, т. 27, Москва: Государственное издательство художественной литературы, 1952, с. 313.

的形象，是一个纯洁无辜的牺牲者。她的毁灭是"自然"与"文明"的冲突，是"自然法则"和纯系人为的"社会法律"的对立所造成的。这样，像田园诗一般朴实清新、"像游丝一样敏感"的心地善良的苔丝势必要与"文明社会"格格不入，成为该社会的牺牲品。所以，苔丝的遭遇所体现的是田园诗般的"自然法则"与现代文明及其进化演变的悲剧冲突。

哈代在小说的场景描绘和人物塑造方面，还时常采用他后来在部分诗歌中所发展完善的艺术手法，即"将自然界的一个景色和人物的一种感情关系结合起来描写"[①]。因而，产生出诗的意境。这种场景和人物的统一为许多评论家所称道。他通过自然景色的描绘来揭示人的心灵历程；反之，又通过人的心境来使自然意象充满人的脾性、人的感情。他笔下的自然景色，犹如一幅幅自然风景的写生画，被描绘得栩栩如生，而且具有人类的灵性和感情，具有各种不同的基调，随着作品情节的发展而变化，在他的小说中，"大自然完成多种多样的艺术职能。它帮助读者了解主人公的心理。它使全部小说中的社会哲学观念明确化，而永远不只是故事的背景"[②]。

在《苔丝》中，这种外部景色的描写与苔丝内心的发展紧密结合，融为一体，每一段自然景色的描绘，都是为了揭示苔丝心灵发展的某一个历程，每一幅画面的强烈感染力，都源于哈代对苔丝性格的强烈兴趣。开头章节中蜿蜒的山谷与苔丝平淡无奇的生活相呼应；特兰岭的黑暗的森林渲染了亚雷克·德伯维尔对苔丝

---

① Robert Gittings, *Young Thomas Hardy*, Boston: Little, Brown and Co., 1975, p. 169.

② 苏联科学院高尔基世界文学研究所编：《英国文学史》(1870—1955)，秦水译，北京：人民文学出版社，1983 年，第 232 页。

的摧残；返回故乡之后，那冬夜里的冷风在枯枝之间的悲鸣，仿佛是在对苔丝无可弥补的过失表示哀伤；而万物萌芽、春光明媚的景象则表现了苔丝精神的康复和没有耗尽的青春的苏醒；塔尔勃塞奶牛场的青草繁茂、溪水潺潺则烘托了苔丝对安琪·克莱尔的缠绵的爱情，以及伊甸园一般的愉快的生活；弗林库姆梣那荒凉高原的冬季奇景反映了苔丝被安琪·克莱尔抛弃之后失望的情绪和悲凉的心境；新开辟的奢侈华丽的游乐胜地沙埠是只追求享乐的暴发户亚雷克·德伯维尔把苔丝"重新弄到手"的合适的背景；而在苔丝的生命快要结束的时刻，那建于新石器时代的圆形巨石柱群，也与苔丝的遭遇浑然一体，一边是祭太阳神的祭坛，一边是传统道德和社会法律的牺牲品，从而使场景与人物达到了高度的统一。

以上这些人物与场景的高度融合，也正是哈代后期诗歌创作的主要特征之一，它不仅增强了诗中的画面感，也深化了诗中情感的寓意。所以我们可以说，这种统一或融合是造成这部小说诗化的主要因素之一。

正因为哈代所感兴趣的不是"简单的自然描写"，而是场景的每一个细部的发展变化以及人物内心世界的每一种细腻的活动，所以，正如评论家阿尔瓦雷斯所说："《苔丝》是强烈意义上的诗化小说……它也像一首诗一样优美，一样具有诗的特征：每个细部都是必不可少的，每个片段都充满着情感。"[1]这种诗化特征的确是在作品中随处可见的。我们不妨来看看作者在第十九章中对苔丝倾听克莱尔弹竖琴时的描述：

---

[1]　A. Alvarez, *Introduction to Tess*, London：Penguim，1978，p. 16.

苔丝既想不到时间,也想不到空间了。她以前所描绘的那种由凝望星星而产生的超然升腾的意境,现在不请自来了。她全身随着旧竖琴的细弱的曲调荡漾起伏,和谐的旋律像清风一般沁入她的心田,使她眼中噙满泪水。飘拂的花粉仿佛是旋律的化身,湿润的庭园也好像是受了感动而哭得泪水涟涟。虽然夜幕即将笼罩大地,那气味浓烈的野花却大放异彩,仿佛过于热切而无法闭合。色彩的波浪和声音的波浪融汇一体。

这种因全身心的观察而产生的意识与情感的深奥、抽象的超然升腾,可以说,已是诗歌的本质特征,超出了叙事小说的描述范畴,进入了现代诗非理性的深沉莫测的境界。

也像诗歌创作一样,哈代在《苔丝》中巧妙地运用象征性手法和大自然意象的形象性比喻,使之产生着一定的寓意性效果,深化了作品的主题,增强了作品的诗意。在这方面,有很多值得我们借鉴和研究的东西。

首先,哈代充分发挥自己的艺术想象力,在总体建构、场景描绘、性格刻画,甚至人名、地名等选择使用方面,都广泛地使用了寓意性象征。如作品的第一章是古老世家的发现,这种古老世家既是浪漫气息和古朴、典雅情调的象征,暗示了苔丝身上的诗意特征,也是苔丝命运的悲剧因素的象征,因为正是这一发现,才导致了最终对苔丝的扼杀。人名、地名也常是一种象征,带有语义载荷,苔丝生于马洛特,祖先是佩根·德伯维尔,出生地象征性地说明了苔丝命运的可悲,地名"马洛特"的英文原名 Marlott 是由 mar(毁坏)和 lot(命运)所构成的,象征苔丝的悲剧命运是与生俱有、无法逃脱的;苔丝祖先的名字"佩根"(英文 pagan 意为异教徒）则形象性地表明了苔丝性格中的叛逆性，而她最后在膜拜异教的圆形石柱被捕，也象征着一种回归，富有悲剧性的崇高气氛。从这个意义上来说，最后苔丝的死并不是生命的终止，而是一个形象的完结，一个生命的实现，所以《苔丝》最后一部的标题用的是fulfilment（完结、完成），而不是 end（终止）。小说最后一段丽莎站立起来，又与克莱尔向远方走去的意象，进一步深化了苔丝这一诗化形象的不朽性，仿佛一曲动人的旋律被演奏之后仍在发出未尽的袅袅余音，仿佛一首优美的诗歌被禁之后仍在人们的脑中萦绕回旋，那美好的形象在人们的眼前荡漾着，很久很久不肯消逝而去。

其次，哈代在作品中使用了大量的自然意象来用作比喻，他对自然界的各种意象的感受都十分敏锐，而且具有独到的观察力，能捕捉到大自然中最典型、最生动的意象来用作比喻的客体，以此来增强这部作品中苔丝形象的诗化特征和自然属性，他甚至"用地质学和古生物学的比喻，来坚固地创立了苔丝形象的古朴特性和她意识的理想品质"[①]。

由此可见，苔丝形象之所以深深打动人心，是与哈代诗歌创作中常用的手法和技巧分不开的，而且在塑造这一形象时，哈代也饱含着诗的激情，西方有的论者就曾认为，哈代描述苔丝时，不是把她当作他小说中的人物，而是把她当作他失去的，但永远无法忘却的昔日的爱情。[②] 他创造了她，用诗的光环装饰了她，又很不情愿地让一个又一个磨难伴随着她，同时对她同情、对她爱怜，并且用自己的胸膛来养息她那受伤的名字（正如卷首的题词所表示的那

---

① Harold Bloom ed., *Thomas Hardy's Tess of the D'Urbervilles*, New York: Chelsea House Publishers，1987.

② A. Alvarez, *Introduction to Tess*, London: Penguim，1978，p. 22.

样）。哈代在 20 多年后所创作的组诗《昔日爱情之遗物》中所表现出的那种凄切动人的失落情绪，在《苔丝》中已经有了明显的展现。

当然，我们也应看到，哈代虽然对苔丝的形象和苔丝悲凉的一生寄予深切的同情，但他是用唯心论解释社会变化的原因，他深受叔本华等人的影响，认为有一种弥漫宇宙的意志力主宰着人类的命运，正是这种在冥冥之中支配人类命运的、不知善恶、冷酷无情的"内在意志"，把人生变成了一系列的不幸和绝望，因此，作者在对苔丝悲剧深表同情的同时，又以神秘主义和宿命论的观点来解释苔丝悲剧的原因，甚至把苔丝的毁灭也看成"众神的主宰"对她的"戏弄"。出于这种思想的指导，他力图把希腊悲剧的主题移植到英国小说中，认为这是人和命运的冲突。这样，苔丝的形象既有反抗命运的一面，又有顺从命运安排的一面，这些都是作者本人思想局限性的反映，表现了他既揭露社会阴暗又看不到出路的浓郁的悲观主义情绪。

不过，对人类命运的焦虑以及悲观主义的情绪与诗的因素向来不是对立的，它是哈代小说创作和诗歌创作的一个共同基调，两者在这一方面互为补充、互为渗透，不过在后期的诗作中表现的焦虑更为明显，所显露出的悲哀更为深刻，悲剧意识也更为强烈了，就连戏弄苔丝的"众神的主宰"也不再过问人间了，如在《健忘的上帝》《除夕》等许多诗篇中，哈代认为控制人生的已经不再是"命运"，而是"偶然"了，上帝已经忘记自己所创造的受苦受难的人间，所以对于人类来说，上帝即使活着，也已经是虚无的存在了。他甚至表现出尼采式的"上帝死了"的思想，如在《上帝的葬礼》一诗中，他认为上帝"被毫不妥协的、残酷的现实所粉碎"。因此，他在不理解社会罪恶根源和社会弊端的症结所在、找不到解决矛盾的办法的情况下,产生了人生、宇宙都已失去目标的更为强烈的悲观主义情绪,发出一种听天由命、悲天悯人的感叹,流露出一种对人类永远无法逃脱悲剧命运摆布的无可奈何的悲哀和困惑以及"现代主义的创痛"。

1991 年 9 月

（原载于《苔丝》,杭州:浙江文艺出版社,1991 年）

外国文学经典散论|

# 《红字》译序:阴暗土地上的辉煌的罪恶

　　书名为《红字》,作品的情节始于红字,贯穿着红字,又终于红字:在一片黑暗的土地上,"字母 A 闪着红光"。读完整部作品,我们才发现,这个红字已经萦绕脑际,久久不肯离去。莫非作者有意将这个血红的 A 字刻进读者的脑中?

　　作为 19 世纪美国著名的浪漫主义小说家,霍桑最先在自己的创作中反映美国生活的特色,特别是 17 世纪新英格兰的情景。他的很多作品都是取材于新英格兰殖民时期的历史或现实生活,探索人性和社会问题,表现出对人类命运和前途的关注,并且提出了自己对改善人类社会道德的种种观点。他的作品,具有浓郁的浪漫主义色彩,具有丰富的神秘象征和寓意性,造成一种介于真实世界和幻境之间的神秘的朦胧气氛,似真非真,似梦非梦,使得虚幻世界与现实世界之间没有了真实的界限,借此来曲折地反映社会现实。由于受到超验主义的影响,他在创作中常常不注重对客观事物的描写,而是力图表现某一现象、某一事件的象征性寓意。正因他的作品风格含蓄,寓意深刻,所以评论家们历来对他的作品各抒己见,难以定评。当然,这种风格上的含蓄性也给读者提供了充分的想象、思索和补充创作的余地。

　　因此,对于霍桑的作品,常常需要反复推敲,仔细咀嚼,才能不被表面的现象迷惑，领会隐含的寓意和思想。譬如，对于他著名的短篇小说《小伙子布朗》，如果我们仅仅看到作者所宣扬的人人皆有的隐秘之罪的意识，那么这篇名作充其量不过是加尔文教义的一个翻版，因为按照加尔文清教派的观点，所有的人都是有罪的，罪孽既存在于人的自身之中，即内在的，也存在于人的自身之外，即外在的，认为人们只有经过自觉的、严格的、清苦的约束和节制，笃信上帝，才能除恶修善。虽然作品中表现了隐秘之罪的意识，但是我们更应该看到的，是这种加尔文教的"人性恶"的观点对主人公布朗这个纯洁善良的青年所产生的影响，使他在意识到隐秘罪孽之后感到悲观失望，最后在忧郁愁闷中离开人世。作者借此来表现加尔文教对人们精神上的毒害和摧残。同样，在他的另一篇著名短篇小说《教长的黑面纱》中，尽管黑面纱象征"罪恶的遮盖物"，但是作者的目的也不是仅仅为了证明"每一张脸上都挂着一面黑面纱"，以此表现人人皆有的隐秘的罪恶，宣扬加尔文教的"内在堕落"论，作者的目的更多的在于揭示"内在堕落"论给某些人的心理上所造成的痛苦以及可怕的孤独，揭示罪恶或灾难对于心理的影响。只有这样，才能比较全面地了解霍桑创作思想的复杂性、真正认识"一个长着清教徒形体与异教徒心灵"[1]的霍桑。

　　同样，对于霍桑的代表作《红字》，我们也应该看出表层之下的真正的寓意，看出单纯情节之下的多层次的复杂的思想内容。

　　《红字》是霍桑创作中的最杰出的成就，也是美国文学中最引人注目的作品之一。这是第一部以美国社会历史条件为基础，带有浓郁的美国乡土气息的小说杰作，也是美国第一部赢得世界声

---

　　① 亨利·托马斯、黛娜·莉·托马斯：《外国名作家传》，黄鹂译，西安：陕西人民出版社，1983年，第155页。

誉的作品。自问世以来，许多评论家从各个不同的角度对其做了深入而细致的研究，甚至还有作家创作了《蓝字》之类的续本，这一切都充分说明了《红字》旺盛的生命力。

在对《红字》的总体评价方面，自作品问世以来，已有许多评论家提出了一些很有见地的观点，对于我们研究和欣赏这部作品大有帮助；但是，也存在一些比较偏颇的倾向，常常以诸如"爱情的颂歌""社会的悲剧""道德的探索"之类的"单一主题论"来概括整部作品，容易得出较为片面的结论；譬如，持"道德探索"主题论者，常常简单地将作品主人公的活动过程归结为在所谓的"道德"标准上的升浮与下降的过程，用简单的"道德"标准来衡量主人公的形象意义，把狄梅斯代尔的性格和心理发展的过程归结于从虚伪到诚实的过程，把珀尔的形象意义纯粹地看成"是将赫斯特的通奸始终呈现在她的面前，使她怎么也无法逃脱她自己行为所招致的后果"①；把赫斯特的性格发展也归结为从犯罪到认错的过程……这种紧紧围绕道德与不道德而得出的结论是有失公允的（且不说是以什么样的道德观作为标准了），使人难以把握作品的真实价值，甚至叫人难以理解作品流传至今的原因。

我们认为，这部取材于 1642—1649 年在北美殖民地新英格兰发生的婚姻和爱情悲剧、以殖民时期严酷的教权统治为背景的小说，内容是极其深刻的，所表现的思想情绪也是非常丰富复杂的，至少作者有意识地将历史的、道德的以及心理的主题融为一体，构成了这部小说的复杂的内容和多层次的意义，并在几个层次、几种意义上对美国文学乃至世界文学做出了积极的贡献，提出了许许

---

① Richard Harter Fogle, *Hawthorne's Fiction*: *The Light & the Dark*, Norman: University of Oklahoma Press, 1952, p. 114.

多多发人深省的问题。

从历史主题来看，《红字》所涉及的是人类历史的本身以及人类历史的事实，不只是历史的意义。《红字》的故事发生在 17 世纪的波士顿。据美国斯坦福大学文学教授戴维·莱文撰文介绍，在17 世纪的波士顿，儿童学习字母的书上，每个字母都附有一首说明性的小诗，第一个字母 A 的下面，所附的说明性小诗是这样写的：

> 随着亚当的堕落，
> 我们都有了罪恶。
> 我们从开头就跟着亚当犯了罪。[1]

由此可见，红字 A 既然是"通奸"的罪孽，那么它也是一种与生俱来的"原罪"，这样，《红字》中所犯的"罪孽"也就成了原罪的象征。既然"原罪"是人人皆有、无法摆脱的，那么这也就不是《红字》主人公的过错了，佩戴 A 字的赫斯特的"罪孽"性质也就非常清楚了：这种代表原罪的"A"并不是不道德的；并不是真正的罪孽。如果赫斯特和狄梅斯代尔所犯的不过是"原罪"（更何况是出自强烈的爱情），是和亚当与夏娃所犯的一样的"错误"，那么这种错误不是阴郁的悲剧，而是辉煌的胜利了。从人类学或者说从历史的角度来讲，亚当与夏娃所犯的原罪以及他们被驱逐出伊甸园的故事，是象征着人类由天真向经验的转化、从神性向人性的转化，而没有这种转化，人类的进步和发展简直是难以想象的。

在这个意义上，我们可以说，《红字》的作者所要着重描写的，并不是具体的"奸情"或"爱情的悲剧"，并不是具体的"罪"，而是以

---

① 《美国小说评论集》，美国驻华大使馆新闻文化处，1985 年，第 21 页。

"红字"这一大写的 A 为象征的抽象的"罪",这样 A 所能代表的,也已不是清教主义范畴的"通奸"之罪,而是表达了从体现原罪意识的"Apple"(禁果)到体现创造意识的"Able"(能干)这样一个艰苦的人类历史的进步历程。

从道德意义来说,这部小说是高度抽象化的,作者的意图不是描写具体的"虚伪"与"诚实",不是对人们进行"要诚实"的说教,作者在小说中竭力排斥道德说教的成分,不过仍旧涉及"什么是善与恶"这个最基本的命题,并且提出了许多令人震惊的问题。

我们从女主人公赫斯特及其女儿珀尔的形象塑造方面,可以明显地看出作者的道德观以及这部作品在道德上的寓意性。

女主人公赫斯特·普林是作者所充分肯定的一个形象,但在道德意义上,她并不是一个悔过自新的典型,她尽管接受了惩罚,却没有接受惩罚她的那些社会道德规范,反之,"在过去的几年中,她一直是以被隔离的视觉来看待被什么牧师或立法者所建立起来的人类机构,怀着蔑视的态度来批评一切,几乎就像印第安人对牧师的胸前饰带、法官的长袍、颈手枷、绞刑架、壁炉或教堂一样不怀敬意。红字是她进入其他女人不敢涉足的领域的通行证"①。她不以"罪"为耻,反而以"罪"为荣,把耻辱的红字绣得光焰夺目,把"罪恶"的结晶——珀尔打扮得美丽无比,所有这些足以表明,赫斯特·普林是一个反抗命运、为争取人身权利而斗争的、具有叛逆精神的女性形象。她敢于相信自己,相信新世界中的道德的可能性,相信自己有爱的权利和力量。她尽管也有着软弱的一面,也存在着她所生活的那个清教徒社会的偏见,但是她有自己坚定的信念:"在一个更为光明的时代,世界对这一问题的看法定会变得成熟,

①　霍桑:《红字》,吴笛译,西安:西安交通大学出版社,2015 年,第 120 页。

上苍在适当的时候,定会揭示出一个新的真理,以便在更可靠的相互幸福的基础上,建立起男人和女人之间的全部关系。"①

赫斯特·普林与罗杰·奇林沃思之间虽有着婚姻关系,却是没有爱情的婚姻关系。她原是一个纯朴天真的姑娘,可是她的"含苞的青春"与罗杰·奇林沃思的"衰朽"结成了"一种错误而不自然的关系",她的青春在不合理的婚姻中被埋葬了,她的婚姻是一种社会礼教的枷锁。这一枷锁造成了灵与肉的对立、人性与伦理道德的冲突,以及自然与社会的矛盾。劳伦斯曾经说过:"如果精神与肉体不能谐和,如果他们没有自然的平衡和自然的相互尊敬,那么,生命是难堪的。"②为了尽可能地避免这种生命的难堪,获取生命意义的实现,她对美好的爱情进行了大胆的追求,犯下了"罪孽"。不过,我们应该看到,她的罪孽只是由于她对纯洁真诚的爱情的追求违反了宗教戒律。若是说她犯有不赦的罪孽,那么这只不过是社会、宗教给她所贴的一种标签,只不过是她的大胆的个性要求与纯系人为的社会道德发生了冲撞,只不过她打碎了神性的精神的枷锁,让人性进行了一次自由的翱翔。所以,我们同样不能把赫斯特的形象意义看成堕落灵魂的自我拯救,因为她的灵魂根本就没有堕落。

从这个意义上讲,她的生命是闪光的,代表她"罪孽"的红字也是闪光的。是的,按照传统的"清教主义",她是一个罪人,她应该被永远逐出"伊甸园"。这一"原型"以及赫斯特其后的悲剧说明了什么,很多评论家认为,霍桑笔下的赫斯特"象征着美国梦的永恒

①　霍桑:《红字》,吴笛译,西安:西安交通大学出版社,2015 年,第 169 页。
②　劳伦斯:《查特莱夫人的情人》,饶述一译,长海:湖南人民出版社,1986 年,第 9 页。

的破灭"①。在从神性走向人性、从天真走向经验的过程中,"美国之梦"破灭的成分当然是显而易见的,但是更重要的,我倒认为她象征着对美国梦的永恒的寻找。因为透过表层的"美国梦破灭"的悲剧,我们可以看到,她背负着沉重的十字架,在寻求解脱和自我实现的道路上自强不息,在新世界的荒漠上始终做着新生活的"美国之梦"。

她尽管生活俭朴,在物质方面一无所求,却以自己独特的技艺和奇妙的幻想来织绣自己的"A"字;她尽管穿着质地粗糙、颜色暗淡的服装,却必定佩戴着鲜红艳丽的"A"字,不愿摘下来,简直把它当作了一件珍贵的饰品。"A"字虽然戴在她的胸口,却已渗入了她的灵魂,或者说,是她一颗火红的、炽热的、诚实的心灵所表现出的外化形式。这是她心中的火焰,心中的信念。鲜红鲜红的"A"字,或许就是象征着她心中的恋人——"阿瑟"(Arthur),或许象征着她理想的信念——"美国"(America)。

至于赫斯特的女儿珀尔,可以说,就是"红字"活生生的体现,就是赫斯特过去"罪孽"的活生生的结晶。仅凭这一点,就足以说明珀尔是作品中一个不可忽略的重要形象。著名评论家布鲁姆甚至认为,在小说《红字》的四个主要人物形象中,珀尔是最令人震惊、最具暗示意义的形象②。

珀尔的形象是一个"纯粹的象征,罪孽的活生生的成分,'红字'的人体形式的体现"③。既然她在作品中被人们看成"罪恶"的

---

① Frederic Ⅰ. Carpenter, "Scarlet A Minus," *College English*, Vol. 5, No. 4 (Jan. 1944):174.

② Harold Bloom ed., *Nathaniel Hawthorne*, New York: Chelsea House Publishers, 1987, p. 4.

③ Richard Harter Fogle, *Hawthorne's Fiction: The Light & the Dark*, Norman: University of Oklahoma Press, 1952, p. 114.

标志,那么她的野性、她的聪明的发问等等,都被人解释为受了魔鬼的驱使。霍桑正是通过他们的这种解释来向读者阐明:一个天真无邪的儿童生来就遭受清教徒社会道德的摈弃,生来就成了"婴儿世界的流浪儿"。

所以,珀尔的形象最能说明作者对赫斯特所犯"罪孽"的态度,同时,这一形象对清教徒社会伦理道德,也最具批判意义。正如美国评论家尼娜·贝姆教授所说:"她具有清教徒教义所竭力否定的一切自然的品质。"①就连她性格中的"野性",也反映了赫斯特与狄梅斯代尔之间爱情的自然状态。而赫斯特对珀尔的态度则表明了她对所犯"罪孽"的认识和喜爱。

由此可见,珀尔这个形象的道德意义是十分重要的,她的出生,本身就是对清教徒社会道德的一个反抗,如果说赫斯特与狄梅斯代尔的爱情是一种"罪恶",那么珀尔的形象也是一朵"恶之花"了,正如她的名字珀尔(Pearl)所体现的,她是一颗"罪恶的珍珠"。

从心理角度来看,这部小说表现了极高的心理描写技巧,着重刻画了人物细腻的心理活动,作品中的每一个人物都是在心理上值得探索的人物,小说情节发展的过程,就是层层揭示人物内心世界的过程:霍桑把人的心灵比作蜿蜒的洞穴,把作家的创作比作在这个洞穴中的掘进。霍桑笔下的主人公,总有着独特的心理状态,在内心展开着激烈的心理斗争,从心灵深处发出高低强弱的颤音,并且以此来打动和感染读者的心灵。

早在 1850 年,美国评论家戴金克就觉察到了霍桑的"场景安排"与"人物心理展现"之间的联系,最早提出《红字》是一部'心理

---

① Nina Baym, *Scarlet Letter*, Boston: Twayne Publishers, 1986, p. 57.

　　　　　　　　　　　　　　　　　　　外国文学经典散论 |

小说'"①。

从小说的布局来看,这部小说的确像是一部心理戏剧,场景的安排都是为了准确、独到地展现人物内心世界。就以男主人公狄梅斯代尔为例,他的心理发展是与场景密切结合的。他在《红字》中,充当着牧师和情人的双重角色,是宗教与自然、社会与人性之间冲突的一个焦点。为了表现他的心理发展,作者小说中明显地使用了以刑台为地点的三个场景,分别出现在作品的开头、中间和结尾。

在第一个刑台场景中,即故事的开始,赫斯特怀抱婴孩,站在刑台上,接受讯问和示众,而对她讯问的人,正是她的情人——一个年轻的牧师狄梅斯代尔。他那低沉的、若断若续的讯问的声音,表现出他自己内心的痛苦与煎熬,但又表现出对宗教的令人心弦颤动的虔诚。他没有公开承认事实的勇气,并为赫斯特那惊人和宽大的女性心灵感到震惊和宽心。

第二个刑台场景是在《牧师守夜》一章中,狄梅斯代尔经过七年的精神折磨,终于在一个五月里的朦胧的夜晚,在夜深人静之际,来到了赫斯特七年前示众的刑台上,在人们无法辨认他面孔的黑夜,进行了一次徒劳的赎罪表演,恰逢赫斯特和女儿珀尔在结束对一个临终病人的守护后,从这里路过。于是,牧师与她们一起站到了刑台上。被扼制的对情人和女儿的爱突然迸发,使狄梅斯代尔受到极大震动:

牧师摸到了孩子的另一只手,并且紧紧握着。当他这么

---

① E. A. Duyckinck, "Nathaniel Hawthorne," *Literary World*, No. 6 (March 1850):323.

做的时候,似乎有一股新的生命力,一股超出他本人生命之外的生命力,像激流一般涌进了他的心田,并且急速流经他的全部血管,仿佛那母亲和孩子正将她们生命的温暖输入他的半麻痹的躯体。①

这时,狄梅斯代尔觉得,层层乌云的隙缝中,也都显现出一道暗红色的亮光,划成一个巨大的 A 字。

第三个刑台场景是在牧师做了激动人心的节日宗教宣讲之后,他步履艰难地走上了刑台,呼唤着赫斯特和珀尔的名字,公开承认了畏避七年的罪过,扯开胸前的牧师饰带,显露出刻在胸前的红字,最后倒在赫斯特怀抱中死去。

这三个场景,可以说就是狄梅斯代尔心理发展的三个阶段,是他的内心世界中"情人"与"牧师"所进行的三次较量。在第一个场景中,他仿佛是在扮演"牧师"的角色,作者借此来独特地表现他隐匿奸情的痛苦心理;第二个场景是他的"人性"在夜幕遮掩下的展现;最后,在第三个场景中,他终于抛开了"牧师"的角色,而归于"情人"的本色,投入情人的怀抱。经过复杂痛苦的内心斗争,"人性"终于获取了胜利。狄梅斯代尔心理发展的过程,也象征着以清教派教义为核心的道德标准,最终该被抛弃并让位于人的自身。由此可见,作者是以人物的心理活动来展现人类社会心理发展的痛苦的历程。

无论是从历史的、道德的还是从心理的角度,我们都可以看出霍桑创作思想的复杂性以及《红字》寓意的深刻性。但是我们必须看到,尽管霍桑也存在着比较浓厚的宗教意识和神秘主义的观念,

---

① 霍桑:《红字》,吴笛译,西安:西安交通大学出版社,2015 年,第 81 页。

但他在《红字》中竭力通过赫斯特所蒙受的迫害,来控诉教会的严刑峻法,通过狄梅斯代尔所遭受的严酷的精神折磨,来表现加尔文清教派的褊狭和它的统治对人们心灵的摧残,以及清教派上层分子虚伪的道德。作者笔下的人物心理活动的过程,也正是人物脱离宗教道德的桎梏,获得新生的过程。清教徒教义下的罪人,在霍桑的笔下,已经绝不是罪人了。作为"通奸"(Adultery)象征的耻辱的 A 字,也已变成了德行的标志,变成了《红字》这样的美国第一部赢得世界声誉的"艺术作品"(Art)。通过霍桑的创作,一个罪恶的标签,变得辉煌灿烂,一个血红的 A 字,变得闪闪发光,这是爱情的升华,这是人类的理想,这是燃烧的生命的见证……它的形状,仿佛是一颗炽热的红心,仿佛是一座具有无限象征寓意的红色的宝塔,仿佛是一团熊熊升腾的火焰,尽管在它闪光的地方,仍是一个阴沉、冷漠的空间,一片死寂、黑暗的土地……

1991 年 11 月

(原载于《红字》,杭州:浙江文艺出版社,1991 年)

# 追寻斯芬克斯因子的理想平衡

## ——评聂珍钊《文学伦理学批评导论》

　　文学经典的价值是一个不断发现的过程,也是一个不断演变和深化的过程。自从"经典"一词作为一个重要的价值尺度而对文学作品开始进行审视时,学界为经典的意义以及衡量经典的标准进行过艰难的探索。聂珍钊教授所著的入选国家哲学社会科学成果文库的新著《文学伦理学批评导论》则为经典的价值发现提供了一条理想的也是不可忽略的途径,也为衡量经典的标准树立了一个重要的价值尺度,即文学作品的伦理价值尺度。

一

　　作为前沿研究领域的文学伦理学批评,既属于理论研究的范畴,也属于一种适应性极强的批评方法,其核心是挖掘文学作品的伦理价值,因为这一价值被一些重要的理论家和重要文论所忽略。一些关于文学经典的定义中也都忽略了经典的伦理价值。聂珍钊则坚持认为:"文学伦理学批评的立场和最终目的是发现文学的伦理价值。文学伦理学批评强调伦理和道德的批评立场,运用历史和辩证的方法寻找文学形式的伦理因素,把文学涉及的一切问题都纳入伦理和道德的范畴加以讨论,力图从伦理和道德的视角重新发现文学的价值。"①

实际上，经过时间的考验流传下来的经典艺术作品，并不仅仅依靠其文字魅力或者依靠翻译而获得再生，伦理价值在其中起着极其重要的作用。正是人们所需的伦理选择，才使得人们一遍又一遍地企盼从文学经典中获得答案和教益，从而使得文学经典具有了经久不衰的价值和魅力。

因此，发现文学经典的伦理价值，并且从文学经典中获取伦理教诲，培养经典研读和文学批评视野中的伦理意识，是知性人类经过进化而做出伦理选择之后必然的理性需求和价值取向，是文学伦理学批评所面对的一个核心理念，也是该专著对当下文学批评的一个突出的理论贡献。

《文学伦理学批评导论》的面世是值得庆贺的，该成果不仅在理论上对文学伦理学批评做出了重要的梳理和构建，对"模仿说""文艺起源于劳动"等传统观点进行了极其富有说服力的论证，并以马克思恩格斯原典为依据，经过详尽分析和论证，指出这是对艺术起源的误读，认为劳动不是艺术的起源，艺术只能是人的创造物，而不是劳动的创造物。同时，该书以一些重要的文学文本为考察对象，进行角度新颖独到的伦理批评，为我国文学伦理学批评奠定了学术范例，必然会对相关的学科产生积极的影响。

二

该成果不仅在理论上对文学伦理学批评做出了应有的学科构建，其学术创新还体现在批评术语和学术话语的创新方面。该成

---

① 聂珍钊:《文学伦理学批评导论》,北京:北京大学出版社,2014年,第7页。

果对"文学文本"与"文字文本"的定义科学客观,对文学伦理学批评主要内涵的表述准确明晰。新的批评术语、新的批评视角,为我国的文学批评拓展了空间。如对人类文明进化逻辑所概括的"生物选择""伦理选择",以及目前正在进行中的"科学选择"等相关表述和研究,具有理论深度,令人信服。尤其是与"生物选择""伦理选择"相关的"斯芬克斯因子"的评述,令人耳目一新。作者继而运用这一原理,对索福克勒斯的《俄狄浦斯王》进行别具一格的新的论述。众所周知,在希腊著名悲剧典范《俄狄浦斯王》的批评史上,关于俄狄浦斯的悲剧,有两个代表性的论点,一直影响着学界对这部悲剧作品的认知。一种代表性的观点认为,俄狄浦斯悲剧出于人与命运的悲剧冲突,命运是不可抵抗的,也是不分邪恶的。俄狄浦斯弑父娶母的悲剧并非出于俄狄浦斯本人的行为,而是在于命运的盲目捉弄。另一种代表性的观点出自弗洛伊德精神分析学说。该学说将俄狄浦斯弑父娶母的罪孽归结于心理学层面的"俄狄浦斯情结"——恋母情结,认为这一恋母情结是俄狄浦斯悲剧的根源,正是这一具有无意识本能性质的恋母情结,产生了为了争夺母亲而生起的弑父的冲动。

这两种代表性的论点虽然在文学批评中给人一定的启迪,但是其负面作用也是不可低估的。如悲剧命运观就影响了英国作家哈代的创作思想。哈代在创作中,不能正确认知问题的症结所在,因而错误地把人生的苦难归因于命运作祟,热衷于描写任意孤行、不可捉摸的命运,认为是"偶然"的命运主宰着宇宙,陷入一种永远无法解脱悲剧命运的无可奈何的悲哀之中。正因如此,他在许多诗作中,反复阐述着一个基本思想:悲剧的根源主要归结于"内在意志力"的作用,归结于命运对人的盲目捉弄。而以"俄狄浦斯情结"为重要论据的弗洛伊德精神分析学说,更是左右了许许多多的文学批评著作,使得这一观念成为一个"原型",被反反复复地运用在各式各样的文学作品的评论中。

聂珍钊的文学伦理学批评则另开蹊径,认为俄狄浦斯的悲剧所展现的是与斯芬克斯有关的伦理启示:"俄狄浦斯的悲剧是一个在伦理和道德上自我发现、自我认知和自我救赎的悲剧。"①作者主要是从伦理选择的视角来看待斯芬克斯之谜的,认为斯芬克斯有关人的谜语实际上就是一个伦理选择问题,是怎样将人和兽区别开来的问题。"在人类进化过程中,当人类经过自然选择而获得人的外形的时候,人类也同时发现自己身上仍然保留了许多兽的特性,如生存和繁殖的本能。斯芬克斯因为有人的头脑而认识到自己不同于兽,但是由她的狮子身体和蛇尾所体现出的原欲又让她感到自己无异于兽。就她的外形而言,她既是人,也是兽。她渴望知道,她究竟是人还是兽。她通过提问的方式表达自己对于人的困惑,斯芬克斯之谜也就这样产生了。"②

于是,斯芬克斯之谜并非一般意义上的人的存在之谜,对斯芬克斯之谜的探索也不是泛义的对人的存在之谜的探索,而是人类发展进程中的必不可少的伦理选择,是人类在经过第一阶段的自然选择之后所留下的一个伦理命题。

就此出发,作者接着又阐发了斯芬克斯因子的概念。在作者看来,斯芬克斯因子由两个部分所组成:人性因子与兽性因子。正是这两个因子有机地组合一起,才构成一个完整的人。而且,"在人的身上,这两种因子缺一不可。"③作者在此不仅发现了斯芬克斯因子的存在,而且正视兽性因子的存在,正因为有兽性因子,所以

---

① 聂珍钊:《文学伦理学批评导论》,北京:北京大学出版社,2014年,第185页。
② 聂珍钊:《文学伦理学批评导论》,北京:北京大学出版社,2014年,第37页。
③ 聂珍钊:《文学伦理学批评导论》,北京:北京大学出版社,2014年,第38页。

人性因子的职责和使命就是努力控制后者，从而使人产生"伦理意识"。俄狄浦斯正是在破解斯芬克斯之谜时做出的伦理选择，才有了伦理意识以及对伦理禁忌的认知。可见，有关斯芬克斯因子的界定，为伦理意识的出现奠定了语境。而这一伦理意识，对于一个个体而言，说到底，就是追寻斯芬克斯因子的理想平衡，就是发挥文学经典阅读的伦理教诲功能。所以，该专著在文学伦理学批评概念的陈述和批评实践的运用中，特别强调"伦理意识"，正是这一伦理意识，构成了文学经典的伦理价值的核心内涵，也构成了这部专著独特的价值发现。可见，聂珍钊关于《俄狄浦斯王》的这一论点，是继"人与命运的悲剧冲突"和"俄狄浦斯情结"之后又一个重要的原创性论点，具有一定的理论贡献和引领意义。

## 三

就斯芬克斯因子的相关论述而言，聂珍钊有关论点与以前的两个著名论点相比，还有一个鲜明的特点，那就是拉近了作者（包括作家和批评家）与读者的关系。以前的评论主要是文学内部的评论，"人与命运的悲剧冲突"属于文学的主题学范畴，"俄狄浦斯情结"则属于文学人物的心理范畴。而聂珍钊的相关评论，则增加了读者的成分以及对读者的伦理教诲功能，特别是对读者伦理意识的引导。而这也正是文学伦理学批评的一个重要特色所在。可见，文学伦理学批评中，强调伦理责任和教诲功能是有其理论依据的。

而且，斯芬克斯因子，本身充满着辩证精神。通过对这一问题的认识，同样可以解释文学中的许多现象之谜。世界文学史上许许多多作家思想上的矛盾和困惑也正是斯芬克斯因子的作用，如布莱克在《天堂与地狱的婚姻》中说："没有对立便没有进步。吸引与排斥、理性与激情、爱与恨，对人类生存都是必需的。"①他以对立面的相互依存和相互转换来反映真实的人世间的纷争和人类世界的种种复杂情境。同样，在英国作家劳伦斯的作品中，"爱和恨，腐败和更新，生和死——所有这些对立面是整个宇宙运动的收缩和扩张，是永远相互联系的"②。

对立面的统一，不仅体现在作家的创作思想中，也体现在作家所塑造的人物形象中。古今中外的文学作品中，有众多矛盾的人物形象，在过去的文学批评中，大多将这些人物归结于矛盾的心理活动。如在俄国著名小说家托尔斯泰的笔下，有过关于精神的人与动物的人的描写，《复活》中的聂赫留多夫便经历了这样两种人的冲突和斗争。每当动物的人获胜的时候，聂赫留多夫便犯下罪过；每当精神的人获胜的时候，聂赫留多夫就会忏悔。同样，在英国著名抒情诗人马维尔的诗中，有过植物性爱情与动物性爱情的描写，他笔下的植物性爱情，缓慢而广阔；他笔下的动物性爱情，如秃鹫般以占有为特征。其实，这其中的斯芬克斯因子是显而易见的。可以说，正是斯芬克斯因子的存在以及所体现的对立统一原则，才使得文学经典经久耐读，具有了一定的强度和力度以及独特的艺术魅力。

综上所述，《文学伦理学批评导论》一书的理论贡献是多方面的，该书首次在我国学界对文学伦理学批评进行了全面系统的阐述，对文学伦理批评这一重要研究领域做出了开拓性的贡献，标志

---

① 布莱克：《天堂与地狱的婚姻》，张德明译，北京：中国文联出版公司，1992年，第12页。

② 蒋炳贤编选：《劳伦斯评论选》，上海：上海文艺出版社，1997年，第379页。

着我国文学伦理学批评研究的成熟,也是自 2004 年以来我国在借鉴西方伦理批评和我国道德批评传统上展开文学伦理学批评研究的一个总结性的里程碑式的成果。该书的深入阐发体现了中国学者独立的学术立场,对于我国相关学科的文献梳理和理论建构,对于当下倡导我国社会主义特色的道德规范,都具有重要的现实意义。由于文学经典的伦理特性所在,"根据文学的伦理特性采取文学伦理学批评的方法阅读、阐释和评价经典文学,则可以获得新的价值发现"①。发现文学经典的伦理价值,是文学经典价值的理性回归,是文学研究者适应时代需求与历史使命需要做出的重要抉择。

(原载于《外国文学研究》2014 年第 4 期)

---

① 聂珍钊:《文学伦理学批评导论》,北京:北京大学出版社,2014 年,第 143 页。

# 《德鲁德之谜》译序

在 19 世纪英国著名小说家狄更斯的主要作品中,乃至他的全部作品中,迄今为止最有争议的,恐怕莫过于他的长篇小说《德鲁德之谜》(又译为《德鲁德疑案》)了。对于这部未竟遗作的总体评价,评论界历来褒贬不一。例如,美国著名诗人朗费罗认为,该书"假若算不上狄更斯的最好的小说,那么无疑是他最好的小说之一"。而法国著名传记作家莫洛亚有不同的看法,他认为该书给读者留下了"一个奇怪的印象……这个'谜'的结构不错,背景安排得也很好,可以看到一些令人惊奇的漫画式的描写;然而,这已不再是过去那种自发的滔滔不绝了,也失去了《奥利弗·特威斯特》那种震颤人心的效果"。

至于这部小说到底属于什么类型的小说,历来的看法也很不一致。例如,苏联文学批评家卢那察尔斯基认为该小说是"以高度的技巧起笔"的"侦探小说",苏联的《简明文学百科全书》也声称,该小说是"地地道道的侦探小说",而西方的评论家则各取所需地把侦探小说、惊险小说、现实小说、梦幻小说的名称一一标到这部作品上。

关于狄更斯这部长篇小说的主题,评论家更是各抒己见,观点难以达到一致,但有不少文献将它简单地归结于"一部以一对孤儿出身的男女主人公婚姻故事为中心展开的爱情—阴谋—暗杀的惊险故事"。

在艺术上，西方普遍认为这部小说代表了狄更斯创作不同的一面，持肯定态度的人认为该书纠正了作者以往作品"结构松散"的缺点，注重细节，代表了他创作的圆熟；持否定态度的人则认为这是"一位作家对自己的职业逐渐熟悉以后，完全可能部分地失去自己的天赋"的"一个范例"。

总之，无论是褒是贬，都认为狄更斯的这部长篇小说已经不同于其以往的小说创作。更何况伟大的作家狄更斯是在创作这部小说的过程中离开人世的，这部小说也是他不畏艰辛、献身于文学事业的一个突出的证明。

我觉得，这部长篇小说并不是苏联《简明文学百科全书》所声称的"地地道道的侦探小说"，而是充分吸收了侦探小说的营养，妙用了寓意性和象征性手法，展现、揭露和讽刺当时社会真实的一部现实主义小说。在这部作品中善与恶的对立、"仁爱"与"仇恨"的对立，是贯穿始终的一条主线，善必能战胜恶，"仁爱"必然战胜"仇恨"也是这部作品所弘扬的主题。作者围绕这一主题思想，采用了19世纪欧洲作家惯用的一系列鲜明的对照手法，例如，以职业慈善家霍尼桑德的"恶"来对照非职业慈善家克里斯帕科尔的"善"；以艾德温对罗莎的升华了的圣洁的"爱"来对照贾斯珀的本能的、近乎动物性的"爱"；以格鲁吉乌斯对罗莎的保护来对照贾斯珀对罗莎的伤害；以德多斯、"小经理"等下层人物的苦难来对照萨普西、霍尼桑德之流的骄奢淫逸、专横独断；以普通劳动者的聪颖来对照"市长大人"的愚蠢……

在艺术技巧方面，可以说，这部长篇小说达到了精湛的地步，是狄更斯小说艺术技巧的卓越的呈现。真实与梦境的结合，梦幻的巧妙运用，复杂的人物性格的刻画，尤其是双重性格的刻画，对后世，特别是对瑞典的斯特林堡和俄国的陀思妥耶夫斯基等作家具有较深的影响。作者塑造了一个个栩栩如生的人物形象，如为对晚年的情妇爱伦·兰德利斯·特南表白而塑造的美丽、坚强、圣洁的女性海伦娜·兰德利斯，温柔动人的罗莎小姐，以"高傲自大的蠢材"而进入文学画廊的萨普西，性格分裂的唱诗班领队约翰·贾斯珀等。尤其是小说中心人物约翰·贾斯珀，更是后世，特别是20世纪中期以后研究者们注目的对象。他具有双重性格，其内心的阴险与表面的虔诚，内心的"恶"与表面的"善"形成鲜明对比。一些西方研究者认为，这一形象正是西方现代文学中变态心理、犯罪心理描写的先声。

狄更斯在创作的鼎盛时期，没有来得及完成《德鲁德之谜》，就溘然长逝了，由于他对故事的结局以及情节线索没有留下任何记录，所以对于故事情节的发展、作者的创作意图，一百多年来一直为研究者所瞩目。论述该书的论文、专著数量之多，令人惊叹。此外，创作界也不甘寂寞，自狄更斯逝世的1870年起，各种"续本"就不断涌现，数量不下于几十种，直到20世纪80年代的第一个年头，还同时出现了两个续本，一本是查尔斯·福赛特的《艾德温·德鲁德破译》，另一本是利昂·加菲尔德的《艾德温·德鲁德》。所有这些，都足以证明狄更斯的这部长篇小说是一部具有顽强生命力的作品。

在此需要说明的是，译者放弃了翻译介绍任何续本的企图，而是将沃尔特斯的《解艾德温·德鲁德之谜》译了出来。沃尔特斯是英国研究狄更斯的专家，曾任英国狄更斯研究会的会长。该文以狄更斯在作品中已经描述过的事实和语料为根据，从艺术规律的角度，分析、预测了情节的发展和作品的结局，分析得颇为精辟，在破解"德鲁德之谜"中,有一定的代表性,因此,特将此文译出,附在书后,供读者和研究者参考。

读者若是通过这个译本,能够更加全面、深入地了解狄更斯小说创作的概貌,领悟狄更斯后期创作与《大卫·科波菲尔》《艰难时世》等作品有所不同的一面,并且能够从中得到借鉴,能够获得自己的所需,能够做出自己的独立评判,那便是译者的欣慰所在了。

(原载于《德鲁德之谜》,杭州:浙江工商大学出版社,2012年)

《德鲁德之谜》封面<br/>(吴笛译,杭州:浙江工商大学出版社,2012年)

# 《白夜——陀思妥耶夫斯基中短篇小说选》译序

　　19世纪俄国伟大的现实主义作家陀思妥耶夫斯基一生的经历极为奇特，充满了戏剧性。他于1821年11月11日（俄历10月30日）出生在莫斯科的一个医生家庭里，1843年毕业于彼得堡军事工程学院，随后被派任为彼得堡工程局的绘图员，一年之后退职。从此他开始了创作的生涯。1846年，他发表了第一部作品——中篇小说《穷人》，震惊俄国文坛，从而一跃进入俄国著名作家的行列。1848年，他发表了著名的爱情小说《白夜》，使他的艺术才华得到了进一步的展现。他在青年时代是彼得堡的一个进步组织彼得拉谢夫斯基派的成员，因参加该派的革命活动而被沙皇政府判处死刑，就在临刑之前得到赦免，改判为苦役和充军。1859年，他回到了彼得堡，当年发表了讽刺性小说《伯父之梦》和《斯捷潘钦沃村庄及其村民》，重返文坛。此后，直至1881年2月9日（俄历1月28日）逝世，写下了长篇小说《罪与罚》《卡拉马佐夫兄弟》等一系列举世闻名的作品。

　　从整个创作生涯来看，陀思妥耶夫斯基不但以创作篇幅浩繁的长篇小说闻名于世，而且在创作中篇和短篇小说方面卓有成就。他不但善于刻画小人物、小官吏的痛苦心灵，对他们在物质、精神方面所遭受的凌辱表示深切的同情，而且善于揭示上流社会达官贵人的丑恶面目,对他们的卑鄙行径进行淋漓尽致的讽刺和批判。

《白夜》和《伯父之梦》是陀思妥耶夫斯基两部著名的以婚恋伦理等社会普遍关注的问题为题材的中篇小说。

《白夜》是陀思妥耶夫斯基的早期作品,初次发表于 1848 年的《祖国纪事》杂志 12 月刊上。该作品在陀思妥耶夫斯基生前就多次再版,在世界范围内广泛流传。这部著名的中篇小说以优美的彼得堡的白夜为背景,描写了一个幻想家与一个美丽的姑娘既优美动人又感伤凄楚的爱情故事,表达了普通人物的崇高的理想、纯洁的心灵和对美好爱情的向往和忠贞。

在景色描绘和人的内心世界的展现方面,《白夜》已经相当成功,作者善于以自然景物的变化来展现人物情绪的变化。正是这一技巧,使得《白夜》这部作品充满了诗情画意。

这部小说的艺术结构也独具特色。作品按时序分为五个章节,把故事发展的时间和故事的情节有机地连成一体,使得作品结构紧凑、一气呵成,从中不难看出作者那种"只有莎士比亚才能与之媲美"(高尔基语)的艺术描绘力。

《白夜》是陀思妥耶夫斯基早期创作中的重要作品之一,也是描写小人物的成功之作。作品中的主人公是一位幻想家,他生活贫困、孤独寂寞,从而对现实生活充满了反感,认为它庸俗平凡、枯燥无味。他试图与现实生活隔绝,成天沉湎于美丽诱人的幻想之中,他在幻想中获得了崇高的爱情,而清醒后又感到内心空虚。同美丽的姑娘娜丝金卡相逢之后,他便认识到她就是幻想中的姑娘,从而渴望得到她真正的爱情。可是,美丽的姑娘的爱情只是昙花一现,转瞬即逝,接踵而来的仍是孤独和悲戚。

《白夜》充分体现了作者对想象出色的理解和把握。作品中的情节是幻想家直接呈现出来的,但是幻想家(主人公)与叙述者(日记作者)之间存在着微妙的关系。两者之间有时很难区分，回忆往事的叙述者与潜在的作者所传达而出的观点却是不尽相同的。幻想家对女主人公的表白中对幻想的理解以及对幻想的谴责，都充满哲理，富有丰富的想象力和生动妥帖的比喻，并且将幻想与追忆结合一体，认为幻想家会从自己以前的幻想中逐渐成熟起来："幻想家在自己旧的幻想中就像在灰烬中一样翻来翻去，想在这灰烬中找到一丝火星，把它吹旺，让它以其重新燃起的火焰来烤热冷却下来的心房。"

《伯父之梦》是陀思妥耶夫斯基在 1859 年所发表的一部讽刺性小说，是他结束十年苦役和充军生活之后的第一部作品，标志着他新的创作阶段的开端。这是一部具有深刻的社会意义和独特的艺术表现力的讽刺性作品。

《伯父之梦》是陀思妥耶夫斯基在 1857 年开始动笔的，1859 年首次发表在《俄罗斯论坛》杂志上，随后收进了作者的《选集》第二卷和《全集》第三卷，接着又出版了单行本，还曾被人们改编成剧本，多次在舞台演出，获得好评，并于 20 世纪被搬上了莫斯科艺术剧院的舞台。

中篇小说《伯父之梦》多次被改编演出，其原因在于作品具有丰富的情节和深刻的思想。作品生动地描绘了省城的女性们为了一个老朽但富有的公爵而展开的不择手段的争夺，通过老朽公爵与妙龄女郎之间的求婚闹剧，表现了金钱关系之下道德的沦丧。

作品的女主人公玛丽娅·亚历山大罗芙娜是作者极力刻画的迷恋于金钱与地位的贵族妇女的典型形象。她为了钱财，阻止自己女儿与一位小学教师真诚相爱，花言巧语地硬想把她嫁给老朽而富有的公爵，以达到谋取钱财的目的。因此，她挖空心思，拦路抢到公爵，用酒将他灌得烂醉如泥，然后引诱他向自己的女儿求婚,结果导致一系列事件的发生,直至公爵一命归天。

《伯父之梦》仍具有俄国"自然派"作品的痕迹,与果戈理作品
的题材相似,特别是与《钦差大臣》的风格很相似。这一点,在刻画
K公爵方面表现得尤为突出。K公爵由于途中马车失事而被人带
到省城莫尔达索夫,但在城中引起空前的骚动,这就像《钦差大臣》
中没有盘缠上路的赫列斯达科夫耽搁在小旅馆中竟引起市长和其
他官员无比恐惧一样。K公爵的举止充分显示出"赫列斯达科夫
气质"。他们俩都是空虚透顶、浅薄至极的人物,他们吹起牛来真
是天花乱坠。K公爵吹嘘自己与贝多芬要好,和拜伦关系密切,还
标榜自己能成为另一个果戈理。另外,K公爵在竭力讨好女人方
面也与果戈理的主人公颇为相似。

陀思妥耶夫斯基以极度讽刺的笔调刻画了老朽至极、行将就
木的K公爵的丑陋、痴呆、残缺,然而这样一个"被人忘记埋葬的行
尸走肉"竟然也对上流社会的女士们有着极大的诱惑力,谁都想把
他占为己有。在此,陀思妥耶夫斯基嘲笑和鞭挞的并不是一个人
的丑陋,而是整个沙皇封建专制制度的腐败。K公爵的形象也在
一定意义上成了当时病态社会的化身。

作者还着力塑造了一个贵族纨绔子弟的典型——莫兹格里亚
柯夫。尽管他具有某种"新思想",声称"要为时代做点好事",要让
自己的农奴获得自由,然而,这只不过是一番空谈而已。他盼望着
将来同公爵遗孀成婚,迷恋着"副省长的地位、金钱",他幻想着自
己能受到上层社会某些伯爵夫人的青睐。他冒充是K公爵的侄
子,把公爵带到莫尔达索夫,使他这个"伯父"在此丧命。莫尔达索
夫悲剧事件之后,他又到了其他地方,继续"寻欢作乐,追逐女性,
不落后于时代的潮流"。可见,他身上尚具有"多余的人"的影子。

作品中的姬娜是一个与众不同的女性形象,在陀思妥耶夫斯

基的笔下,她一直是个正直勇敢、美丽纯洁的姑娘,心地善良,富有同情心,对美好的爱情充满了憧憬。然而,现实与理想的冲突造成了她的种种痛苦和忧伤。在小说的结尾,姬娜成了一个屈从于命运安排的贵族女性、将军夫人,使人不难联想起普希金笔下的塔吉雅娜。姬娜对社会的抗争和对真挚爱情的大胆追求,使得这一形象充满了迷人的力量;姬娜与社会的妥协,既表现了女性个人追求的幻灭,又表现了社会和传统的习惯势力对人的性格的扭曲和对人的身心的摧残。

《白夜》和《伯父之梦》这两部中篇小说显然有别于作者后期的创作,没有那些充满矛盾、光怪陆离的描写,也没有对病态心理的着意刻画,但也明显地表现出作者在模仿普希金、果戈理、巴尔扎克等大师创作风格的同时,正在逐渐形成自己的风格。尤其是在展现社会场景和人物的情感力量方面,表现出了独特的创作个性。因此,对于了解陀思妥耶夫斯基的整个创作生涯及其思想、意识的发展与变化,对于了解他创作风格的发展与变化,这两部作品具有相当重要的价值。

陀思妥耶夫斯基在短篇小说创作方面,同样表现了卓越的艺术才华。从《圣诞树与婚礼》《基督圣诞树旁的小孩》《怪诞人之梦》等短篇小说来看,就其本身卓越的艺术表现力而言,无疑具有强烈的感染力。《圣诞树与婚礼》以现实主义笔触描写了社会上所存在的崇尚金钱的倾向,受利益所驱动着的上流社会的道貌岸然和精心算计,与孩童的纯真和自然形成强烈反差,爱情与婚姻以残酷的方式呈现真相。《基督圣诞树旁的小孩》描写了宗教氛围甚浓的圣诞之夜,却因缺乏怜悯和同情而导致的悲剧。而基督的形象以及最后孩童在天国的圣诞欢会的描述,无疑是《罪与罚》等作品中宗教救世思想的一个注解。《怪诞人之梦》的基本情节是一个对生活绝望的男子与一个急需帮助的小女孩偶然相遇,之后他回家做了一个奇怪的梦,梦醒之后,放弃了自杀的念头,获得新生和希望的故事。这篇小说发表于 1877 年,是陀思妥耶夫斯基的晚期作品,在他的创作中应该具有特别的地位,体现了作者长期创作实践的探索,以及未来人类和谐社会的理想信念。实际上,这是一篇借助梦幻旅行的方式表达作者宏大理想的出色的短篇小说,具有一定的乌托邦色彩。在艺术手法上,该篇小说富有开拓创新精神,对现代主义文学,尤其是对魔幻现实主义文学,具有显而易见的影响。与此同时,陀思妥耶夫斯基对世界文学优秀传统的承袭,也是非常鲜明的。在《怪诞人之梦》中,无论在结构上,还是在理念上,或是在尽善尽美的理想境界的展现方面,都可以探寻到但丁《神曲》的影子,也能感受到与普希金的《黑桃皇后》、果戈理的《彼得堡故事集》、奥多耶夫斯基《俄罗斯之夜》等著名俄罗斯作家作品的关联。

本书中的《白夜》《伯父之梦》等中篇小说与《怪诞人之梦》《基督圣诞树旁的小孩》等短篇小说,都有一个共同的特征,即对梦幻的描写和关注。《白夜》中的梦幻,充满着浪漫的气息,与真实世界形成了鲜明的对照,梦幻比真实世界的日常生活显得更为美好,从而给梦幻者带来了无尽的慰藉。《伯父之梦》中的梦幻,则是真实世界真实情景的一种延续。短篇小说《基督圣诞树旁的小孩》中所描写的梦幻,远胜于现实世界,摆脱了真实世界的一切凄凉与不公,充满着理想色彩,仿佛是真实世界通往天堂的一条必由之路。短篇小说《怪诞人之梦》中的梦幻,充满了想象力。作品中的人物通过梦幻在黑暗的不为人知的空间飞翔,不仅超越了时空,而且超越了生命的界限,进行了但丁《神曲》般的梦游,并且通过这样的神游,作者力图在怪诞中充分展现自己的宗教理念和社会理想。

正是因为这些小说中所具有的构成幻想现实主义的这些相同

的特性,以及适于展现"梦幻的白夜"这一独特的彼得堡社会文化语境,现以《白夜——陀思妥耶夫斯基中短篇小说选》为名,结集出版。译文中的不妥之处,恳请学界和读者批评指正。

（原载于《白夜——陀思妥耶夫斯基中短篇小说选》,兰州:敦煌文艺出版社,2014年）

《白夜——陀思妥耶夫斯基中短篇小说选》封面
（陀思妥耶夫斯基著,吴笛译,兰州:敦煌文艺出版社,2014年）

# 《对另一种存在的烦恼——俄罗斯白银时代短篇小说选》译序

自 19 世纪 90 年代起,随着社会历史的发展变化和同时代哲学思潮的影响,随着批判现实主义文学的衰落以及"世纪末·曦绪"的弥漫,俄罗斯文学中也出现了与传统文学迥异的特征。这一持续了 30 年时间、大约止于 20 世纪 20 年代的"白银时代",是俄罗斯文学继普希金时代之后的又一次辉煌。

尽管"白银时代"是以思想活跃、诗歌繁荣为主要标志,尤其是出现了影响深远、成就卓著的三大诗派——象征派、阿克梅派、未来派,但这仍是一个多元的文学时代,多种文学流派、文学现象同时并存,各种形式的文学作品都得以发展。

短篇小说也不例外,它是"白银时代"文学的一个重要组成部分,而且在一定程度上预示了 20 世纪俄罗斯文学乃至世界文学的走向。

为了较为客观、较为全面地反映这一时代的短篇小说创作成就,这本《对另一种存在的烦恼——俄罗斯白银时代短篇小说选》,选译了代表现代派文学、传统现实主义文学以及无产阶级文学等三种创作倾向的短篇小说。

俄罗斯现代派短篇小说,如同其他形式的俄罗斯现代派文学一样,曾在相当长的时间里遭到忽略。现在重新认识这一艺术宝库,对于全面、客观地评价这一时代的文学,理应具有重要的意义,其实,俄罗斯现代主义文学的三大流派——象征派、阿克梅派、未来派,在短篇小说创作领域同样取得了较高的成就。尤其是象征主义作家,如索洛古勃、勃留索夫、别雷、梅列日科夫斯基、吉皮乌斯等,不仅是出色的诗人,也是杰出的小说家。

这些象征主义作家,大都生于社会动荡的年代,其哲学基础是神秘主义。他们相信,在现象世界之外存在着一个神秘的超现实的世界。这一世界用理性的手段是无法认知的,只有借助于艺术家的直觉所创造出来的象征意象才能够近似地再现它。因此,在他们的作品中,显示的形象常常失去具体的含义,被富于暗示和联想的象征意象取代,真实的形象成了抽象的、神秘的观念。象征主义诗人、小说家兼理论家别雷曾写道:"艺术中的象征主义的典型特征就是竭力把现实的形象当成工具,传达所体验的意识的内容。"

阿克梅派作家则力图摆脱象征派诗学和美学观念的影响,反对作家对神秘的超现实世界的迷恋,主张返回富有自我表现价值的物质世界。当然,他们也竭力寻求物质世界与精神生活之间的内在联系,表现出对唯美主义的崇尚。相比之下,阿克梅派作家的主要文学成就不像象征派那样体现在诗歌和小说两个方面,而是相对集中于诗歌,这与他们对"词语"的关注不无关系。如戈罗杰兹基等重要阿克梅派作家所写的小说,也比其诗歌作品逊色得多。

俄罗斯未来派文学主要受到意大利未来派的影响,在否定传统文化和反对唯美主义等方面有相似之处。他们打着为未来艺术而斗争的旗号,宣扬与传统文化和艺术的彻底决裂,要把经典文学遗产"从现代轮船上抛下去",无论在思想倾向还是在创作特色方面,都具有强烈的革新性和反传统精神。俄罗斯未来派的主要成就也是在诗歌领域,但有些作家也从事短篇小说创作,如未来派代表作家之一赫列勃尼科夫的短篇小说就是他诗歌创作的补充,主题相近,但语言略显典雅、明晰、凝练。

众所周知,篇幅有限、容量不大的短篇小说这一艺术形式的无限的美学价值,是为法国短篇小说巨匠莫泊桑所认知的,但随后即为俄国的契诃夫所领悟,因此,短篇小说中的现实主义传统也被"白银时代"的作家继承下来。传统的现实主义的短篇小说也是这一时代的重要的文学成就。不仅有列夫·托尔斯泰、契诃夫等大师继续从事短篇小说创作,而且出现了以布宁、库普林、魏列萨耶夫为代表的新一代现实主义小说家。他们一方面继承了普希金、陀思妥耶夫斯基、托尔斯泰等艺术大师的优秀传统;另一方面在反映特定的社会现实、刻画俄罗斯性格等方面,也进行了新的探索。尤其是布宁、库普林的短篇小说,构思别致、视野敏锐、描写细腻、语言明澈,无疑具有极大的艺术感染力。

这一时期短篇小说创作中的另一成就,便是以高尔基为代表的无产阶级文学。这类文学的价值在于开创了世界无产阶级文学的新纪元,也为20世纪俄罗斯苏维埃文学的发展奠定了基础。尤其是高尔基在19世纪90年代所创作的一系列短篇小说,是他整个创作历程中的一个极为重要的组成部分,具有不可忽略的思想意义和艺术价值。

由此可见,仅从短篇小说创作成就入手,我们便可看出,俄罗斯文学的"白银时代"是一个思想和文化十分活跃又十分复杂的多元的时代,是一个以现代主义文学、现实主义文学以及无产阶级文学所构筑的三足鼎立的繁荣的时代。正是这一特征奠定了20世纪俄罗斯文学乃至20世纪世界文学的基调。

然而,令人不无遗憾的是,文学史上的这一繁荣时代却由于世界大战、革命、国内战争等非文学的原因而过早地结束了。因此，重新认识这一时代的文学成就，重新审视这一时代的文学遗产，对于处在又一个世纪之交的我们来说，或许具有更深远的内涵。

1996 年 11 月

（原载于《对另一种存在的烦恼——俄罗斯白银时代短篇小说选》，昆明：云南人民出版社，1998 年）

# 《狄更斯全集》后记

英国作家狄更斯是我最为崇敬的作家之一。早在年轻的时候，正是出于这种崇敬，折服于他精湛的语言技艺，我着手翻译过当时尚无中文译本的狄更斯的未竟之作《德鲁德疑案》，并在 20 世纪 80 年代由新华出版社出版。后来，在大学讲台上每每讲到狄更斯的时候，我都会以发自内心的真诚介绍一番：狄更斯在晚年因创作和辛劳的巡回演出而健康每况愈下的时候，仍然坚持创作，直到 1870 年 6 月，他在最后一部小说《德鲁德疑案》的创作过程中，在自己所钟爱的文学创作的岗位上，走完了自己卓越的一生。

然而，没有料到的是，我国著名翻译家、狄更斯作品的优秀传播者，中文版《狄更斯全集》的主编宋兆霖先生则在编译狄更斯的作品的过程中，在他所钟爱的文学翻译的岗位上，走完了自己卓越的一生。他即使在病榻上也孜孜不倦地审稿，在这一耗费他多年心血的宏伟工程即将面世的时候，却在几个月前，在狄更斯逝世的同一个月份，去追随他所热衷译介的狄更斯了。于是，《狄更斯全集》成了宋兆霖先生长达半个世纪的外国文学经典翻译和研究生涯中的最后的辉煌。

狄更斯不仅是世界文学史上最杰出的巨匠之一，也是我国最早译介的外国著名作家之一。而且，狄更斯作品的中文翻译活动最早出现在杭州。浙江译家魏易担任口译,与一度居住杭州的林纾合译的狄更斯的作品自 1907 年就开始在中国流传,魏易和林纾合译的作品中,就包括狄更斯的《块肉余生述》(即《大卫·科波菲尔》)、《孝女耐儿传》(即《老古玩店》)、《滑稽外史》(即《尼古拉斯·尼克尔贝》)、《贼史》(即《奥利弗·特威斯特》)、《冰雪因缘》(即《董贝父子》)等作品。如今,一个世纪过去了,仍然是在杭州,规模宏大的全集工程终于完成。这套二十四卷的《狄更斯全集》,是我国出版的真正意义上的狄更斯全集。不仅连他全部小说,就连他为学生所作在英国颇为知名的《儿童英国史》以及绝少提及的诗歌作品也尽收其中。

这套全集的翻译出版工作,历经艰难。该项工程开始于电脑尚不普及的 20 世纪 90 年代。为了这套全集的编译,宋兆霖先生夜以继日地耕耘;为了全集的出版,宋兆霖先生又在译者与出版社之间不停地沟通。没有想到的是,由于原先拟定出版全集的出版社领导层发生变动,早已签订的出版合同形同空文,一部部译作交稿后便石沉大海,甚至连部分译稿也不知去向。好在宋兆霖先生当年听了我的一句提醒,做了"备份",否则,这套全集恐怕再也难见天日。

事情的转机是浙江工商大学出版社成立之后该社所表现出来的对文化建设事业的热衷和难以想象的魄力。在浙江工商大学党委书记蒋承勇教授的支持下,在浙江工商大学出版社鲍观明社长和钟仲南总编的协调下,规模巨大的《狄更斯全集》的编译出版工作终于重新得以展开。记得 2009 年在台州的一次外国文学研讨会议上,钟仲南总编与宋兆霖先生就全集的出版工作进行了详尽的交流,从开本、用纸到装帧设计,无不涉及。为保证质量,浙江工商大学出版社不仅请宋兆霖先生组织原有译者对译稿进行最后的修订和定稿,而且邀请著名外国文学专家陆建德先生为全集撰写总序,为全集增色。正是大家共同的努力,才使得这套全集得以展现在读者面前。

《狄更斯全集》终于得以面世的时候,恰逢狄更斯诞辰二百周年,我想,无论是作者狄更斯,还是主编宋兆霖,都应该感到宽慰了,因为这套集聚着数十位翻译家智慧的中文版本,一定会为中英文化交流、为我国的文化建设,为狄更斯研究以及狄更斯经典作品在中文世界的传播发挥重要的作用。

2011 年 12 月 30 日

(本文是为 24 卷《狄更斯全集》所写的后记,原载于《中文学术前沿》第 4 辑,杭州:浙江大学出版社,2012 年)

《狄更斯全集》书影
(宋兆霖主编,杭州:浙江工商大学出版社,2012 年)

# 《力冈译文全集》后记

　　力冈先生对中国翻译文学的贡献突出体现在俄罗斯小说翻译方面。他译文准确流畅，文思敏捷，被誉为我国顶尖的俄罗斯文学翻译家。他以一颗赤诚之心对待为之奉献毕生精力的文学翻译事业，其小说翻译实践不仅是对我国翻译文学的杰出贡献，也是翻译研究的珍贵文本。

一

　　如同其他文学类型一样，小说翻译既是一门科学，也是一门艺术。作为一门科学，由于各种不同的语言都有其丰富的词汇、严密的语法结构和极强的表现力，都有各自不同的特色和不容违反的艺术规律，而且各个民族都有自己的文化语境、风土人情、思维方式和生存习惯，所以不同语言之间的翻译是一个非常复杂的过程，文学翻译过程中，既要忠实于原作，不能随意发挥，又要把握作品的神韵，不能拘泥于字面意思。于是，要求译文准确、严谨，合乎规范，译文所传达的信息内容与原文保持高度一致。作为一门艺术，文学翻译是高强度的脑力劳动，不是逐字逐句的机械的语言转换，而是需要译者根据原作的内涵，通过自己的创造性劳动，用另一种语言再现出原作的精神和风采。文学翻译作品,说到底是翻译艺术生成的最终体现,是译者翻译思想、文学修养和审美追求的艺术结晶。

所以,力冈先生的翻译,不仅是他翻译艺术和罕见才华的结晶,更是他传达自身思想情感的一种独特的途径。譬如,力冈先生在特定的历史时代特别主张弘扬人性,因此他在翻译作品的选题方面尤为偏爱他所认为的弘扬人性的作品。因此,在20世纪60年代,以及在"文化大革命"刚刚结束后的80年代,他的译著在破除封建观念、解放思想等方面,起了潜移默化的影响。

力冈先生认为:"人性是人类的最高美德。表现出深厚人性的作品,最能感人,最富有生命力。"力冈在人性一度成为禁区的历史阶段,呼唤人性,力图点燃禁锢在人们心中的人性的火花,尽管为此遭受到了难以承受的磨难,但是在悲怆境界中,他坚持不懈,用自己的译笔传达出一曲曲真挚感人的、充满激情的人性的颂歌。

力冈先生之所以对艾特玛托夫的作品发生浓厚的兴趣,正是由于在精神本质上他们是相通的,艾特玛托夫也正是一位弘扬人性的作家。艾特玛托夫曾说过:"人实质上生下来就是一个潜在的人道主义者,在他还不知道'人道主义'这个术语时,从小就学仁爱……从爱母亲,爱自己的亲人,爱女人,爱大自然,爱大地开始,最后升华到爱祖国,爱自觉的人道主义,学人类共有的感情……同情、团结和互助,向人学习善,人的这些品质应当永远富有成果地哺育艺术作品。"正是由于艾特玛托夫的作品中有着伟大的人道主义精神和广博的人类情感,有着特有的真诚、打动人心、感化人的灵魂的道德力量,所以他的作品受到力冈先生的关注。力冈翻译《查密莉雅》(Джамиля)时,原著作者艾特玛托夫还是一个比力冈年轻两岁的尚不知名的青年作家，力冈以独特的眼光，发现了这部作品的思想意义和艺术价值，译成中文后引起极大的反响。这部作品对于人们的思想解放、道德情操的感化，以及仁爱都有着潜移默化的影响。反过来，艾特玛托夫的处女作《查密莉雅》在中国的翻译和出人意料的影响，扩大了艾特玛托夫在苏联的知名度，奠定了他在本国文坛上的地位。著名作家冯德英先生说得好："艾特玛托夫的作品是非常好读的。他的每一部作品都像是蜜和酒，甘甜芬芳得让你陶醉其中……在读他的作品时，甚至能闻到成熟庄稼和干草堆的气味。"

力冈先生所选择翻译的帕斯捷尔纳克的长篇小说《日瓦戈医生》，颂扬的也是人性的伟大。小说反映的是在特定的社会政治变革中的知识分子的命运。当我们看到在野狼嚎叫的荒原中，日瓦戈医生在烛光之下抒写诗歌的时候，我们感到格外震撼：知识分子的心胸是多么广博，境界是多么崇高。这部力冈先生在20世纪80年代翻译的作品，同样受到读者的广泛好评和喜爱。记得在力冈先生逝世十周年纪念会上，浙江省作家协会副主席、著名作家、茅盾文学奖得主王旭烽在题为《力冈译〈日瓦戈医生〉与我的创作》的发言中说，虽然她从未见过力冈先生，但通过译作已与力冈先生神交已久。力冈先生翻译的《日瓦戈医生》，她常备案头，并作为指导其创作的"圣经"，成了她人生最重要的两本书之一。

力冈翻译的俄罗斯作家卡里姆的《悠悠儿时情》，也是以充满诗意的抒情的笔触翻译充满诗意的感人的故事，触动着读者的心灵。作家刘白羽读了力冈翻译的《悠悠儿时情》之后，激动地说，读这样的作品简直感到"受到圣灵的诗的沐浴"。

力冈先生花费数年心血精心翻译的《静静的顿河》，以及作品中所塑造的格里高力的形象，也是融汇着力冈自己个性的。这是一个走过曲折历程、有着悲剧命运,但性格刚毅、个性鲜明、有着自己灵魂的形象。他尽管经历了人生道路上的折磨和挫折,但他依然没有失去热爱顿河、热爱生活的良好愿望。他最后带着忏悔、带着悲痛、带着一颗几乎破碎的心,穿过顿河,返回故乡,不管会面临什么样的结局。

力冈之所以翻译《复活》,是因为在他看来作品所表现的也正是人性的"复活"。在题为《人性的复活》的译本序言里,力冈先生写道:"弘扬人性,何罪之有?! 文学以情感人,《复活》正是充满了深厚的感人之情——对劳苦大众和弱小者的同情与爱护之心,对统治者的愤恨,对贵族的憎恨,对革命的敬意,对官办教会的蔑视。这一切都表现得异常分明,异常强烈,异常真挚。这一切都是人性的感情。"

正是人性的力量,当祖国拨乱反正,迎来新时期的良好发展机遇的时候,他立刻焕发青春。他刚毅的性格也体现在他的事业中,他以常人难以想象的毅力重新投身于文学翻译事业。他具有高度的责任感,忠于职守,任劳任怨,淡泊名利,甘于寂寞,献身于文学翻译事业和祖国的文化建设。无论什么时候,哪怕是假期,或是大年初一,跨进他的家门的时候,总是发现他在伏案工作。一部部文笔清畅、韵味悠然的译作从他的笔下流出,流到读者的心田,有的读者形容读他的译作"如饮甘泉"。

二

力冈先生的译著不仅在特定年代的思想解放方面产生了潜移默化的影响,也在翻译理论以及翻译艺术方面,为我国译坛提供了珍贵的文本。

力冈先生从事文学翻译事业，从来没有想到要"建构"自己的什么"理论体系"。他力图退隐幕后，让作者与读者直接沟通。从作者的角度来说，他力图忠实地传达作者的思想和作品的内涵。从读者角度来说，他要使得翻译著作既保留原著的韵味，又发挥译入语的优势，使得读者在阅读过程中，充分领略祖国文字的魅力和母语语言文化的美感。所以，对他而言，实施什么翻译主张无关紧要，最紧要的是让不懂俄文的中文读者在阅读译文时能够获得与俄文读者同样的感受，获得同样的信息。所以，在具体实践中，淡化译者的主体性，该归化时就归化，该异化时就异化。他所追求的是"敏锐的美感，细腻的文思"。他的译文文思敏捷，他以一颗赤诚之心对待为之奉献毕生精力的翻译事业。他认为："要想做一个优秀的文学翻译家，必须具备敏锐的美感和细腻的文思。文学翻译重在传神，因此对原文必须吃透。"在他看来，翻译家好比蜜蜂，只有将采集的花粉完全消化了，才有可能酿出真正的蜜来。力冈的译著，正是消化了源语文本的花粉后所酿造出来的译入语文本的"真正的蜜"。

　　力冈先生的译文神形兼顾，不仅尽力保持原文的风采，而且遵守祖国语言的规范，不仅显得严谨，而且充满活力，充满诗意。

　　仅以书名为例，他将《Далекое, далекое детство》，译成《悠悠儿时情》，将《Жизнь и судьба》译成《风雨人生》，将《Берег любви》译成《爱的归宿》，都极为传神。很多读者认为，读他翻译的作品时，文思贯通，感觉不到任何在翻译中丧失的东西，仿佛不是在读译著，而是在读地地道道的民族大师自己的创作。力冈翻译时总是专心致志，全神贯注，能够做到像演员一样进入角色，把握作品的内涵和人物的性格特征，分担书中人物的喜怒哀乐。

　　而在具体作品的翻译中，他更是发挥自己五官的全部功能，感悟每一个"花粉"的意义所在,服务于"蜜"的酿造。如在《静静的顿河》第一卷的开头一段中,作者让我们第一次领略顿河的风光,原文写道:

> … перламутровая россыпь ракушек, серая изломистая кайма нацелованной волнами гальки и дальше — перекипающее под ветром вороненой рябью стремя Дона.

对于这一景象,金人译本是传达了原意的。金人译文如下:

> ……一堆一堆的珍珠母一般的贝壳,灰色的,曲折的被波浪用力拍打着的鹅卵石边缘,再向前去,就是顿河的急流被风吹起蓝色的波纹,慢慢翻滚着。

在该译文中,无论是"перламутровая"(珍珠母般的)、"россыпь"(零散的一大堆),"ракушек"(贝壳)等词语的语序,还是对"гальки"(卵石)、"кайма"(边沿)的修饰语"серая"(灰色的)和"изломистая"(曲折的),都是准确无误的。其后的"激流"被风吹之后"慢慢翻滚"的逻辑关系也是说得过去的。总之,译文较好地传达了原文的内容。

然而,与力冈的译文做一对照,我们发现,在文思的敏锐方面,力冈的译文更为贯通,措辞也更为传神。力冈译文如下:

> ……那星星点点的贝壳闪着珍珠般的亮光,水边的石子被河水冲得泛出灰色,就像一条曲曲弯弯的花边儿,再往前,

便是奔腾的顿河水，微风吹动，河面上掠过一阵阵碧色的涟漪。

在力冈的译文中，不仅有将"россыпь"译为"星星点点"，将"серая изломистая кайма нацелованной волнами гальки"译为"水边的石子被河水冲得泛出灰色，就像一条曲曲弯弯的花边儿"这样的传神之笔，而且更为重要的是文思极为贯通，没有任何阅读和审美障碍。我们在译文中首先感受到的是河畔那贝壳所闪烁着的珍珠般的光亮，接着是水边的石子如同花边泛着灰色，然后我们才注意到奔腾的顿河，但是，译文将读者的视线很快从河流引向细部的涟漪，所聚焦的是微风吹动后从河面上掠过的"一阵阵碧色的涟漪"。如此一来，最后所聚焦的"涟漪"比金人译本的"慢慢翻滚"更具内在逻辑性，也更为贴近原文的内涵。

从某种意义上说，力冈的译文具有"异化归化并举"的特性。我们不妨引用俄罗斯著名作家帕斯捷尔纳克的代表作《日瓦戈医生》中的一段文字：

… Какая великолепная хирургия! Взять и разом артистически вырезать старые вонючие язвы! Простой, без обиняков, приговор вековой несправедливости, привыкшей, чтобы ей кланялись, расшаркивались перед ней и приседали.

В том, что это так без страха доведено до конца, есть что-то национально-близкое, издавна знакомое. Что-то от безоговорочной светоносности Пушкина, от невиляющей верности фактам Толстого.

对于这一段文字，我们在此欣赏一番力冈译文：

> ……多么了不起的手术！巧妙的一刀，一下子就把多少年发臭的烂疮切除了！痛痛快快，干脆利索，一下子就把千百年来人们顶礼膜拜、奉若神明的不合理制度判了死刑。这种无所畏惧、讲究彻底的精神，是我们固有的民族精神。这是来自普希金那种毫无杂念的光明磊落和托尔斯泰那种一丝不苟的精神。

译文体现了力冈在文学翻译事业上的一丝不苟的敬业精神。以第二句"Взять и разом артистически вырезать старые вонючие язвы！"为例，我国有译家译为"一下子就巧妙地割掉了发臭多年的溃疡！"看起来更尊崇原文的语序，而力冈译文"巧妙的一刀，一下子就把多少年发臭的烂疮切除了！"则将修饰"вырезать"（切除）的副词"артистически"（巧妙地）提到了句首，这样既保存了原文中"взять"和"и"两词的语义内涵，也顺应了外科手术的顺序，使得译文更为妥帖。在接下去的译文中，蓝英年的译文更符合"异化"特征，而力冈译文则具有"异化归化并举"的特性。譬如，"несправедливости"本意为"非正义"，力冈将此译为"不合理制度"，"невиляющей верности фактам Толстого"直译为"来自托尔斯泰的不模棱两可的忠于事实"，力冈则译为"托尔斯泰那种一丝不苟的精神"。可见，力冈译文在消化源语文本的基础上，充分发挥了译入语语言的优势，从而更符合译入语语言的习惯，也更为流畅，适于阅读和流传。

# 三

力冈的翻译成就得益于他的刻苦努力以及对祖国翻译事业的无限的热忱。他生活简朴,从不追求奢华,将全部的精力用于自己的艺术追求。

力冈出身于贫苦家庭,由于家乡被日本侵略军占领,他很早就失去了读书的机会。16 岁的时候,他和两个年龄相仿的伙伴一起逃离家乡,从此开始了长达 6 年的颠沛流离的生活。1948 年底,他的家乡解放后,22 岁的他立即投奔解放区,进入济南华东大学学习。第二年,他被推荐到新华社山东总分社、《大众日报》社从事编辑工作。为了学习先进文化,1950 年,他考入哈尔滨外国语专门学校的俄语专业。在三年的求学时间里,他如饥似渴地学习,并以优异的成绩从这所院校毕业。他原可以到一些大城市工作,却选择了长江中下游的一座中等城市——芜湖,来到了安徽大学(安徽师范大学的前身)外语系任教,并开始从事文学翻译工作。截至 1956 年,他发表了 20 多篇翻译作品,出版了第一部译著《里雅柯夫小说集》,以其细密的文思、优美的文笔吸引了读者的目光。

正当他的翻译事业蒸蒸日上的时候,一场"厄运"降落到了他的头上。1957 年上半年,他被划为"右派",开除公职,赶出校门,送去"劳动教养"。1960 年,他被摘掉"右派"的帽子,返回学校,重新登上讲台,又开始他所热爱的文学翻译事业。不久,他便以一部精美的译作《查密莉雅》享誉译坛,成为读书界一时的佳话。可惜好景不长,在"文化大革命"中,这位翻译"苏修""毒草"的力冈又遭受了难以想象的迫害。他被迫离开学校,下放到农村接受"改造"。面对种种意想不到的遭遇和不公,他并没有沉沦,也没有片面地记恨,而是在艰难的岁月中怀着对人性的憧憬,将厄运升华为创作的动力,在逆境中不忘呼唤人性和仁爱,将种种遭遇视为生命中的财富,在悲怆的境界中抒写诗意人生,毫不气馁地追求生命的意义。等到"文化大革命"结束后,他于1978年返回讲台的时候,已过"天命之年"了,但他以常人难以想象的毅力投入翻译事业中去。从此,直到1997年去世,他以惊人的勤奋赢回他在"反右"和"文革"中受迫害而失去的时间,译著一部接着一部地面世,在翻译界和读书界产生了强烈反响。他用一流文笔译介了普希金、屠格涅夫、托尔斯泰、肖洛霍夫、帕斯捷尔纳克的名著。他所译的《静静的顿河》《风雨人生》《复活》《日瓦戈医生》,以及《安娜·卡列尼娜》《查密莉雅》和《上尉的女儿》等一系列俄罗斯小说,无疑是值得我们研究的经典译本。著名翻译家杨武能说,力冈"以一系列名著佳译,为自己树立了一座不朽的、高大宏伟的纪念碑"。

力冈先生是为译介俄罗斯文学献出了整个生命的翻译大师。他所译的俄罗斯文学名著,深深地影响了几代中国读者,至今仍在读书界和学界享有盛誉。他的译著,是我国翻译文学的宝贵的精神财富和优秀的文学遗产。《力冈译文全集》获得国家出版基金立项并且由安徽师范大学出版社顺利出版,是值得庆贺的,这是对力冈先生翻译艺术成就的充分肯定,也是对他仙逝20周年的最好的纪念。作为他的学生,我更是感到由衷的高兴和自豪。浸透他多年心血的俄罗斯文学译著必将为优秀文化的传播发挥应有的作用,力冈的名字必将永远镌刻在我国翻译史上。

2016 年 10 月 28 日

（本文是为 23 卷《力冈译文全集》所写的后记，原载于《中文学术前沿》第 13 辑，杭州：浙江大学出版社，2016 年）

《力冈译文全集》书影

（力冈译，芜湖：安徽师范大学出版社，2018 年）

**图书在版编目(CIP)数据**

外国文学经典散论 / 吴笛著. —南京:南京大学
出版社,2023.4
(外国文学论丛/许钧,聂珍钊主编)
ISBN 978-7-305-25238-9

Ⅰ.①外… Ⅱ.①吴… Ⅲ.①外国文学-文学研究
Ⅳ.①I106

中国版本图书馆 CIP 数据核字(2021)第 272869 号

中華譯學館 題言真

出版发行　南京大学出版社
社　　址　南京市汉口路 22 号　　　　邮　编 210093
出 版 人　金鑫荣
丛 书 名　外国文学论丛
丛书主编　许　钧　聂珍钊
**书　　名　外国文学经典散论**
著　　者　吴　笛
责任编辑　黄　睿
照　　排　南京紫藤制版印务中心
印　　刷　徐州绪权印刷有限公司
开　　本　635 mm×965 mm　1/16　印张 20.5　字数 262 千
版　　次　2023 年 4 月第 1 版　2023 年 4 月第 1 次印刷
ISBN　978-7-305-25238-9
定　　价　82.00 元

网　　址:http://www.njupco.com
官方微博:http://weibo.com/njupco
官方微信:njupress
销售咨询热线:(025)83594756